BESTSELLER

Biblioteca

MARY HIGGINS CLARK

Camino hacia el pasado

Traducción de
Eduardo G. Murillo

DeBOLS!LLO

Título original: *On the Street Where You Live*
Diseño de la portada: Departamento de diseño de
Random House Mondadori
Fotografía de la portada: © The Image Bank

Cuarta edición en España, 2004
Primera edición para EE.UU., 2006

www.randomhousemondadori.com.mx

Comentarios sobre la edición y contenido de este libro a:
literaria@randomhousemondadori.com.mx

ISBN: 0-307-34818-0

Fotocomposición: gama, s.l.

Impreso en México/ *Printed in Mexico*

Distributed by Random House, Inc.

Para la persona más cercana y querida:
John Conheeney, esposo extraordinario

Los hijos Clark:
Marilyn, Warren y Sharon, David, Carol y Pat

Los nietos Clark:
Liz, Andrew, Courtney, David, Justin y Jerry

Los hijos Conheeney:
John y Debby, Barbara y Glenn, Trish, Nancy y David

Los nietos Conheeney:
*Robert, Ashley, Lauren, Megan, David, Kelly, Courtney,
Johnny y Thomas*

Sois una estupenda pandilla y os quiero a todos

AGRADECIMIENTOS

Una vez más, es preciso dar mil gracias a todos los que han contribuido a la creación de este libro.

Siento una gratitud infinita por mi preparador de originales Michael Korda, con el que he trabajado desde hace tanto tiempo. Cuesta creer que han transcurrido veintiséis años desde que empezamos a colaborar en *Where Are the Children?* Es un placer trabajar con él y, durante los últimos diez años, con su ayudante Chuck Adams. Son amigos y asesores maravillosos.

Lisl Cade, mi agente de publicidad, es en verdad mi mano derecha, alentadora, perceptiva, colaboradora en muchos sentidos. Te quiero, Lisl.

Gracias a mis agentes Eugene Winick y Sam Pinkus, verdaderos amigos en todo tiempo y lugar.

La subdirectora de correctores de estilo Gypsy da Silva y yo hemos vuelto a compartir un viaje emocionante. Muchísimas gracias a Gypsy.

Gracias también a la correctora de estilo Carol Catt, al corrector de pruebas Michael Mitchell y al corrector tipográfico Steve Friedeman, por vuestro minucioso trabajo.

John Kaye, fiscal del condado de Monmouth, ha tenido la amabilidad de contestar a las preguntas de esta escritora acerca del papel de la oficina del fiscal, mientras escribía este libro. Le estoy muy agradecida, y si en algún punto me he equivocado, pido disculpas.

El sargento Steven Marron y el detective Richard Murphy, de la oficina del fiscal de distrito del condado de Nueva York, han seguido asesorándome sobre cómo los investigadores reales reaccionan ante las situaciones descritas en estas páginas. Agradezco mucho su ayuda.

Una vez más, gracias y bendiciones a mis colaboradoras y amigas Agnes Newton y Nadine Petry, y a mi cuñada Irene Clark, que se encargó de ir leyendo el manuscrito.

Judith Kelman, autora y amiga, siempre ha respondido sin vacilar cuando necesitaba una respuesta a una pregunta difícil. Es una gran investigadora y una gran amiga. Gracias, Judith.

Mi hija, la también autora Carol Higgins Clark, ha estado escribiendo un libro mientras yo escribía el mío. Esta vez nuestros caminos han corrido en paralelo pero separados, aunque no así nuestra capacidad de comunicar los altibajos del proceso creativo.

He estudiado los escritos de especialistas en los campos de la reencarnación y la regresión, y reconozco agradecida las contribuciones que he obtenido de sus obras. Son Robert G. Jarmon, Ian Stevenson y Karlis Osis.

Para el padre Stephen Fichter, muchas gracias por una confirmación bíblica de última hora.

Acabo dando las gracias a mi marido John, y a nuestras maravillosas familias combinadas, hijos y nietos, a los que menciono en la dedicatoria.

Y ahora, a mis lectores, pasados, presentes y futuros, gracias por elegir este libro. Deseo de todo corazón que lo disfruten.

MARTES, 20 DE MARZO

1

Se desvió por el paseo marítimo y notó todo el impacto del oleaje. Al observar el paso veloz de las nubes, decidió que más tarde podría nevar, aunque mañana era el primer día de la primavera. Había sido un invierno largo y todo el mundo anhelaba la llegada del buen tiempo. Él no.

La época que más le gustaba de Spring Lake era el otoño. Para entonces, los veraneantes habían cerrado sus casas y ni siquiera aparecían los fines de semana.

No obstante, le molestaba que, a cada año que pasaba, más y más gente vendiera sus residencias invernales y se estableciera en la población de manera permanente. Habían decidido que valía más la pena desplazarse cien kilómetros para ir a trabajar a Nueva York, sólo para poder empezar y terminar el día en aquella bonita y tranquila población costera de Nueva Jersey.

Spring Lake, con sus casas victorianas que parecían no haber cambiado un ápice desde la década de 1890, merecía las inconveniencias del desplazamiento, explicaban.

Spring Lake, con el fresco y tonificante aroma del mar siempre presente, vivificaba el alma, proclamaban.

Spring Lake, con su paseo de tablas de cuatro kilómetros, donde uno podía abismarse en la plateada magnificencia del Atlántico, era un tesoro, comentaban.

Toda esta gente (los veraneantes, los residentes permanentes) compartía muchas cosas, pero ninguno compartía sus secretos. Podía pasear por Hayes Avenue e imaginar a Madeline Shapley tal como era en el atardecer del 7 de septiembre de 1891, sentada en el sofá de mimbre del porche de su casa, con su sombrero de ala ancha al lado. Entonces tenía diecinueve años, ojos castaños, cabello castaño oscuro, resplandeciente con su vestido de algodón blanco.

Sólo él sabía por qué debía morir una hora más tarde.

St. Hilda Avenue, sombreada por gruesos robles que habían sido meros árboles jóvenes el 5 de agosto de 1893, cuando Letitia Gregg, de dieciocho años, no había regresado a casa, le deparaba otras visiones. Estaba muy asustada. Al contrario de Madeline, la cual había luchado por su vida, Letitia había suplicado piedad.

La última del trío había sido Ellen Swain, menuda y silenciosa, pero demasiado fisgona, demasiado ansiosa por documentar las últimas horas de la vida de Letitia.

Y por culpa de su curiosidad, el 31 de marzo de 1896 había seguido a su amiga a la tumba.

Él conocía cada detalle, cada matiz de lo sucedido a ella y a las demás.

Había encontrado el diario durante uno de aquellos chubascos que a veces descargaban en verano. Aburrido, había entrado en la vieja cochera que hacía las veces de garaje.

Había subido los desvencijados escalones hasta el atestado y polvoriento desván y, a falta de algo mejor que hacer, empezó a investigar en las cajas que había descubierto.

La primera estaba llena de cachivaches inútiles: viejas lámparas oxidadas, ropa descolorida y anticuada, ollas, sartenes y una tabla de fregar, polveras astilladas, los espejitos rajados o empañados. Eran objetos que uno aparta de su vista con la intención de arreglarlos o tirarlos, y que después olvida por completo.

Otra caja contenía gruesos álbumes de páginas desmenuzadas, llenos de fotos de personas que posaban con rigidez y expresión severa, como si se negaran a delatar sus sentimientos a la cámara.

Una tercera contenía libros, polvorientos e hinchados debido a la humedad, con el texto casi borrado. Siempre había sido un buen lector, pero aunque sólo tenía catorce años en aquella época, le bastó leer los títulos para descartarlos. No había ninguna obra maestra escondida.

Una docena de cajas más estaban llenas de cosas similares sin valor.

Mientras devolvía todo a las cajas, topó con un volumen encuadernado en piel podrida, oculto dentro de lo que parecía otro álbum de fotos. Lo abrió y descubrió que estaba lleno de páginas cubiertas de escritura.

El primer artículo databa del 7 de septiembre de 1891. Empezaba con las palabras «Madeline ha muerto a mis manos».

Había cogido el diario, y no lo contó a nadie. A lo largo de los años, lo había leído casi cada día, hasta que se convirtió en parte integral de su memoria. Con el tiempo, comprendió que se había identificado con el autor: compartía su sensación de superioridad sobre las víctimas, reía de su interpretación cuando fingía acompañar en su dolor a los afligidos.

Lo que empezó como una fascinación se tornó poco a poco una obsesión absoluta, una necesidad de revivir el trayecto criminal del autor del diario. Compartir sus vivencias de una forma vicaria ya no era suficiente.

Cuatro años y medio antes había cometido el primer asesinato.

El destino de Martha, veintiún años, la había conducido a estar presente en la fiesta anual que sus abuelos celebraban a finales de verano. Los Lawrence eran una familia importante, establecida en Spring Lake desde hacía mucho tiempo. Asistió a la fiesta y la conoció allí. Al día siguiente, 7 de septiembre, la joven se levantó temprano para ir a correr por el paseo de tablas. Nunca volvió a casa.

Ahora, más de cuatro años después, la investigación sobre su desaparición todavía continuaba. En una reunión reciente, el fiscal del condado de Monmouth había jurado que no cejaría en el empeño de averiguar la verdad sobre lo sucedido a Martha Lawrence. Mientras escuchaba los juramentos vacuos, rió por lo bajo.

Cuánto le gustaba participar en las sombrías discusiones sobre Martha que de vez en cuando se suscitaban alrededor de la mesa del comedor.

Podría contároslo todo, hasta el último detalle, pensaba, y también podría hablaros de Carla Harper. Dos años antes, pasó ante el hotel Warren y la vio bajar la escalera. Al igual que Madeline, tal como estaba descrita en el diario, llevaba un vestido blanco, aunque el suyo, sin mangas, ceñido, revelaba hasta el último centímetro de su cuerpo joven y esbelto. Empezó a seguirla.

Cuando desapareció, tres días después, todo el mundo creyó que Carla había sido abordada en el viaje de regreso a su casa de

Filadelfia. Ni siquiera el fiscal, tan decidido a solucionar el misterio de la desaparición de Martha, sospechaba que Carla jamás había abandonado Spring Lake.

Mientras se regodeaba en la idea de su omnisciencia, se había unido de buen humor a la gente que caminaba por el paseo e intercambiado trivialidades con varios amigos que se había encontrado, admitiendo que el invierno insistía en despedirse con una traca final.

Pero incluso mientras conversaba con ellos, sentía que la necesidad se removía en su interior, la necesidad de completar su trío de víctimas actuales. El aniversario final se estaba acercando, y aún no la había elegido.

En la ciudad se comentaba que Emily Graham, la compradora de la casa Shapley, como todavía se la conocía, era descendiente de los primeros propietarios.

La había buscado en Internet. Treinta y dos años, divorciada, abogada criminalista. Había ganado mucho dinero después de recibir un paquete de acciones, regalado por el agradecido propietario de una empresa de informática al que había defendido con éxito. Cuando pudo vender el paquete, ganó una fortuna.

Averiguó que Graham había sido acosada por el hijo de la víctima de un asesinato, después de que ella consiguiera la absolución del acusado. El hijo, que protestó por el veredicto, estaba ahora en un centro psiquiátrico. Interesante.

Aún más interesante, Emily se parecía mucho al retrato que había visto de su antepasada Madeline Shapley. Tenía los mismos ojos castaños grandes y pestañas largas. El mismo pelo castaño oscuro con vetas rojizas. La misma boca adorable. El mismo cuerpo alto y esbelto.

Había diferencias, por supuesto. Madeline había sido inocente, confiada, sencilla, romántica. No cabía duda de que Emily Graham era una mujer inteligente y sofisticada. Constituía un reto mayor que las demás, lo cual la hacía todavía más apetecible. ¿Era acaso la destinada a completar el trío?

La perspectiva comportaba un orden, una exactitud, que le provocó un escalofrío de placer.

2

Emily exhaló un suspiro de alivio cuando dejó atrás el letrero indicador de que había llegado a Spring Lake.

—¡Lo he conseguido! —dijo en voz alta—. Aleluya.

Había empleado casi ocho horas en el trayecto desde Albany. Se había ido durante lo que, en teoría, debían ser «chubascos de nieve entre leves y moderados», pero que habían dado paso a una ventisca que sólo empezó a apaciguarse cuando salió del condado de Rockland. Durante el camino, el número de colisiones que presenció en la New York State Thruway le recordó los autos de choque que tanto le habían gustado de niña.

En un tramo despejado aceleró, pero entonces fue testigo de un derrapaje terrorífico. Por un momento dio la impresión de que dos vehículos iban a chocar de frente, pero uno de los conductores evitó la colisión al recuperar el control y girar a la derecha una fracción de segundo antes del encontronazo.

Me recuerda lo que ha sido mi vida estos dos últimos años, había pensado mientras aminoraba la velocidad: siempre en el carril de aceleración, a veces a punto de estrellarme. Necesitaba un cambio de dirección y un cambio de ritmo.

Como su abuela había dicho: «Emily, acepta ese trabajo en Nueva York. Me sentiré mucho más tranquila cuando vivas a trescientos kilómetros de distancia. Un ex marido desagradable y un acosador al mismo tiempo son demasiado para mí».

Y después, como era la abuela, continuó: «Para ser sincera, nunca tendrías que haberte casado con Gary White. El hecho de que tres años después del divorcio tuviera las agallas de intentar demandarte porque ahora tienes dinero, sólo demuestra que yo tenía razón desde el primer momento».

Mientras recordaba las palabras de su abuela, Emily sonrió sin querer, mientras atravesaba las calles oscurecidas. Echó un vistazo al tablero de mandos. La temperatura exterior era de tres grados, y el parabrisas se estaba entelando. El movimiento de las ramas de los árboles indicaba fuertes rachas de viento procedentes del mar.

Pero las casas, casi todas victorianas restauradas, parecían seguras y serenas. Mañana seré oficialmente propietaria de una casa de Spring Lake, meditó Emily. Día 21 de marzo. El equinoccio. Luz y noche a partes iguales. El mundo equilibrado.

Era un pensamiento consolador. En los últimos tiempos había experimentado suficientes turbulencias como para desear y necesitar un período de paz absoluta. Había tenido muy buena suerte, pero también problemas aterradores que se habían estrellado como meteoros entre sí. Sin embargo, como afirmaba el viejo dicho, todo lo que sube baja, y sólo Dios sabía que ella era la prueba viviente de tal aserción.

Pensó en pasar junto a la casa, pero luego desechó la idea. Todavía no acababa de creer que, en pocas horas, sería suya. Incluso antes de ver la casa por primera vez, hacía tres meses, había constituido una vívida presencia en sus imaginaciones infantiles, medio real, medio mezclada con cuentos de hadas. Luego, cuando entró en ella por primera vez, había experimentado la sensación de volver a casa. El agente de la propiedad inmobiliaria había comentado que todavía la llamaban casa Shapley.

Basta ya de conducir, decidió. Ha sido un día muy largo. La compañía de mudanzas, Concord Reliable Movers, tenía que haber aparecido a las ocho de la mañana. Casi todos los muebles que deseaba guardar ya estaban en su nuevo apartamento de Manhattan, pero cuando su abuela se mudó a una casa más pequeña, le había regalado varias piezas antiguas excelentes, de modo que había muchas cosas que trasladar.

—Estaremos a primera hora —le había prometido el empleado de Concord con vehemencia—. Confíe en mí.

La camioneta no había aparecido hasta mediodía. Como resultado, se marchó mucho más tarde de lo que esperaba, y ahora eran casi las diez y media.

Alójate en la fonda, decidió. Una ducha caliente, pensó con anhelo. Mira el telediario de las once. Después, como escribió Samuel Pepys,[1] «y así a la cama».

La primera vez que había ido a Spring Lake, y entregado impulsivamente una paga y señal por la casa, se había hospedado unos días en la Candlelight Inn, para asegurarse de haber tomado la decisión correcta. Ella y la propietaria de la fonda, una septuagenaria llamada Carrie Roberts, habían hecho buenas migas desde el primer momento. La había llamado desde el coche para anunciar que llegaría tarde, pero Carrie afirmó que no habría problemas.

1. Oficial de la marina inglesa, autor de un famoso Diario. *(N. del T.)*

Tuerce a la derecha por Ocean Avenue, y después sigue cuatro manzanas más. Unos momentos después, con un suspiro de agradecimiento, Emily apagó el motor y sacó una maleta del asiento posterior.

El recibimiento de Carrie fue breve y cordial.

—Pareces agotada, Emily. La cama está preparada. Dijiste que pararías a cenar, así que te he dejado un termo con chocolate caliente y unas galletas en la mesita de noche. Hasta mañana.

La ducha caliente. Un camisón y su albornoz favorito. Mientras bebía el chocolate, Emily vio las noticias y notó que la rigidez de sus músculos, debida al largo viaje, empezaba a desaparecer.

Mientras apagaba el televisor, sonó su móvil. Lo cogió, pues ya sabía quién era.

—Hola, Emily.

Sonrió cuando oyó la voz preocupada de Eric Bailey, el tímido genio causante de que ahora estuviera en Spring Lake.

Mientras le aseguraba que el viaje había sido relativamente cómodo y sin contratiempos, pensó en el día que le había conocido, cuando él se mudó a un despacho del tamaño de un ropero contiguo al suyo. La misma edad, nacidos con una semana de diferencia, se habían hecho amigos, y Emily advirtió que, bajo su exterior tímido y desvalido, Eric había recibido el don de una inteligencia superior.

Un día, al verle deprimido, le hizo revelar el motivo de su desazón. Un importante distribuidor de software, enterado de que no podía permitirse un abogado caro, había presentado una demanda contra su empresa de informática.

Aceptó el caso sin pedir honorarios, y bromeó con que empapelaría las paredes de su despacho con los certificados de acciones que Eric le había prometido.

Pero ganó el caso. Eric hizo una oferta pública de las acciones, que aumentaron de cotización al instante. Cuando sus acciones alcanzaron un valor de diez millones de dólares, Emily las vendió.

Ahora, el nombre de Eric constaba en un bonito edificio de oficinas nuevo. Era un fanático de las carreras de coches, y compró una hermosa casa antigua en Saratoga, desde la cual iba a trabajar a Albany. Su amistad había continuado, y la apoyó sin fisuras durante el tiempo que duró el acoso. Hasta instaló una cámara de alta tecnología en su casa de la ciudad. La cámara había grabado en cinta al acosador.

—Sólo quería saber si habías llegado bien. Espero no haberte despertado.

Charlaron unos minutos y prometieron que volverían a hablar pronto. Cuando Emily desconectó el móvil, se acercó a la ventana y la abrió un poco. Una ráfaga de aire frío y salado le provocó una exclamación ahogada, pero inhaló una profunda bocanada. Es una tontería, pensó, pero ahora me parece que toda la vida he echado de menos el olor del mar.

Se dirigió hacia la puerta para comprobar que las dos cerraduras estaban bien cerradas. Basta de hacer eso, se reprendió. Ya lo has comprobado antes de ducharte.

Pero durante el año anterior a la captura del acosador, pese a sus esfuerzos por convencerse de que, si el acosador hubiera querido hacerle daño podría haberlo conseguido en múltiples ocasiones, empezó a sentirse temerosa y aprensiva.

Carrie le había dicho que era la única huésped de la fonda.

—El fin de semana está completo —dijo—. Las seis habitaciones. El sábado hay un convite de boda en el club de campo. Y después del Memorial Day,[1] olvídalo. No me queda libre ni un ropero.

En cuanto oí que sólo estábamos las dos aquí, empecé a preguntarme si las puertas de la calle estaban cerradas y la alarma conectada, pensó Emily, irritada de nuevo por no poder controlar su angustia.

Se quitó el albornoz. No pienses en eso ahora, se advirtió.

Pero sus manos se pusieron pegajosas cuando recordó la primera vez que había llegado a casa y comprendió que él había estado allí. Encontró una foto de ella apoyada contra la lámpara de la mesita de noche, una fotografía que la plasmaba de pie en la cocina en albornoz, con una taza de café en la mano. Nunca había visto esa foto. Aquel día, había cambiado las cerraduras de la casa y colocado una persiana sobre la ventana de encima del fregadero.

Después se habían sucedido diversos incidentes con fotografías de ella en casa, en la calle, en el despacho. A veces, una sedosa voz depredadora la llamaba para comentar lo que llevaba.

«Esta mañana, cuando corrías, estabas muy guapa, Emily... Con ese cabello oscuro, no pensaba que me gustarías de negro...

---

1. Día en que se recuerda a los soldados muertos en campaña. *(N. del T.)*

Me gustan esos pantalones cortos rojos. Tienes unas piernas preciosas...»

Y después, aparecía una foto de ella con el atuendo descrito, en el buzón de su casa, en el parabrisas de su coche, doblada dentro del periódico de la mañana que le dejaban ante su puerta.

La policía había seguido el rastro de las llamadas telefónicas, pero todas habían sido hechas desde cabinas diferentes. Los intentos de descubrir huellas dactilares en los objetos recibidos se revelaron infructuosos.

Durante más de un año, la policía había sido incapaz de capturar al acosador.

«Ha logrado la absolución de algunas personas acusadas de crímenes horrorosos, señorita Graham —dijo Marty Browski, el jefe de detectives—. Podría ser un familiar de alguna víctima. Podría ser alguien que la vio en un restaurante y la siguió hasta casa. Podría ser alguien enterado de que ha ganado mucho dinero y se la tiene jurada.»

Y después descubrieron a Ned Koehler, el hijo de una mujer cuyo presunto asesino había sido declarado inocente, acechando en las afueras de su casa. Ahora ya no pisa las calles, se tranquilizó Emily. Ya no tengo que preocuparme por él. Recibirá el tratamiento adecuado.

Estaba en un centro psiquiátrico del estado de Nueva York, y esto era Spring Lake, no Albany. Perdido de vista, borrado de mi mente, rezó Emily. Se metió en la cama, se tapó con la manta y extendió la mano hacia el interruptor de la luz.

Al otro lado de Ocean Avenue, de pie en la playa, a la sombra del paseo desierto, un hombre observaba la habitación, mientras el viento del océano agitaba su cabello.

—Que duermas bien, Emily —susurró con voz plácida.

MIÉRCOLES, 21 DE MARZO

3

Con su maletín bajo el brazo, Will Stafford salió por la puerta lateral de su casa y se encaminó a grandes zancadas hacia la cochera reconvertida que, como casi todas las que todavía existían en Spring Lake, hacía las veces de garaje. La lluvia había cesado de caer durante la noche, y el viento se había encalmado. Aun así, el primer día de primavera era frío, y a Will le pasó un momento por la cabeza que tal vez habría debido coger un impermeable antes de salir.

Mira lo que pasa cuando el último cumpleaños de la treintena se acerca, se dijo con pesar. Sigue así, y en julio te pondrás orejeras.

Abogado de bienes raíces, había quedado a desayunar con Emily Graham en Who's on Third?, el extravagante café de Spring Lake. Desde allí irían a echar un último vistazo global a la casa que iba a comprar la mujer, y terminarían en su despacho para cerrar el trato.

Mientras Will daba marcha atrás a su viejo jeep por el camino de acceso, pensó que ese día no era muy diferente de aquel de finales de diciembre, cuando Emily Graham había entrado en su oficina de la Tercera Avenida.

«Acabo de entregar la paga y señal de una casa —anunció—. He pedido a la agente que me recomendara un abogado de bienes raíces. Mencionó a tres, pero soy bastante buena a la hora de juzgar la declaración de un testigo. Ella se decantó por usted. Aquí está el recibo.»

Estaba tan entusiasmada con la casa que ni siquiera se presentó, recordó Will con una sonrisa. Supo su nombre por la firma del recibo: «Emily S. Graham».

No abundaban las chicas atractivas que podían pagar dos millones de dólares en metálico por una casa, pero cuando sugirió que pensara en la posibilidad de solicitar una hipoteca por la mitad del total, Emily le había explicado que no concebía deber un millón a un banco.

Llegó diez minutos antes, pero ella ya estaba sentada, bebiendo café. ¿Para colocarse en situación de ventaja, o es compulsivamente puntual?, pensó Will.

Después se preguntó si podía leer su mente.

—No suelo ser la primera en llegar a una cita —explicó Emily—, pero tengo tantas ganas de cerrar el trato que me he adelantado.

En aquella primera cita de diciembre, cuando Will se había enterado de que sólo había visto una casa, dijo:

—No me gusta echar piedras sobre mi propio tejado, señorita Graham, pero ¿me está diciendo que acaba de ver la casa por primera vez? ¿No echó un vistazo a las demás? ¿Es la primera vez que viene a Spring Lake? ¿No hizo una contraoferta, sino que pagó lo que le pedían? Sugiero que lo medite con detenimiento. La ley estipula que tiene tres días para retirar su oferta.

Fue entonces cuando ella le dijo que la casa había pertenecido a su familia, y que la S de su primer apellido correspondía a Shapley.

Emily pidió zumo de pomelo, un solo huevo revuelto y tostadas.

Mientras Will Stafford estudiaba la carta, ella le estudiaba a él, y dio su aprobación a lo que veía. Era un hombre atractivo, un metro ochenta, delgado, de espaldas anchas y cabello rubio. Ojos azul oscuro y mandíbula cuadrada destacaban en su rostro de facciones regulares.

Ya en su primera reunión le había gustado su combinación de simpatía indolente y preocupación cautelosa. No todos los abogados intentaban quedarse sin caso. Le preocupaba que fuera demasiado impulsiva.

Excepto un día de enero en que había volado desde Albany y regresado por la tarde, su comunicación se había limitado al correo o el teléfono. Aun así, todos los contactos confirmaban que Stafford era un abogado muy meticuloso.

Los Kiernan, el matrimonio que vendía la casa, sólo la habían disfrutado durante tres años, y se habían dedicado a restaurarla con todo mimo. Se hallaban en la fase final de la decoración interior, cuando a Wayne Kiernan le ofrecieron un cargo prestigioso y lucrativo que exigía residencia permanente en Londres. Emily intuía que desprenderse de la casa había constituido una decisión dolorosa para ambos.

En aquella visita apresurada de enero, Emily visitó cada habitación acompañada de los Kiernan, y compró los muebles, alfombras y objetos de la era victoriana que con tanto cariño habían adquirido y que ahora necesitaban vender. La propiedad era espaciosa, y un contratista acababa de terminar una caseta de baño e iniciado las obras de excavación de una piscina.

—Lo único que me sobra es la piscina —dijo a Stafford, mientras la camarera volvía a llenar sus tazas—. Siempre iré a nadar al mar, pero puesto que la caseta de baño ya está construida, parece un poco tonto no seguir adelante con la piscina. En cualquier caso, a los críos de mis hermanos les encantará cuando vengan a verme.

Will Stafford se había ocupado de todo el papeleo concerniente a los diversos contratos. Era un buen oyente, decidió Emily, mientras le contaba su infancia en Chicago.

—Mis hermanos me llaman «la ocurrencia tardía» —dijo sonriente—. Tienen diez y doce años más que yo. Mi abuela materna vive en Albany. Yo fui al Skidmore College de Saratoga Springs, que está a tiro de piedra, y pasaba gran parte de mi tiempo libre con ella. Su abuela era la hermana menor de Madeline, la chica de diecinueve años desaparecida en 1891.

Will Stafford reparó en la sombra que nubló el rostro de Emily, pero ésta suspiró y continuó:

—Bien, eso fue hace mucho tiempo, ¿verdad?

—Muchísimo —admitió—. Creo que no me has dicho cuánto tiempo piensas pasar aquí. ¿Vas a mudarte de inmediato, vendrás los fines de semana, o qué?

Emily sonrió.

—Pienso mudarme en cuanto reciba el título de propiedad. Todas las cosas básicas que necesito ya están aquí, incluyendo ollas, sartenes y la mantelería. El camión de mudanzas de Albany llegará mañana, con las pocas cosas que me traigo.

—¿Aún conservas la casa de Albany?

—Ayer fue mi último día. Aún estoy montando mi apartamento de Manhattan, de modo que iré y vendré entre el apartamento y esta casa hasta el primero de mayo. Entonces empezaré mi nuevo trabajo. Después seré una residente de vacaciones y fines de semana.

—Te habrás dado cuenta de que has despertado mucha curiosidad en la ciudad —la previno Will—. Sólo quiero que sepas que no fui yo quien filtró tu pertenencia a la familia Shapley.

La camarera puso los platos en la mesa. Emily no esperó a que se marchara para contestar.

—No intento mantenerlo en secreto, Will. Se lo dije a los Kiernan, y a Joan Scotti, la agente de bienes raíces. Me dijo que hay familias cuyos antepasados vivían aquí cuando la hermana de mi tatarabuela desapareció. Me interesaría saber si saben algo de ella, aparte del hecho de que, por lo visto, desapareció de la faz de la tierra.

»También saben que estoy divorciada y que trabajaré en Nueva York, de modo que nada de secretos culpables.

—No te imagino ocultando secretos culpables.

Emily confió en que su sonrisa no pareciera forzada. *Intento guardar para mí el hecho de que he pasado bastante tiempo en los tribunales este año pasado, pero no en funciones de abogada,* pensó. Había sido la demandada en el pleito presentado por su ex marido, el cual alegaba que tenía derecho a la mitad del dinero que ella había ganado con las acciones, y también había sido testigo de la acusación en el juicio contra su acosador.

—En cuanto a mí —continuó Stafford—, no me lo has preguntado, pero te lo contaré de todos modos. Nací y me crié a una hora de aquí, en Princeton. Mi padre era director ejecutivo y presidente de la junta directiva de Lionel Pharmaceuticals, en Manhattan. Mi madre y él se separaron cuando yo tenía dieciséis años, y como mi padre viajaba mucho, me trasladé con mi madre a Denver y terminé allí el instituto y la universidad.

Acabó de comer la salchicha.

—Cada mañana me digo que tomaré fruta y gachas, pero unas tres mañanas a la semana sucumbo al ansia de colesterol. Es evidente que tienes más fuerza de voluntad que yo.

—No necesariamente. Ya he decidido que la próxima vez que venga aquí a desayunar tomaré lo mismo que acabas de zamparte.

—Te habría dado un pedazo. Mi madre me enseñó a compartir las cosas. —Consultó su reloj y pidió la cuenta—. No quiero darte prisas, Emily, pero son las nueve y media. Los Kiernan son los vendedores más reticentes que he conocido. No les hagamos esperar, no sea que cambien de opinión con respecto a la casa.

»Para concluir la muy poco emocionante historia de mi vida —añadió, mientras esperaban la cuenta—, me casé después de terminar la carrera de derecho. Al cabo de un año, los dos sabíamos que había sido un error.

—Tienes suerte —comentó Emily—. Mi vida habría sido mucho más sencilla si hubiera sido tan lista.

—Me trasladé al este y entré en el departamento legal de Canon and Rhodes, un bufete de bienes raíces muy importante de Manhattan, como quizá sabrás. Era un trabajo excelente pero muy exigente. Quería un lugar donde pasar los fines de semana y vine a mirar aquí. Después compré una casa vieja que necesitaba muchas obras. Me gusta trabajar con las manos.

—¿Por qué Spring Lake?

—Cuando era niño, nos hospedábamos dos semanas en el hotel de Essex y Sussex en verano. Fueron tiempos felices.

Se encogió de hombros.

La camarera dejó la cuenta en la mesa. Will sacó su cartera.

—Hace doce años decidí que me gustaba vivir aquí y no me gustaba trabajar en Nueva York, así que abrí esta oficina. Mucho trabajo de bienes raíces, tanto residencial como comercial.

»Y a propósito, vamos a ver a los Kiernan.

Se levantaron al mismo tiempo.

Pero los Kiernan ya se habían ido de Spring Lake. Su abogado explicó que tenía poderes para ejecutar el traspaso. Emily recorrió con él todas las habitaciones, se deleitó con los detalles arquitectónicos que no había apreciado por completo antes.

—Sí, estoy muy satisfecha de que todo lo que compré está aquí y de que la casa se encuentre en perfectas condiciones —le dijo.

Intentó reprimir su impaciencia por cerrar el trato, estar sola en la casa, pasear por las habitaciones, reordenar los muebles de la sala de estar, para que los sofás estuvieran encarados en ángulos rectos en relación a la chimenea.

Necesitaba dejar su impronta en la casa, hacerla suya. Siempre había pensado que la casa de Albany era un lugar provisional, aunque había vivido en ella tres años, desde que había regresado de ver a sus padres en Chicago un día antes de lo previsto y encontrado a su marido fundido en un abrazo íntimo con su mejor amiga, Barbara Lyons. Recogió sus maletas, volvió al coche y se alojó en un hotel. Una semana después alquiló la casa.

La casa en que vivía con Gary era propiedad de la acaudalada familia de él. Nunca la había sentido como suya. Sin embargo, pasear por esta casa parecía evocar memorias sensoriales.

—Casi tengo la sensación de que me está dando la bienvenida —dijo a Will Stafford.

—Podría ser. Deberías ver la expresión de tu cara. ¿Dispuesta a ir a mi despacho para firmar los papeles?

Tres horas más tarde, Emily volvió a la casa.

—Hogar, dulce hogar —dijo cuando bajó del coche y abrió el maletero para coger las verduras que había comprado después del traspaso.

Estaban excavando la piscina cerca de la nueva caseta de baño. Tres hombres se encontraban trabajando en la obra. Después del recorrido de la casa le habían presentado a Manny Dexter, el capataz. La vio y agitó la mano a modo de saludo.

El ruido de la excavadora ahogó sus pasos cuando corrió por el camino de losas azules hacia la puerta posterior. Podría pasar sin ella, pensó, pero luego recordó que sus hermanos y familia estarían encantados con la piscina cuando fueran a visitarla.

Llevaba uno de sus conjuntos favoritos, un traje pantalón verde oscuro de invierno y un jersey blanco de cuello alto. Pese a lo abrigada que iba, Emily se estremeció cuando pasó la bolsa del colmado de un brazo al otro e introdujo la llave en la puerta. Una ráfaga de viento le tiró el pelo sobre la cara, y mientras lo echaba hacia atrás, movió la bolsa y una caja de cereales cayó al suelo del porche.

Ese segundo en que se inclinó a recogerla significó que Emily siguiera fuera cuando Manny Dexter gritó al obrero de la excavadora:

—¡Para ese trasto! ¡Deja de excavar! ¡Ahí abajo hay un esqueleto!

4

El detective Tommy Duggan no siempre estaba de acuerdo con su superior, Elliot Osborne, fiscal del condado de Monmouth. Tommy sabía que Osborne consideraba su incesante investigación de la desaparición de Martha Lawrence una obsesión que sólo conseguiría mantener a su asesino en estado de máxima alerta.

«A menos que el asesino sea un chiflado que dejó tirado su cuerpo a cientos de kilómetros de aquí», puntualizaba Osborne.

Tommy Duggan había sido detective durante los últimos quince de sus cuarenta y dos años. En ese tiempo, se había casado, engendrado dos hijos y visto que la línea de su cabello se retiraba hacia el sur, en tanto su cintura se proyectaba hacia el este y el oeste. Con su cara redonda y risueña, y su sonrisa pronta, daba la impresión de ser un individuo bonachón que nunca se había topado con un problema más grave que una rueda pinchada.

De hecho, era un investigador de primera. En el departamento, le admiraban y envidiaban por su habilidad para recoger cualquier información, en apariencia inútil, y seguirla hasta que demostraba ser crucial para el caso. A lo largo de los años, Tommy había rechazado generosas ofertas de empresas de seguridad privadas. Adoraba su trabajo.

Toda su vida había vivido en Avon by the Sea, una ciudad costera situada a pocos kilómetros de Spring Lake. Mientras estudiaba en la universidad, había trabajado de botones y luego de camarero en el hotel Warren de Spring Lake. Así había llegado a conocer a los abuelos de Martha Lawrence, que comían con regularidad en el hotel.

Una vez más, sentado en su cubículo particular, dedicaba la hora de comer que se permitía a repasar el expediente de la muchacha. Sabía que Elliot Osborne quería atrapar al asesino de Martha Lawrence tanto como él. Lo único que los diferenciaba era la forma de resolver el crimen.

Tommy contempló la fotografía de Martha, tomada en el paseo marítimo de Spring Lake. Vestía camiseta y pantalones cortos. Su largo cabello rubio acariciaba sus hombros, su sonrisa era radiante y confiada. Era una belleza de veintiún años que, cuando la foto fue tomada, tendría que haber podido vivir cincuenta o sesenta años más. En cambio, le quedaban menos de cuarenta y ocho horas.

Tommy meneó la cabeza y cerró el expediente. Estaba convencido de que, si continuaba visitando de manera regular a la gente de Spring Lake, tarde o temprano toparía con un hecho crucial, alguna información que antes había pasado por alto y le conduciría hasta la verdad. Como resultado, era una figura familiar para los vecinos de los Lawrence y para todos los que habían estado en contacto con Martha durante las últimas horas de su vida.

Los empleados del servicio de *catering* que habían trabajado en la fiesta de los Lawrence, la noche anterior a la desaparición de Martha, estaban en la nómina de la empresa desde hacía mucho tiempo. Había hablado con ellos en repetidas ocasiones, sin obtener hasta el momento ninguna información valiosa.

La mayoría de los invitados que habían asistido a la fiesta eran vecinos de la localidad, o bien veraneantes que tenían la casa abierta todo el año e iban los fines de semana. Tommy siempre guardaba una lista de los invitados doblada en la cartera. No representaba un gran esfuerzo llegarse hasta Spring Lake y charlar con un par de ellos.

Martha había desaparecido mientras corría. Algunas de las personas que solían correr por la mañana informaron haberla visto cerca de North Pavilion. Todas habían sido investigadas y descartadas.

Tommy Duggan suspiró cuando cerró el expediente y lo devolvió al cajón superior. No creía que un forastero se hubiera detenido al azar en Spring Lake y secuestrado a Martha. Estaba seguro de que el culpable era alguien en quien ella confiaba.

Y estoy trabajando en mi tiempo libre, pensó con amargura, mientras observaba la comida que le había preparado su esposa.

El médico le había dicho que debía perder unos diez kilos. Mientras desenvolvía un bocadillo de atún con pan integral, decidió que Suzie estaba decidida a que adelgazara a base de matarlo de hambre.

Sonrió de mala gana y admitió que la dieta le estaba afectando. Lo que en realidad necesitaba era una buena loncha de jamón con queso sobre pan de centeno, con ensalada de patata como acompañamiento. Y un encurtido, añadió.

Mientras mordía el bocadillo, se acordó que, si bien Osborne había vuelto a hacer otro comentario sobre sus obsesivos esfuerzos en el caso Lawrence, la familia de Martha no opinaba igual.

De hecho, la abuela de Martha, una elegante y hermosa octogenaria, se mostró más contenta de lo que él había esperado cuando paró a verla la semana anterior. Entonces le contó la buena noticia: la hermana de Martha, Christine, acababa de tener un niño.

—George y Amanda están que no caben en sí de gozo —dijo—. Es la primera vez que los veo sonreír en estos últimos cuatro años y medio. Sé que tener un nieto los ayudará a superar la pérdida de Martha.

George y Amanda eran los padres de Martha.

—De alguna manera —continuó la señora Lawrence—, todos aceptamos que Martha ya no está con nosotros. Nunca habría desaparecido por voluntad propia. Lo que nos aterra es la espantosa posibilidad de que un psicópata la haya secuestrado y la retenga prisionera. Todo sería más fácil si estuviéramos seguros de que ha muerto.

La habían visto por última vez en el paseo marítimo a las seis y media de la mañana del 7 de septiembre, cuatro años y medio antes.

Mientras Tommy terminaba su bocadillo sin demasiado entusiasmo, tomó una decisión. A las seis de la mañana del día siguiente, iría a correr al paseo marítimo de Spring Lake.

Le ayudaría a rebajar los diez kilos, pero había otra cosa. Empezaba a experimentar esa sensación que a veces aparecía cuando trabajaba intensamente en un homicidio, y por más que intentara soslayarla, no se alejaba.

Estaba cerrando el cerco alrededor del asesino.

Sonó su teléfono. Lo descolgó mientras mordisqueaba una manzana que, en teoría, constituía el postre. Era la secretaria de Osborne.

—Tommy, reúnete con el jefe ahora mismo en su coche.

Elliot Osborne estaba subiendo al asiento de atrás cuando Tommy llegó bufando a la sección de plazas reservadas del aparcamiento. Osborne no habló hasta que el coche salió y el conductor conectó la sirena.

—Acaban de desenterrar un esqueleto en la Hayes Avenue de Spring Lake. El propietario estaba excavando una piscina.

Antes de que Osborne pudiera continuar, sonó el teléfono del coche. El conductor contestó y lo pasó al fiscal.

—Es Newton, señor.

Osborne alzó el teléfono para que Tommy pudiera oír lo que decía el jefe del equipo forense.

—Menudo caso te ha caído encima, Elliot. Hay restos de dos cuerpos enterrados aquí, y por su aspecto uno lleva sepultado mucho más tiempo que el otro.

5

Después de llamar a la policía, Emily corrió afuera, se detuvo al borde del agujero y vio lo que parecía un esqueleto humano.

Como abogada criminalista había visto docenas de fotos de cadáveres. Muchos rostros estaban petrificados en una expresión de miedo. En otros había detectado súplica en sus ojos abiertos. Pero nada la había afectado tanto como el aspecto de esta víctima.

El cuerpo estaba envuelto en grueso plástico transparente. El plástico se había desmenuzado, pero aunque la carne se había desprendido, había conseguido mantener los huesos intactos. Por un momento, pensó que acababan de descubrir por casualidad los restos de la hermana de su tatarabuela. Pero rechazó esa posibilidad. En 1891, cuando Madeline desapareció, aún no habían inventado el plástico, de manera que no podía ser ella.

Cuando el primer coche policial subió por el camino de entrada, con la sirena aullando, Emily volvió a la casa. Era inevitable que la policía quisiera hablar con ella, y necesitaba reconcentrarse.

«Reconcentrarse»: una expresión de su abuela.

Las bolsas de comida seguían sobre la encimera, donde las había dejado en sus prisas por llegar al teléfono. Llenó la tetera con precisión robótica, la puso sobre un quemador, encendió la llama, clasificó los contenidos de las bolsas y guardó los alimentos perecederos en la nevera. Vaciló un momento, y empezó a abrir y cerrar armaritos.

—No recuerdo dónde van los comestibles —dijo en voz baja, frenética, y después comprendió que su estallido de irritación infantil se debía al sobresalto.

La tetera empezó a silbar. Una taza de té, pensó. Eso me despejará la cabeza.

Un ventanal de la cocina dominaba el terreno situado detrás de la casa. Emily se paró ante él con la taza en la mano, y observó la tranquila eficacia con que se acordonaba el perímetro de la excavación.

Fotógrafos de la policía llegaron y empezaron a tomar foto

tras foto de la obra. Sabía que debía ser un forense experto quien bajara a la excavación, cerca del lugar donde habían encontrado el esqueleto.

Sabía que los restos serían trasladados al depósito de cadáveres y examinados. Después se realizaría una descripción física que proporcionaría el sexo de la víctima, junto con la talla, el peso y la edad aproximadas. Los registros dentales y el ADN ayudarían a emparejar la descripción con la de una persona desaparecida. Para alguna familia desafortunada, la agonía de la incertidumbre terminaría, junto con la esperanza de que, algún día, el ser amado regresaría.

Sonó el timbre.

Un Tommy Duggan de rostro sombrío se erguía al lado de Elliot Osborne en el porche, y esperaba a que la puerta se abriera. Como resultado de su consulta entre susurros con el jefe del equipo forense, los dos hombres estaban seguros de que la búsqueda de Martha Lawrence había terminado. Newton les había dicho que el estado del esqueleto envuelto en plástico indicaba que era un adulto joven, de dientes perfectos. Rehusó especular acerca de los huesos humanos sueltos encontrados cerca del esqueleto hasta que el médico forense los examinara en el depósito de cadáveres.

Tommy miró por encima del hombro.

—Empieza a congregarse gente. Los Lawrence no tardarán en enterarse.

—El doctor O'Brien va a acelerar la autopsia —dijo Osborne—. Supone que todo Spring Lake va a llegar a la conclusión de que se trata de Martha Lawrence.

Cuando la puerta se abrió, los dos hombres exhibían sus placas de identificación.

—Soy Emily Graham. Pasen —dijo.

Suponía que la visita sería poco más que una formalidad.

—Tengo entendido que ha cerrado la venta de la casa esta misma mañana, señora Graham —empezó Osborne.

Estaba acostumbrada a tratar con funcionarios del gobierno como Elliot Osborne. Impecablemente vestidos, corteses, inteligentes, eran también buenos relaciones públicas que dejaban el trabajo sucio a sus subordinados. Sabía que el detective Duggan y él compararían notas e impresiones más tarde.

También sabía que, tras su apariencia seria, el detective Duggan la estaba examinando con ojo crítico.

Estaban en el vestíbulo, cuyo único mobiliario consistía en un pintoresco confidente victoriano. El primer día que había visto la casa, cuando dijo que quería comprarla, y añadió que también estaría interesada en adquirir parte de los muebles, Theresa Kiernan, la anterior propietaria, había indicado el confidente con una pálida sonrisa.

—Me encanta esta pieza, pero sólo está para crear atmósfera, se lo aseguro. Es tan baja que levantarse de ella es un desafío a la ley de la gravedad.

Emily invitó a Osborne y al detective Duggan a entrar en la sala de estar. Pensaba cambiar de sitio los sofás esta tarde, pensó mientras los seguía a través de la arcada. Quería tenerlos encarados delante de la chimenea. Intentó combatir una creciente sensación de irrealidad.

Duggan había sacado una libreta.

—Nos gustaría hacerle unas preguntas sencillas, señora Graham —dijo Osborne—. ¿Desde cuándo viene a Spring Lake?

A sus propios oídos, la historia de que llegó por primera vez tres meses antes y compró de inmediato la casa sonó casi ridícula.

—¿Nunca había estado aquí y compró la casa guiada por un impulso? —Había incredulidad en la voz de Osborne.

Emily vio que la expresión de Duggan era intrigada. Eligió sus palabras con cautela.

—Vine a Spring Lake guiada por un impulso porque toda mi vida había sentido curiosidad por la ciudad. Mi familia construyó esta casa en 1875. Fue suya hasta 1892, cuando la vendieron después de que su hija mayor, Madeline, desapareciera en 1891. Cuando examiné los registros de la ciudad para ver dónde estaba la casa, descubrí que la habían puesto a la venta. La vi, me encantó y la compré. No puedo decirles más.

No comprendía la expresión asombrada de sus rostros.

—Ni siquiera me había dado cuenta de que era la casa Shapley —dijo Osborne—. Suponemos que los restos serán los de una joven desaparecida hace más de cuatro años, mientras estaba de visita en casa de sus abuelos, aquí en Spring Lake.

Con un breve ademán, indicó a Duggan que no era el momento apropiado para hablar del segundo conjunto de restos.

Emily sintió que el color se retiraba de su cara.

—¿Una joven desapareció hace más de cuatro años y está enterrada aquí? —susurró—. Santo Dios, ¿cómo es posible?

—Es un día muy triste para esta comunidad. —Osborne se levantó—. Temo que deberemos mantener aislado el lugar de los hechos hasta que hayan terminado de analizarlo. En cuanto acaben, podrá decir a su contratista que prosiga las obras.

No habrá piscina, pensó Emily.

—Los medios de comunicación invadirán la ciudad. Haremos lo que podamos para impedir que la molesten —dijo Osborne—. Tal vez queramos hablar con usted más adelante.

Mientras se acercaban a la puerta, el timbre sonó con insistencia.

El camión de mudanzas de Albany había llegado.

6

Para los residentes de Spring Lake, el día había empezado como de costumbre. La mayoría de la gente que trabajaba fuera se había congregado en la estación de tren para el trayecto de hora y media a sus empleos de Nueva York. Otros habían aparcado sus coches en la vecina Atlantic Highlands y subido al catamarán que los dejaba al pie del World Financial Center.

Allí, bajo la mirada vigilante de la estatua de la Libertad, corrían a sus diversas oficinas. Muchos trabajaban en la comunidad financiera como agentes de bolsa o ejecutivos de casas de corretaje. Otros eran abogados y banqueros.

En Spring Lake, la mañana transcurrió con serena regularidad. Los niños llenaban las aulas de la escuela pública y de St. Catherine. Las elegantes tiendas de la Tercera Avenida abrían sus puertas. A mediodía, uno de los lugares favoritos para comer era el Sisters Café. Los corredores de bienes raíces acompañaban a clientes en potencia a ver propiedades disponibles y explicaban que, pese a los precios en alza, una casa en Spring Lake era una excelente inversión.

La desaparición de Martha Lawrence, ocurrida cuatro años y medio antes, había colgado como un sudario sobre la conciencia de los residentes, pero aparte de aquel terrible acontecimiento, los delitos graves eran inexistentes en la ciudad.

Ahora, en aquel primer ventoso día de primavera, la sensación de seguridad local sufrió una dura prueba.

La noticia de que la policía estaba trabajando en Hayes Avenue se propagó por toda la ciudad. A continuación corrieron rumores sobre el hallazgo de restos humanos. El operario de la excavadora utilizó el teléfono móvil a escondidas para llamar a su mujer.

—He oído decir al jefe del equipo forense que, a juzgar por el estado de los huesos, se trata de un adulto joven —susurró—. Además, hay algo más ahí abajo, pero ni siquiera dicen qué es.

Su mujer se apresuró a llamar a sus amigas. Una de ellas, una corresponsal de la cadena CBS, telefoneó al instante. Enviaron un helicóptero para cubrir la noticia.

Todo el mundo sabía que la víctima tenía que ser Martha Lawrence. Los viejos amigos se fueron congregando en casa de los Lawrence. Uno de ellos se responsabilizó de llamar a los padres de Martha a Filadelfia.

Antes de que les avisaran oficialmente, George y Amanda Lawrence suspendieron su visita planeada de antemano a la casa de su hija mayor en Bernardsville, Nueva Jersey, para ver a su nieta. Con la sensación de que algo inevitable se avecinaba, partieron en dirección a Spring Lake.

A las seis de la tarde, mientras la oscuridad se cernía sobre la costa Este, el pastor de St. Catherine acompañó al fiscal a casa de los Lawrence. El historial dental de Martha, preciso en su descripción de los dientes que habían dotado a Martha de su brillante sonrisa, coincidía exactamente con el molde que el doctor O'Brien había sacado durante la autopsia.

Algunos mechones de lo que había sido una larga cabellera rubia seguían adheridos a la nuca. Coincidían con las hebras que la policía había recogido en la almohada y el cepillo del pelo de Martha después de su desaparición.

Una sensación de dolor colectivo se apoderó de la comunidad.

La policía había decidido retener, de momento, toda información sobre los segundos restos. Pertenecían también a una mujer joven, y el jefe del equipo forense calculaba que llevaban enterrados más de cien años.

Además, no fue revelado que el instrumento de la muerte de Martha había sido un pañuelo de seda con cuentas metálicas, ceñido con fuerza alrededor de su garganta.

Sin embargo, el hecho más escalofriante que la policía no estaba dispuesta a divulgar era que, dentro de su sudario de plástico,

Martha Lawrence había sido enterrada con el hueso de un dedo de la víctima centenaria, y que un anillo de zafiros todavía colgaba de aquel hueso.

7

Ni el sofisticado sistema de seguridad, ni la presencia de la policía en la caseta de baño para custodiar el lugar de los hechos, pudieron tranquilizar a Emily la primera noche que pasó en la casa. El frenético movimiento de los hombres, seguido por la necesidad de abrir las cajas y devolver el orden a la casa, la habían distraído durante la tarde. Dentro de lo posible, había intentado apartar su mente de la actividad que tenía lugar en el patio trasero, de la presencia de los silenciosos y civilizados espectadores congregados en la calle, y del ruido penetrante del helicóptero que daba vueltas sobre la casa.

A las siete preparó una ensalada, una patata al horno, y frió las chuletas de cordero que había comprado, entre otras cosas, para celebrar la compra de la casa.

Pero aunque había bajado todas las persianas y encendido el fuego de la chimenea de la cocina al máximo, aún se sentía muy vulnerable.

Para distraerse, se llevó a la mesa el libro que había estado buscando, pero pese a sus esfuerzos, nada alivió su angustia. Varias copas de Chianti no consiguieron confortarla ni relajarla. Le gustaba mucho cocinar, y los amigos siempre habían comentado que conseguía dar un toque especial al plato más sencillo. Esa noche apenas pudo probar lo que había preparado. Releyó dos veces el primer capítulo del libro, pero las palabras se le antojaron carentes de sentido, de coherencia.

Nada podía imponerse a la escalofriante certeza de que el cadáver de una joven había sido encontrado en esta propiedad. Se dijo que debía ser una irónica coincidencia que la hermana de su tatarabuela hubiera desaparecido en el mismo lugar donde hoy habían encontrado a otra joven desaparecida.

Pero mientras ordenaba la cocina, apagaba el fuego, comprobaba las puertas, preparaba la alarma para que se disparara al menor intento de abrir las puertas o una ventana, Emily no pudo desechar ni escapar a la creciente certidumbre de que la muerte de su antepasada y la muerte de una joven, cuatro años y medio atrás, estaban inexorablemente relacionadas.

Subió la escalera con el libro bajo el brazo hasta la segunda planta. Eran las nueve, pero sólo deseaba una ducha, ponerse un pijama calentito y meterse en la cama, donde leería, vería la televisión, o ambas cosas.

Igual que anoche, pensó.

Los Kiernan habían sugerido que Doreen Sullivan, la empleada de hogar que iba dos veces por semana a la casa, sería de su agrado. Cuando cerraron el trato, el abogado del matrimonio había dicho que, como regalo de bienvenida, habían encargado a Doreen que echara un vistazo general a la casa y pusiera sábanas limpias en las camas y toallas nuevas en los cuartos de baño.

La casa estaba en la esquina, a una calle del mar. Se veía el océano desde los lados este y sur del dormitorio principal. Veinte minutos después de subir a la segunda planta, Emily se había duchado y cambiado. Algo más relajada, retiró el cubrecama de la cabecera a juego.

Entonces vaciló. ¿Había cerrado con llave la puerta principal? Incluso con el sistema de seguridad conectado, tenía que asegurarse.

Irritada consigo misma, salió del dormitorio y corrió por el pasillo. Accionó el interruptor que encendía la araña del vestíbulo y bajó por la escalera.

Antes de llegar a la puerta principal, vio el sobre que habían pasado por debajo. Por favor, Dios, otra vez no, pensó mientras se agachaba para recogerlo. ¡No dejes que la pesadilla empiece otra vez!

Abrió el sobre. Tal como temía, contenía una foto, la silueta de una mujer ante una ventana, iluminada desde atrás. Por un momento tuvo que concentrarse para darse cuenta de que la mujer de la foto era ella.

Y entonces lo supo.

Anoche. En la Candlelight Inn. Cuando había abierto la ventana, se había quedado mirando un momento, antes de bajar la persiana.

Alguien había estado espiando desde el paseo marítimo. No, era imposible, pensó. Había mirado el paseo y estaba desierto.

Alguien que estaba en la playa había tomado y revelado la foto, y después la había deslizado por debajo de su puerta durante la última hora. No estaba allí cuando había subido al segundo piso.

¡La persona que la había acosado en Albany estaba en Spring Lake! Pero eso era imposible. Ned Koehler estaba en Gray Manor, un centro psiquiátrico de Albany.

Aún no le habían conectado el teléfono. Su móvil estaba en el dormitorio. Corrió arriba con la fotografía en la mano. Sus dedos temblaban cuando marcó el número de información.

—Bienvenido a información local y nacional...

—Albany, Nueva York. Hospital Gray Manor. —Su voz era apenas un susurro.

Momentos después hablaba con el supervisor nocturno de la unidad donde Ned Koehler estaba confinado.

Se identificó.

—Conozco su nombre —dijo el supervisor—. Es la persona a la que él acosaba, ¿verdad?

—¿Ha salido con permiso?

—¿Koehler? De ninguna manera, señora Graham.

—¿Existe alguna posibilidad de que haya logrado escapar?

—Le vi en su cama hace menos de una hora.

Una vívida imagen de Ned Koehler alumbró en la mente de Emily: un hombre menudo adentrado en la cuarentena, calvo, vacilante al hablar y en sus modales. En el tribunal había llorado en silencio durante todo el juicio. Ella había defendido a Joel Lake, acusado de asesinar a la madre de Ned durante un robo frustrado.

Cuando el jurado absolvió a Lake, Ned Koehler perdió los estribos y se precipitó hacia ella. Gritaba obscenidades, recordó Emily. Me decía que había liberado a un asesino. Habían sido necesarios dos ayudantes del sheriff para contenerle.

—¿Cómo está? —preguntó.

—Cantando la misma canción: que es inocente. —La voz del supervisor era tranquilizadora—. Señora Graham, es normal que las víctimas de acoso se sientan aprensivas después de que el acosador haya sido encerrado. Pero descuide, Ned no irá a ningún sitio.

Cuando colgó, Emily se obligó a estudiar la fotografía. Estaba enmarcada en el centro de la ventana, un blanco fácil para alguien provisto de una pistola en lugar de una cámara, se le ocurrió.

Tenía que llamar a la policía. Tal vez al agente que estaba de guardia en la caseta de baño. Pero no quería abrir la puerta. Supón que no esté allí, se dijo. Supón que haya otra persona. El 911...

41

No, el número de la comisaría estaba en el calendario de la cocina. No quería que la policía llegara con las sirenas a todo trapo. El sistema de alarma estaba conectado. Nadie podía entrar.

El agente que recibió la llamada envió un coche patrulla al instante. Las luces destellaban, pero el chófer no conectó la sirena.

El policía era joven, no tendría más de veintidós años. Emily le enseñó la foto, le habló del acosador de Albany.

—¿Está segura de que no le han soltado, señora Graham?

—Acabo de llamar al centro.

—Supongo que algún chico listo, enterado de que tuvo este problema, ha querido gastarle una broma pesada —dijo para tranquilizarla—. ¿Podría darme un par de bolsas de plástico?

Sujetó la foto y el sobre por la esquina y los dejó caer en las bolsas.

—Buscaremos huellas dactilares —explicó—. Me marcho.

Emily le acompañó hasta la puerta.

—Esta noche, vigilaremos la parte delantera de la casa, y avisaremos al agente que está en el patio trasero para que mantenga los ojos bien abiertos —dijo—. No le pasará nada.

Tal vez, pensó Emily, mientras cerraba la puerta con llave.

Se metió en la cama y se obligó a apagar la luz. Hubo mucha publicidad cuando detuvieron a Ned Koehler y le encarcelaron, pensó. Tal vez se trataba de un imitador.

Pero ¿por qué? ¿Qué otra explicación podía haber? Ned Koehler era culpable. Por supuesto que sí. La voz del supervisor: «Cantando la misma canción: que es inocente».

¿Lo era? En ese caso, ¿estaba el verdadero acosador en libertad, dispuesto a renovar sus indeseables atenciones?

Fue casi al amanecer, con el alivio de las primeras luces del día, cuando Emily se durmió por fin. A las nueve, la despertaron los ladridos de los perros que la policía había traído para buscar otras posibles víctimas enterradas en su propiedad.

8

Clayton y Rachel Wilcox habían asistido a la fiesta celebrada en casa de los Lawrence la noche anterior a la desaparición de Martha. Desde entonces, como todos los demás invitados, habían recibido visitas regulares del detective Tom Duggan.

Acababan de enterarse de la horrible noticia de que habían encontrado el cadáver de Martha, pero al contrario que muchos otros invitados de aquella fiesta, no acudieron de inmediato a casa de los Lawrence. Rachel había puntualizado a su marido que sólo los amigos más íntimos serían bienvenidos en un momento tan doloroso. La firmeza de su voz no dejó lugar a discusiones.

Rachel, de sesenta y cuatro años, era guapa, con cabello cano largo hasta los hombros que enmarcaba su cabeza. Alta y elegante, proyectaba autoridad. Su piel, a la que no aplicaba ni un toque de maquillaje, era blanca y firme. Sus ojos, de un azul grisáceo, albergaban siempre una expresión severa.

Treinta años antes, cuando era una tímida ayudante casi cuarentona del decano, Clayton la cortejaba, y la había comparado dulcemente con un vikingo.

—Puedo imaginarte al timón de un barco —susurró—, armada para la batalla, con el viento alborotando tu pelo.

Ahora, se refería mentalmente a Rachel como «la Vikinga». Sin embargo, el mote ya no era cariñoso. Clayton vivía en una constante máxima alerta, siempre ansioso por evitar la ira irrefrenable de su esposa. Cuando, no obstante, la provocaba, su lengua cáustica le laceraba sin piedad. Al principio de su matrimonio había aprendido que ella no perdonaba ni olvidaba.

El hecho de haber asistido como invitados a la fiesta celebrada por los Lawrence, horas antes de que Martha desapareciera, le parecía motivo suficiente para ir a darles el pésame, pero Clayton decidió callar tal sugerencia. En cambio, vieron el telediario de las once, y escuchó en sufrido silencio los comentarios cáusticos de Rachel.

—Es muy triste, por supuesto, pero al menos eso debería poner fin a las molestas visitas de ese detective —dijo ella.

Al contrario, Duggan vendrá más a menudo, pensó Clayton. Era un hombre grande, con una cabeza leonina de pelo gris hirsuto y ojos inteligentes, y parecía el académico que había sido.

Cuando, doce años antes, a la edad de cincuenta y cinco, se había jubilado como presidente de Enoch College, una pequeña pero prestigiosa institución de Ohio, Rachel y él se habían radicado en Spring Lake. Había ido a la ciudad por primera vez cuando era muy joven, para ver a un tío que vivía allí, y a lo largo de los años había repetido las visitas. A modo de pasatiempo, había estudiado con entusiasmo la historia de la ciudad, y se le conocía como el historiador no oficial de la localidad.

Rachel trabajaba como voluntaria para diversas obras de caridad, donde admiraban su capacidad de organización y energía, aunque a nadie le caía particularmente bien. Había tomado medidas para asegurarse de que todo el mundo supiera que su marido era el ex presidente de una universidad, y que ella se había graduado en Smith.

«Todas las mujeres de nuestra familia, empezando por mi abuela, se graduaron en Smith», explicaba.

Nunca había perdonado a Clayton una indiscreción cometida con una profesora tres años después de casarse. Más adelante, la equivocación que había provocado su brusca jubilación de Enoch College, un lugar cuyo estilo de vida gustaba a Rachel, la había amargado profundamente.

Cuando una foto de Martha Lawrence llenó la pantalla del televisor, Clayton Wilcox sintió que sus manos sudaban de miedo. Había existido otra persona de largo pelo rubio y cuerpo exquisito. Ahora que habían encontrado los restos de Martha, ¿hasta qué punto investigaría la policía el pasado de la gente que había estado en aquella fiesta? Tragó saliva y comprobó que tenía la garganta seca.

«Martha Lawrence estaba de visita en casa de sus abuelos antes de regresar a la universidad», estaba diciendo la presentadora de la CBS, Dana Tyler.

—Aquella noche te di mi pañuelo de cuello para que lo guardaras —se quejó Rachel por millonésima vez—. Y tú, por supuesto; lograste perderlo.

9

Todd, Scanlon, Klein y Todd era un bufete de abogados criminalistas bien conocido en toda la nación, con sede en Park Avenue South de Manhattan, fundado por Walter Todd. Como él afirmaba:

—Hace cuarenta y cinco años colgué un letrero en un escaparate, cerca de los juzgados. No venía nadie. Hice amistad con los fiadores de fianzas. Les caí bien y empezaron a decir a sus clientes que yo era un buen abogado. Y aún mejor que eso, barato.

El otro Todd de la sociedad era el hijo de Walter, Nicholas.

—Se parece a mí, habla como yo, y antes de que haya terminado, será tan buen abogado como yo —se jactaba Walter

Todd—. Juro que Nick sería capaz de conseguir la absolución de Satanás.

Nunca hacía caso de las protestas de Nick.

—Yo no considero eso un cumplido, papá.

El 21 de marzo, Nick Todd y su padre estuvieron trabajando hasta tarde para preparar un juicio inminente, y después Nick fue a cenar al espacioso apartamento de sus padres en la plaza de las Naciones Unidas.

A las once menos diez empezó a despedirse, pero luego decidió esperar al telediario de las once de la CBS.

—Puede que digan algo sobre el juicio —aventuró—. Corre el rumor de que vamos a intentar llegar a un acuerdo con el fiscal.

El reportaje sobre Martha Lawrence fue la primera noticia.

—Pobre familia —suspiró su madre—. Supongo que es mejor que lo sepan, pero perder a un hijo...

Anne Todd enmudeció. Cuando Nick tenía dos años, había dado a luz a una niña a la que llamaron Amelia. Sólo había vivido un día.

Habría cumplido treinta y seis años la semana siguiente, pensó Anne. Hasta de recién nacida se parecía a mí. En su mente, podía ver viva a Amelia, una joven de cabello oscuro y ojos verdeazulados. Sé que le habría gustado la música tanto como a mí. Habríamos ido juntas a conciertos... Parpadeó para reprimir las lágrimas que siempre anegaban sus ojos cuando pensaba en su hija fallecida.

Nick comprendió lo que había estado arañando su inconsciente.

—¿No es Spring Lake el lugar donde Emily Graham compró una casa? —preguntó.

Walter Todd asintió.

—Todavía me pregunto por qué le permití esperar hasta mayo para empezar a trabajar —gruñó Todd—. Ahora nos sería útil.

—Tal vez porque, después de verla en Albany, pensaste que valía la pena esperar —sugirió Nick.

Una imagen de Emily Graham flotó en su memoria. Antes de ofrecerle el trabajo, su padre y él habían ido a Albany para verla en acción. Había estado brillante y conseguido la absolución de un cliente acusado de homicidio por negligencia.

Había ido a comer con ellos. Nick recordaba las elocuentes alabanzas que su padre, por lo general taciturno, le había dedicado. «Son tan parecidos como dos gotas de agua. Una vez aceptan un caso, casi matarían por el cliente.»

Desde que había alquilado el apartamento de Nueva York, Emily había ido a verlos varias veces, para organizar su despacho y conocer al personal. Nick comprendió que tenía muchas ganas de verla a diario.

Su cuerpo larguirucho de metro ochenta y cinco se desdobló cuando se puso en pie.

—Me voy. Mañana quiero ir al gimnasio temprano, y ha sido un día largo.

Su madre le acompañó hasta la puerta.

—Ojalá llevaras sombrero —dijo—. Hace un frío terrible en la calle.

Nick se agachó y la besó.

—Has olvidado decirme que no olvide llevar una bufanda.

Anne vaciló y echó un vistazo a la sala de estar, donde su marido estaba escuchando las noticias. Bajó la voz.

—Nick, haz el favor de decirme qué te pasa, porque algo pasa, y no me lo niegues. ¿Estás enfermo y no quieres que lo sepa?

—Confía en mí. Gozo de una salud perfecta —la tranquilizó—. Es que el juicio de Hunter me tiene preocupado.

—Papá no está preocupado —protestó Anne—. Dice que está seguro de que la peor posibilidad es un jurado en desacuerdo. Pero tú eres como yo. Siempre te preocupas por todo.

—Somos iguales. Tú estás preocupada por mí y yo estoy preocupado por el juicio.

Sonrieron al mismo tiempo. En el fondo, Nick es como yo, pensó Anne, pero en el aspecto físico se parece a Walter, incluso cuando arruga la frente si se está concentrando.

—No frunzas el entrecejo —dijo cuando Nick abrió la puerta.

—Lo sé. Me salen arrugas.

—Y no te preocupes por el juicio. Sabes que ganaréis.

Mientras bajaba en ascensor desde el piso 36, Nick pensó: Eso es, mamá. Ganaremos gracias a un tecnicismo y esa escoria saldrá libre. Su cliente era un leguleyo de baja estofa que había invadido las cuentas de registros de herederos de propiedades, muchos de los cuales necesitaban con desesperación su herencia.

Decidió caminar hasta el centro, y después ir en metro a su apartamento de SoHo, pero ni siquiera el aire frío de la noche logró aliviar la depresión que invadía su psique cada vez más.

Atravesó Times Square casi sin fijarse en sus marquesinas luminosas.

No hace falta ser lady Macbeth y matar a alguien para experimentar la sensación de que tienes las manos manchadas de sangre, pensó.

JUEVES, 22 DE MARZO

10

Desde que empezaron a excavar la piscina, sabía que encontrarían los restos de Martha. Sólo podía confiar en que el hueso del dedo siguiera intacto dentro del sudario de plástico. Pero aunque no fuera así, encontrarían el anillo. Todos los informes decían que estaban examinando palmo a palmo toda la zona excavada.

Era demasiado esperar que el médico forense llegara a la conclusión de que Martha y Madeline habían muerto de la misma manera. Martha con el pañuelo anudado alrededor del cuello, Madeline con el cinturón de algodón almidonado que le había arrebatado de la cintura mientras intentaba huir.

Podía recitar de memoria aquel pasaje del diario.

Es curioso caer en la cuenta de que, sin un solo gesto por mi parte, Madeline comprendiera que había cometido un error al venir a mi casa. Se pellizcaba la falda con sus largos y esbeltos dedos, aunque su expresión facial no cambiaba.

Me miró mientras yo cerraba con llave la puerta.

—¿Por qué hace eso? —preguntó.

Debió de leer algo en mis ojos, porque se llevó la mano a la boca. Vi que los músculos de su cuello se movían cuando intentó chillar, en vano. Estaba demasiado asustada para hacer otra cosa que susurrar «por favor».

Intentó correr hacia la ventana, pero agarré su cinturón y se lo arranqué, después lo cogí con las dos manos y lo pasé alrededor de su cuello. En aquel momento, con notable fuerza, intentó golpear-

me y darme patadas. Ya no era un cordero tembloroso, sino una
tigresa que luchaba por su vida.

Más tarde, me bañé, cambié y llamé a sus padres, que ya esta-
ban muy preocupados por su paradero.

Cenizas a las cenizas. Polvo al polvo.

Había una foto de Martha en todas las portadas, incluida la del *Times*. ¿Por qué no? Era de interés periodístico que el cadáver de una hermosa joven fuera descubierto, sobre todo si procedía de una familia privilegiada que vivía en una pintoresca y rica localidad. Aún interesaría más el anuncio de que habían encontrado un hueso de dedo con un anillo dentro del plástico. Si lo habían encontrado, confiaba en que se dieran cuenta de que había cerrado la mano de Martha sobre el hueso.

Su mano aún estaba caliente y flexible.

Hermanas en la muerte, separadas por ciento diez años.

Habían anunciado que el fiscal daría una conferencia de prensa a las once. Faltaban cinco minutos.

Encendió la televisión y se reclinó en su butaca. Lanzó una risita de impaciencia.

11

Quince minutos antes de su anunciada conferencia de prensa, Elliot Osborne informó a sus ayudantes principales de lo que diría y no diría a la prensa.

Informaría sobre los hallazgos de la autopsia, y de que la muerte había sido causada por estrangulación. No diría que un pañuelo de cuello había sido el arma asesina, ni hablaría de su reborde de cuentas metálicas. Diría que el cadáver de la víctima había sido envuelto en gruesas capas de plástico que, si bien se habían deteriorado, habían conservado intactos los restos del esqueleto.

—¿Va a hablar del hueso de dedo, señor? Eso sí va a causar revuelo.

Pete Walsh acababa de ser ascendido al rango de detective. Era inteligente y joven. Tampoco podía esperar a intervenir, pensó Tommy Duggan con amargura. Le satisfizo en parte oír al jefe decir a Walsh que le dejara terminar, aunque se sintió como un canalla cuando Walsh se puso rojo como un tomate.

Osborne y él se habían reunido en la oficina al amanecer. Habían repasado hasta el último detalle del informe de la autopsia, así como todos los detalles del caso.

No hacía falta que Pete Walsh les dijera que los medios iban a tener un gran día.

Osborne continuó.

—En mi declaración, diré que nunca esperamos encontrar viva a Martha Lawrence. No es infrecuente que los restos de una víctima se encuentren cerca del lugar donde ocurrió la muerte.

Carraspeó.

—Tendré que revelar que, por algún motivo retorcido y siniestro, Martha Lawrence fue enterrada con otros restos humanos, y que esos restos tienen más de un siglo de antigüedad.

»Como ya saben, hace cuatro años y medio, cuando Martha desapareció, *The Asbury Park Press* desenterró la antigua historia de la desaparición de Madeline Shapley en 1891, cuando tenía diecinueve años. Es muy posible que los medios lleguen a la conclusión de que el hueso de dedo encontrado con Martha pertenecía a Madeline Shapley, sobre todo porque los restos se encontraban en la propiedad Shapley.

—¿Es verdad que la nueva propietaria de esa finca es una descendiente de los Shapley?

—Sí, es verdad.

—¿Puede comparar su ADN con el hueso de dedo?

—Si la señora Graham se presta, lo haremos. Sin embargo, anoche ordené que toda la información disponible sobre la desaparición de Madeline Shapley fuera examinada, y se investigaran otros casos de mujeres desaparecidas en Spring Lake alrededor de esa época.

Fue un tiro a ciegas, pensó Duggan, pero nos tocó el gordo.

—Nuestros investigadores descubrieron que otras dos jóvenes habían sido dadas por desaparecidas más o menos en ese tiempo —continuó Osborne—. Madeline Shapley fue vista por última vez en el porche de la residencia familiar de Hayes Avenue, cuando desapareció el siete de septiembre de 1891.

»Letitia Gregg, de Tuttle Avenue, desapareció el cinco de agosto de 1893. Según el informe policial, sus padres temían que hubiera ido a nadar sola, por eso el caso nunca fue clasificado como sospechoso.

»Tres años después, el treinta y uno de marzo de 1896, la devota amiga de Letitia, Ellen Swain, desapareció. La vieron salir de casa de una amiga cuando empezaba a oscurecer.

Y entonces es cuando los medios de comunicación empiezan a gritar sobre un asesino múltiple de finales del siglo pasado en Spring Lake, pensó Tommy. Justo lo que necesitamos.

Osborne consultó su reloj.

—Falta un minuto para las once. Vamos.

La sala de conferencias estaba abarrotada. Las preguntas lanzadas a Osborne eran rápidas y precisas. No pudo llevar la contraria al reportero del *New York Post*, cuando dijo que el hallazgo de dos restos de esqueletos en el mismo lugar podía no ser una curiosa coincidencia.

—Estoy de acuerdo —admitió Osborne—. El hueso de dedo con el anillo fue colocado a propósito dentro del plástico, junto con el cuerpo de Martha.

—Pero ¿dónde, dentro del plástico? —preguntó el reportero de la ABC.

—Dentro de la mano de Martha.

—¿Cree que fue una coincidencia que el asesino encontrara los demás restos cuando cavó la tumba de Martha, o tal vez eligió ese lugar porque sabía que lo habían utilizado como sepultura? —preguntó en voz baja Ralph Penza, de la NBC.

—Sería ridículo sugerir que alguien ansioso por enterrar a su víctima, y evitar que le descubrieran, encontrara por casualidad los huesos de otra víctima y tomara la repentina decisión de colocar un hueso de dedo en el interior del sudario que estaba improvisando.

Osborne levantó una fotografía.

—Esto es una toma aérea ampliada del lugar de los hechos. —Indicó la excavación en el patio trasero—. El asesino de Martha cavó una tumba poco honda, pero nunca habría salido a la luz de no ser por la excavación de la piscina. Hasta hace un año, un acebo muy grande impedía que nadie, desde la casa o la calle, viera esa zona del patio.

En respuesta a otra pregunta, confirmó que Emily Graham, la nueva dueña de la casa, era descendiente de sus primeros propietarios, y que si ella se mostraba de acuerdo, la prueba del ADN establecería si los restos encontrados con los de Martha pertenecían a la hermana de la tatarabuela de la señora Graham.

La pregunta que Tommy Duggan consideraba inevitable llegó por fin.

—¿Está insinuando que tal vez se trata de un asesino múltiple, relacionado con un asesinato ocurrido en Spring Lake hace ciento diez años?

—No estoy insinuando nada.

—Pero tanto Martha Lawrence como Madeline Shapley desaparecieron un 7 de septiembre. ¿Cómo lo explica?

—No lo sé.

—¿Cree que el asesino de Martha es una reencarnación? —preguntó con avidez Reba Ashby, del *National Daily*.

El fiscal frunció el entrecejo.

—¡Por supuesto que no! Es todo, gracias.

Osborne miró a Tommy cuando salió de la sala. Tommy sabía que estaban pensando lo mismo. La muerte de Martha Lawrence acababa de convertirse en una noticia muy atractiva para los titulares, y la única forma de impedirlo era encontrar al asesino.

Los restos de un pañuelo con reborde metálico era la única pista que tenían para iniciar la búsqueda.

Eso, y el hecho de que el asesino, fuera quien fuera (y de momento iban a presuponer que se trataba de un hombre), sabía que habían cavado en secreto una tumba en la propiedad de los Shapley más de cien años antes.

12

Emily despertó a las nueve del sueño inquieto en que había caído después de cerrar las ventanas y cerrar el paso a los sonidos procedentes del patio trasero.

Una larga ducha contribuyó a disipar su sensación de abotargamiento.

El cadáver de la chica desaparecida, en el patio de atrás...

La foto deslizada por debajo de la puerta...

Will Stafford le había advertido que había sido demasiado impulsiva al comprar esa casa. Pero tenía ganas de hacerlo, pensó, mientras se ceñía el cinturón del albornoz. Aún tengo ganas.

Se calzó unas zapatillas y bajó a preparar café. Desde la época de la universidad, su rutina matutina consistía en ducharse, hacer café y vestirse, con una taza llena cerca. Siempre había jurado que sentía encenderse luces en diferentes partes de su cerebro mientras bebía café.

Sin mirar fuera, intuyó que iba a hacer un día estupendo. Rayos de sol se colaban por el vitral que había en el rellano de la escalera. Cuando pasó ante la sala de estar, se detuvo para admirar la pantalla decorativa de la chimenea y los morillos que había colocado el día anterior. «Estoy casi segura de que los compraron para la casa de Spring Lake cuando fue construida, en 1875», había dicho su abuela. No desentonaban en absoluto. De hecho, estoy segura de que siempre han estado aquí, pensó Emily.

En el comedor, vio el aparador de roble con paneles de madera de boj, otra pieza que las mudanzas habían traído de Albany. Aquel aparador había sido comprado, sin la menor duda, para esta casa. Años antes, su abuela había encontrado la factura.

Mientras esperaba a que hirviera el café, Emily se acercó a la ventana y observó al grupo de policías que removían con cuidado la tierra de la obra. ¿Qué clase de prueba encontrarían cuatro años y medio después de la muerte de Martha?, se preguntó.

¿Por qué han traído perros esta mañana? ¿Creen en serio que hay alguien más enterrado aquí?

Cuando el café estuvo preparado, se sirvió una taza y se la llevó arriba. Encendió la radio mientras se vestía. La noticia principal era el hallazgo del cadáver de Martha Lawrence, por supuesto. Emily se encogió cuando oyó su nombre en las noticias, y que «la nueva propietaria de la finca donde fueron encontrados los restos de Martha Lawrence es descendiente de otra joven desaparecida también misteriosamente, hace más de cien años».

Apagó la radio cuando sonó su móvil. Será mamá, pensó. Hugh y Beth Graham, sus padres, ambos pediatras, estaban en un seminario en California. Sabía que debían estar de vuelta en Chicago la noche anterior.

A su madre no le había hecho gracia la idea de que comprara la casa de Spring Lake. No le va a gustar lo que he de decirle, pensó Emily, pero no puedo evitarlo.

La doctora Graham estaba muy disgustada por lo ocurrido.

—Santo Dios, Em, recuerdo que cuando era pequeña me contaron la historia de Madeline, y que su madre había pasado toda la vida esperando que Madeline entrara por la puerta algún día. ¿Dices en serio que otra chica de Spring Lake desapareció, y que sus restos fueron encontrados en la finca?

No concedió a Emily la oportunidad de contestar.

—Lo siento mucho por su familia, pero deseaba con toda mi alma que ahí estuvieras a salvo. Después de la detención del acosador, respiré con tranquilidad por primera vez en un año.

Emily imaginó a su madre en el despacho, sentada muy tiesa ante el escritorio, con su bonito rostro surcado de arrugas de preocupación. No debería preocuparse por mí, pensó. Estoy segura de que la sala de espera estará llena de bebés.

Sus padres compartían una consulta. Aunque ya habían cumplido los sesenta, ninguno de los dos pensaba en la jubilación. Cuando eran jóvenes, su madre había repetido con frecuencia a Emily y sus hermanos: «Si queréis ser felices un año, ganad la lotería. Si queréis ser felices toda la vida, dedicaos al trabajo que más os guste».

Sus padres querían a todos y cada uno de sus pacientes.

—Míralo de otra forma, mamá. Al menos, la familia Lawrence tendrá paz, y no debéis preocuparos por mí.

—Supongo que no —admitió su madre a regañadientes—. No existe la menor posibilidad de que pongan en libertad a nuestro acosador, ¿verdad?

—Ni una. Ve a ocuparte de vuestros bebés. Dale un beso a papá de mi parte.

Cuando desconectó el móvil, lo hizo con la serena determinación de que sus padres no se iban a enterar de la existencia del acosador imitador. También estaba satisfecha de su decisión de denunciar a la policía de Spring Lake la aparición de la foto por debajo de su puerta, por si sus padres llegaban a enterarse.

Se había puesto tejanos y un jersey. En lo posible, quería que el día se desarrollara según lo previsto. Los Kiernan habían quitado los muebles de la habitación pequeña contigua a la suite principal, y aquel espacio sería un estudio perfecto. Ya albergaba su escritorio, archivos y librerías. Necesitaba montar el ordenador y el fax, y sacar los libros de sus cajas. La compañía telefónica le instalaría esa mañana las líneas, con una exclusiva para el ordenador.

Quería poner fotos familiares por toda la casa. Mientras se hacía un moño y lo ceñía con una peineta, Emily pensó en las fotos que había expurgado antes de trasladarse al apartamento de Manhattan.

Todas las fotos de Gary habían desaparecido. Asimismo, todas las fotos de la universidad en que salía Barb. Su mejor amiga. Su mejor colega. Emily y Barbara. Inseparables.

Ajá, pensó Emily, mientras experimentaba una punzada de dolor. Os presento a mi ex marido. Os presento a mi ex mejor amiga. Me pregunto si se seguirán viendo. Siempre supe que Barb tenía debilidad por Gary, pero jamás imaginé que fuera recíproca.

Después de tres años, no cabía duda. La enormidad de la traición era la causante del dolor, si bien en lo personal los dos habían perdido capacidad de hacerle daño.

Hizo la cama, tensó las sábanas y las sujetó bien. El cubrecama color crema hacía juego con el dibujo verde y rosa de los faldones de la cama y las cortinas de la ventana. A la larga, cambiaría la *chaise-longue* por un par de butacas confortables situadas ante el mirador. De momento se complementaban con la decoración y servirían.

El firme timbrazo de la puerta principal podía significar dos cosas: la compañía telefónica o los medios. Miró por la ventana y se alegró de ver una furgoneta que exhibía el logo de Verizon.

A las once menos cinco, los operarios de la compañía telefónica se habían ido. Fue al estudio y encendió la televisión para ver las noticias.

«... un hueso de dedo centenario con un anillo...»

Cuando terminó el programa, Emily apagó el televisor y siguió sentada en silencio. Y seguía mirando la pantalla cuando se oscureció, pues su mente era un caleidoscopio de recuerdos infantiles.

La abuela no paraba de contar historias sobre Madeline. Yo siempre quería escucharlas, pensó Emily. Hasta de pequeña, me parecían fascinantes. Los ojos de la abuela adquirían una expresión distante cuando hablaba de ella.

«Madeline era la hermana mayor de mi abuela... Mi abuela siempre se ponía muy triste cuando hablaba de ella. Madeline era su hermana mayor, y la adoraba. Me hablaba de lo guapa que era. La mitad de los jóvenes de Spring Lake estaban enamorados de ella. Todos se las ingeniaban para pasar por delante de la casa, con la esperanza de verla sentada en el porche. El último día estaba muy emocionada. Su favorito, Douglas Carter, había hablado con su padre y recibido permiso para declarársele. Esperaba que le trajera un anillo de compromiso. Era a última hora de la tarde.

Llevaba un vestido de algodón blanco. Madeline enseñó a mi abuela que se había cambiado el anillo que le habían regalado a los dieciséis años de la mano izquierda a la derecha, para que no tuviera que quitárselo cuando Douglas llegara...»

Dos años después de la desaparición de Madeline, Douglas Carter se suicidó, recordó Emily.

Se levantó. ¿Cabía la posibilidad de que su abuela recordara más cosas de las que le había contado cuando era pequeña?

Su vista empezaba a fallarle, pero gozaba de una salud excelente. Como mucha gente mayor, su memoria lejana había mejorado con la edad.

Ella y un par de amigas se habían mudado al mismo tiempo a una residencia para la tercera edad de Albany. Emily marcó el número, y descolgaron al primer timbrazo.

—Háblame de la casa —pidió a su abuela tras un breve saludo.

No era fácil contarle lo sucedido.

—¿Han encontrado ahí a una joven desaparecida? Oh, Emily, ¿cómo es posible?

—No lo sé, pero quiero averiguarlo. Abuela, ¿recuerdas que me dijiste que Madeline llevaba un anillo el día que desapareció?

—Esperaba que Douglas Carter le trajera un anillo de compromiso.

—¿No dijiste algo sobre que llevaba un anillo que le habían regalado al cumplir los dieciséis años?

—Espera que piense. Oh, sí, es verdad, Em. Era un anillo de zafiros con una montura de diamantes pequeñitos. A juzgar por la descripción, yo tenía uno igual, hecho para tu madre cuando cumplió los dieciséis años. ¿No te lo dio?

Por supuesto, pensó Emily. Alguien me lo birló en un albergue de juventud el verano que fui a Europa con Barbara.

—Abuela, ¿todavía conservas aquella grabadora que te regalé?

—Sí.

Durante los diversos veranos que había estado en Europa, en su época universitaria, ambas habían grabado cintas, que se enviaban mutuamente.

—Quiero que hagas algo. Empieza a hablar al micrófono. Cuéntame todo lo que recuerdes haber oído sobre Madeline. Intenta recordar los nombres de personas que conocía. Quiero saber todo lo que recuerdes sobre ella o sus amistades. ¿Lo harás?

—Lo intentaré. Ojalá guardara todavía aquellas cartas y álbumes viejos que se quemaron en el garaje hace años. Veré lo que puedo recuperar.

—Te quiero, abuela.

—¿No intentarás descubrir lo que le pasó a Madeline, después de tantos años?

—Nunca se sabe.

La siguiente llamada de Emily fue a la oficina del fiscal. Cuando dijo su nombre, la pusieron de inmediato con Elliot Osborne.

—He visto las noticias —dijo—. ¿El anillo que descubrieron era un zafiro rodeado de diamantes pequeños?

—En efecto.

—¿Estaba en el dedo anular de la mano derecha?

Siguió una pausa.

—¿Cómo lo sabe, señora Graham? —preguntó Osborne.

Después de colgar, Emily cruzó la sala, abrió la puerta y salió al porche. Se encaminó a la parte posterior de la casa, donde el equipo de investigación seguía removiendo la tierra.

Habían encontrado el anillo y el hueso de dedo de Madeline junto con el cadáver de Martha Lawrence. Los demás restos de Madeline fueron descubiertos debajo del sudario de plástico, a escasos centímetros de distancia. Emily imaginó a la hermana de su tatarabuela en aquella tarde soleada. Sentada en el porche, con su vestido de algodón blanco, el cabello castaño oscuro que caía en cascada sobre sus hombros, diecinueve años de edad, enamorada. Esperando a su prometido, que le traía un anillo de compromiso.

¿Era posible averiguar, después de ciento diez años, lo que le había sucedido? Alguien descubrió dónde estaba enterrada, pensó Emily, y decidió sepultar a Martha Lawrence con ella.

Volvió dentro, sumida en sus pensamientos, con las manos en los bolsillos.

13

Will Stafford tenía que cerrar la venta de un edificio comercial en Sea Girt, la ciudad vecina de Spring Lake, a las nueve de la mañana. En cuanto regresó a su despacho, intentó llamar a Emily, pero aún no le habían conectado el teléfono, y no tenía el número de su móvil.

Era casi mediodía cuando la localizó.

—Ayer fui a Nueva York, nada más cerrar el trato contigo —explicó—, y no supe lo sucedido hasta que lo oí en el último telediario de la noche. Lo siento mucho por los Lawrence, y también por ti.

Era gratificante percibir preocupación en su voz.

—¿Por casualidad viste la entrevista con el fiscal? —preguntó Emily.

—Sí. Pat, mi recepcionista, llamó para decirme que la estaban transmitiendo. ¿Crees que por algún azar...?

Sabía cuál era la pregunta.

—¿Creo que el anillo encontrado en la mano de Martha Lawrence pertenecía a Madeline Shapley? Sé que sí. Hablé con mi abuela, y pudo describir el anillo por lo que le habían contado de él.

—Entonces la hermana de tu tatarabuela ha estado enterrada todos estos años en la finca.

—Eso parece —admitió Emily.

—Alguien lo sabía, y depositó el cadáver de Martha junto al suyo, pero ¿cómo sabía dónde estaba enterrada Madeline Shapley?

Will Stafford parecía tan desorientado como Emily.

—Si existe una respuesta, tengo la intención de descubrirla —dijo ella—. Bien, me gustaría conocer a los Lawrence. ¿Los conoces?

—Sí. Daban fiestas con frecuencia antes de que Martha desapareciera. Yo solía ir a su casa, y los veía bastante en la ciudad, por supuesto.

—¿Te importaría llamar y preguntarles si querrían recibirme, cuando les vaya bien?

Will no preguntó los motivos de su petición.

—Volveré a llamarte —prometió.

Veinte minutos después, la voz de la recepcionista, Pat Glynn, sonó por el intercomunicador.

—Señor Stafford, Natalie Frieze está aquí. Quiere verle unos minutos.

Justo lo que necesitaba, pensó Will. Natalie era la segunda esposa de Bob Frieze, que llevaba residiendo en Spring Lake muchos años. Bob se había jubilado de su correduría casi cinco años antes, y cumplió su viejo sueño de abrir un restaurante de lujo en

Rumson, una ciudad que distaba unos veinte minutos. Se llamaba The Seasoner.

Natalie tenía treinta y cuatro años. Bob tenía sesenta y uno, pero estaba claro que cada uno había obtenido del matrimonio lo que deseaba. Bob tenía una mujer de bandera, y Natalie una vida de lujo.

Ella también tenía veleidades, que a veces tomaban a Will como objetivo.

Pero ese día, cuando entró, Natalie no estaba para flirteos. Le ahorró su habitual saludo efusivo, que siempre incluía un beso cariñoso, y se dejó caer en una silla.

—Will, es muy triste lo de Martha Lawrence —dijo—, pero ¿va a causar mucho revuelo? Estoy preocupadísima.

—Con los debidos respetos, Natalie, no pareces muy preocupada. De hecho, parece que hayas acabado de salir de las páginas de *Vogue*.

Vestía un chaquetón de piel tres cuartos color chocolate, con cuello y puños de marta cibelina, y pantalones de piel a juego. Su largo cabello rubio colgaba hasta más abajo de los hombros. Su bronceado, recién adquirido en Palm Beach, según sabía Will, destacaba sus ojos azul turquesa. Se repantigó en la silla como si estuviera demasiado abrumada para sentarse recta, cruzó las piernas y reveló un esbelto pie arqueado, enfundado en una sandalia abierta por detrás.

Hizo caso omiso del cumplido.

—Will, he venido a hablar contigo nada más ver la conferencia de prensa. ¿Qué opinas del dedo encontrado en la mano de Martha? ¿No es un poco macabro?

—La verdad es que es muy extraño.

—A Bob casi le dio un infarto. Se quedó a ver toda la entrevista con el fiscal antes de salir para el restaurante. Ni siquiera le dejé conducir el coche.

—¿Por qué le impresionó tanto?

—Bien, ya sabes que el detective Duggan aparece cada dos por tres, para hablar con todos los que estuvimos en la maldita fiesta de los Lawrence la noche antes de que Martha desapareciera.

—¿Qué intentas decir, Natalie?

—Que si ya veíamos bastante a Duggan antes, no será nada en comparación con lo que le veremos ahora que la investigación se ha reactivado. Es evidente que Martha fue asesinada, y si la gente de aquí empieza a pensar que uno de nosotros fue el responsable de la muerte, la publicidad será muy negativa.

—¿Publicidad? Por el amor de Dios, Natalie, ¿a quién le preocupa la publicidad?

—Te diré a quién. Mi marido. Cada céntimo de Bob está invertido en su elegante restaurante. El porqué pensó que podría triunfar sin tener ni idea de hostelería, es una pregunta a la que sólo podría responder un psiquiatra. Tiene un nudo en el estómago, porque piensa que si se nos presta demasiada atención por haber asistido a la fiesta, podría perjudicar su negocio. No está para demasiados trotes, debería añadir: hasta el momento, ya han pasado tres chefs por el restaurante.

Will había ido al restaurante varias veces. La decoración era opresiva y lujosa, y además se exigía chaqueta y corbata por la noche, lo cual no agradaba a los veraneantes. Sugerí que olvidara lo de la corbata, pensó Will. La comida era normal, y los precios demasiado elevados.

—Natalie —dijo—, tengo entendido que Bob está sometido a mucha presión, pero la idea de que el hecho de haber estado en la fiesta de los Lawrence ahuyentará a la clientela es un poco paranoica.

Y si perdéis mucho dinero, tu contrato prenupcial no valdrá gran cosa, pensó.

Natalie suspiró y se levantó de la silla.

—Espero que tengas razón, Will. Bob es un manojo de nervios. Me ladra a la menor insinuación.

—¿Qué clase de insinuación?

Ya imagino cuál, pensó Bob.

—Que tal vez antes de despedir a otro chef debería recibir clases de cocina, para ocuparse en persona de la cocina. —Natalie se encogió de hombros y sonrió—. Hablar contigo me tranquiliza. Aún no habrás comido. Vamos a tomar algo.

—Iba a pedir que me enviaran un bocadillo.

—De ninguna manera. Vamos a comer al Old Mill. Vamos. Necesito compañía.

Cuando salieron a la calle, ella le cogió del brazo.

—La gente murmurará —sugirió Will, sonriendo.

—¿Y qué? En cualquier caso, todo el mundo me mira mal. Le dije a Bob que deberíamos mudarnos a otro sitio. Esta ciudad es demasiado pequeña para mí y su primera esposa.

Mientras sostenía la puerta del coche para que Natalie subiera, el sol arrancó destellos de su largo pelo rubio.

Por un motivo desconocido para él, la declaración del fiscal pasó por la mente de Will. «Mechones de pelo rubio largo fueron encontrados entre los restos.»

Era bien sabido que Bob Frieze, al igual que su mujer de bandera, tenía veleidades.

Sobre todo con las mujeres guapas de pelo rubio largo.

14

La doctora Lillian Madden, una importante psicóloga que solía utilizar la hipnosis en su terapia, creía a pies juntillas en la reencarnación, y conseguía que algunos pacientes se retrotrayeran a vidas pretéritas. Creía que el trauma emocional sufrido en otras vidas constituía el origen del dolor emocional en la vida presente.

Muy solicitada en el circuito de las conferencias, se explayaba sobre una de sus premisas favoritas, la de que la gente que conocemos en esta vida era gente que conocíamos en las anteriores.

«No quiero decir que su marido fue su marido hace trescientos años —explicaba a los oyentes subyugados—, pero sí creo que tal vez era su mejor amigo. Del mismo modo, una persona con la que ha tenido problemas quizá fue un adversario en otra vida.»

Viuda y sin hijos, con domicilio y consulta en Belmar, una ciudad cercana a Spring Lake, se había enterado la noche anterior del hallazgo del cadáver de Martha Lawrence, y experimentado el pesar que compartían todos los residentes en las ciudades vecinas.

La idea de que un nieto no estuviese a salvo mientras corría en una mañana de verano les resultaba incomprensible a todos. Descubrir que el cuerpo asesinado de Martha Lawrence había sido enterrado tan cerca del hogar de sus abuelos convenció a todo el mundo de que alguien, en apariencia de confianza, debía ser el culpable. Alguien a quien recibían sin reparos en sus casas.

Después de oír el informe, Lillian Madden, una insomne recalcitrante, había pasado incontables horas meditando sobre la finalidad del trágico descubrimiento. Sabía que la familia de Martha jamás habría abandonado la ilusa esperanza de que un día, milagrosamente, la joven reapareciera sana y salva. En cambio, ahora vivían con la cruel certeza de que habían pasado muchas veces por delante de la finca donde su cuerpo estaba enterrado.

Habían pasado cuatro años y medio. ¿Había regresado Martha en una nueva reencarnación? ¿Era el bebé recién nacido en casa de la hermana mayor de Martha el alma que en otro tiempo había morado en el cuerpo de Martha?

Lillian Madden lo consideraba posible. Rezó para que la familia Lawrence intuyera que, al dar la bienvenida y querer al bebé, estaban dando la bienvenida a Martha.

Empezaba a recibir a los pacientes a las ocho de la mañana, una hora antes de que llegara la secretaria, Joan Hodges. A mediodía, la doctora Madden fue a hablar con Joan a la recepción.

Joan, vestida con un traje pantalón hecho a medida, que disimulaba su reciente aumento de talla, no la oyó entrar. Se estaba apartando un mechón de pelo rubio de la frente con una mano, mientras garrapateaba un mensaje con la otra.

—¿Algo importante? —preguntó la doctora Madden.

Joan levantó la vista, sobresaltada.

—Oh, buenos días, doctora. No sé si es importante, pero no le va a gustar —dijo.

Joan, ya abuela a sus cuarenta y cuatro años, era en opinión de Lillian Madden la persona perfecta para trabajar en la consulta de un psicólogo. Jovial, práctica, imperturbable y de carácter simpático, poseía el don de tranquilizar a los pacientes.

—¿Qué es lo que no me va a gustar? —preguntó Lillian Madden, mientras recogía las notas.

—El fiscal dio otra conferencia de prensa, y durante esta última hora usted ha recibido llamadas de tres de los periódicos más sensacionalistas de todo el país. Le diré por qué.

Lillian escuchó en asombrado silencio, mientras su secretaria le contaba lo del dedo de otra mujer, adornado con un anillo, encontrado en la mano de Martha Lawrence, y el hecho de que Madeline Shapley, como Martha Lawrence, había desaparecido un 7 de septiembre.

—¿No creerán que Martha era la reencarnación de Madeline, y que estaba destinada a la misma muerte terrible? —preguntó Lillian—. Eso sería absurdo.

—No preguntaron eso —dijo Joan Hodges en tono sombrío—. Quieren saber si usted opina que el asesino de Madeline se ha reencarnado. —La miró—. Pensándolo bien, doctora, no se los puede culpar por preguntar eso, ¿verdad?

15

A las dos, Tommy Duggan volvió a su despacho, seguido por Pete Walsh. Después de la conferencia de prensa, un equipo de la oficina del fiscal había empezado a repasar el expediente de Martha Lawrence. Cada detalle, desde la primera llamada telefónica que denunció la desaparición de Martha, hasta el hallazgo de su cadáver, estaba siendo escudriñado y analizado para ver si habían pasado algo por alto.

Osborne había puesto a Tommy al mando de la investigación, y convertido a Pete Walsh en su ayudante. Walsh había sido agente de policía en Spring Lake durante ocho años, antes de entrar en la oficina del fiscal dos meses atrás.

También había sido miembro del equipo de investigación que había pasado la noche en el archivo del tribunal, rebuscando en cajones polvorientos, a la caza de material relativo a la desaparición de Madeline Shapley en 1891.

Fue Walsh quien sugirió mirar si había informes sobre mujeres desaparecidas en esa época, y había desenterrado los nombres de Letitia Gregg y Ellen Swain.

Tom miró a Walsh con compasión.

—No lo había mencionado antes, pero pareces un deshollinador —le dijo.

Pese a sus esfuerzos por limpiarse, el polvo y la mugre de una noche de búsqueda se había adherido a la piel y ropas de Pete. Tenía los ojos inyectados en sangre y, pese a su corpulencia de jugador de rugby, sus hombros empezaban a encorvarse de fatiga. A los treinta años, pese a una calva incipiente, parecía un chaval cansado.

—¿Por qué no te vas a casa, Pete? —propuso Tom—. Te estás durmiendo de pie.

—Estoy bien. Dijiste que querías hacer unas llamadas. Nos las repartiremos.

Tom se encogió de hombros.

—Como quieras. El depósito de cadáveres entregará los restos de Martha a la familia a última hora de hoy. Han acordado que un encargado de entierros los recoja y los lleve al crematorio. La familia inmediata estará presente y acompañará a la urna con sus cenizas hasta el mauselo familiar, en el cementerio de St. Catherine. Como sabes, la información no se filtrará al público. La familia quiere que la ceremonia sea íntima.

Pete asintió.

—Un portavoz de la familia ya habrá anunciado a la prensa que el sábado se celebrará una misa en memoria de Martha en St. Catherine.

Tommy estaba seguro de que casi todas las personas que habían asistido a la fiesta celebrada la noche anterior a la desaparición de Martha acudirían a la misa. Ya había indicado a Pete que quería reunirlas a todas bajo un mismo techo, donde fuera, para interrogarlas por separado. Podrían descubrir con mayor rapidez si aparecían contradicciones en sus recuerdos... o tal vez no, pensó con amargura.

Veinticuatro invitados y cinco miembros de la empresa de *catering* se habían reunido en casa de los Lawrence aquella noche.

—Pete, después de agruparlos haremos lo de costumbre. Habla un poco con ellos, de uno en uno, y trata de averiguar si alguno perdió algo en esa fiesta. Nuestro principal objetivo es descubrir si alguien llevaba un pañuelo de seda gris con cuentas metálicas.

Tommy sacó la lista de invitados y la dejó sobre el escritorio.

—Voy a llamar a Will Stafford para preguntarle si puedo reunir a todo el mundo en su casa después de la misa —dijo—. Si llegamos a ese acuerdo, empezaremos con las llamadas.

Tendió la mano hacia el teléfono.

Stafford acababa de llegar de comer.

—Claro que puede convocar la reunión en mi casa —dijo—, pero será mejor que la retrase un poco. Tengo un mensaje de los Lawrence sobre mi escritorio, para anunciar que invitan a unos amigos íntimos a su casa a un bufé frío, después de la misa. Estoy seguro de que casi todos los invitados de la fiesta estarán incluidos.

—En ese caso, pídales que estén en su casa a las tres en punto. Gracias, señor Stafford.

Daría cualquier cosa por estar en ese bufé, pensó Tommy. Asintió en dirección a Pete.

—Ahora que tenemos el lugar y la hora, empecemos con las llamadas. Hemos de estar en casa de Emily Graham dentro de una hora. Vamos a intentar convencerla con buenas palabras de que nos dé permiso para que la excavadora remueva todo el patio.

Empezaron a hacer llamadas telefónicas y localizaron a todo el mundo, excepto a Bob Frieze.

—Le llamará después —prometió un empleado del restaurante.

—Dígale que me llame lo antes posible —ordenó Tommy—. He de irme de aquí pronto, no después.

»Mejor de lo que esperaba —dijo a Pete, mientras cotejaban los resultados de las demás llamadas. A excepción de dos parejas ancianas que no podían estar implicadas en la muerte de Martha, todas las demás personas invitadas a la fiesta pensaban asistir a la misa del sábado.

Llamó de nuevo al restaurante The Seasoner, y esta vez Bob Frieze accedió a ponerse. La petición de personarse en casa de Stafford provocó una vigorosa protesta.

—Los sábados por la tarde y por la noche estoy muy ocupado en mi restaurante —dijo—. Hemos hablado infinidad de veces, detective Duggan. Le aseguro que no puedo añadir nada más a lo que ya le he dicho.

—Quizá no le haría gracia que la prensa se enterara de que se resiste a colaborar con la policía —replicó Tommy.

Cuando colgó, sonrió satisfecho.

—Me gusta amenazar a ese tipo —dijo a Walsh—. Me sienta bien.

—También a mí me ha gustado oírte amenazarle. Cuando trabajaba en la comisaría de Spring Lake, todo el mundo tenía el número de ese tipo. La primera señora Frieze era una mujer adorable, a la que dejó plantada después de que le diera tres hermosos niños y aguantara sus escapaditas durante treinta años. Todos sabíamos que Bob Frieze era un mujeriego. Es un ser despreciable. Hace ocho años, cuando yo era un novato, le metí una multa por exceso de velocidad, e hizo todo lo posible para que me despidiesen.

—Lo que empiezo a preguntarme es si su segundo matrimonio le ha curado su faceta de mujeriego —dijo Tommy con aire pensativo—. De pronto, se está poniendo a la defensiva.

Se levantó.

—Vamos. Tenemos tiempo de comer algo antes de reunirnos con Emily Graham.

De pronto, Tommy se dio cuenta de que no probaba bocado desde que alguien había traído café y donuts horas antes. Por un momento forcejeó con sus demonios, y a continuación pensó en lo que iba a pedir en el McDonald's. Un Super Mac, con doble ración de patatas fritas. Y una coca-cola grande.

16

A las tres menos cuarto, Emily aparcó delante de la casa de Clayton y Rachel Wilcox, en Ludlam Avenue. Media hora antes, había llamado a Will Stafford para pedirle que sugiriera dónde debería empezar su investigación sobre la desaparición de Madeline Shapley.

—Will —dijo, con cierto tono de disculpa—, sé que pensabas haber terminado conmigo después de cerrar el trato ayer, y tenías razón. No quiero convertirme en un coñazo, pero quiero averiguar algunas cosas sobre Spring Lake durante la época en que mi familia vivió aquí. Quiero obtener informes policiales sobre el caso de Madeline, si todavía existen, y tal vez se conserven artículos periodísticos. El caso es que no sé por dónde empezar.

—Nuestra biblioteca de la Tercera Avenida contiene excelente material de referencia —dijo el abogado—, pero la Sociedad Histórica del Condado de Monmouth, en Freehold, es sin duda la principal fuente de información.

Emily le dio las gracias, y ya estaba a punto de colgar, cuando él dijo:

—Espera un momento, Emily. Un buen atajo podría ser hablar con el doctor Clayton Wilcox. Era rector de una universidad, ya jubilado, y se ha convertido en el historiador no oficial de la ciudad. Hay otro detalle que puede interesarte: él y su mujer Rachel asistieron a la fiesta que ofrecieron los Lawrence en su casa la noche antes de que Martha desapareciera. Déjame que le llame.

Volvió a telefonear un cuarto de hora después.

—Clayton estará encantado de recibirte. Ve ahora mismo. Le expliqué lo que querías, y ya está reuniendo material para ti. Anota su dirección.

Aquí estoy, pensó Emily mientras bajaba del coche. La mañana había sido soleada y relativamente calurosa, pero el tenue sol del atardecer y el viento se habían combinado para procurar una atmósfera fría y sombría.

Subió a paso ligero los escalones del porche y llamó al timbre. La puerta se abrió un momento después.

Aunque nadie se lo hubiera dicho, habría adivinado por instinto que el doctor Clayton Wilcox era un académico. El pelo alborotado, las gafas caídas sobre el extremo de la nariz, los ojos de gruesos párpados, el abultado jersey sobre una camisa y una corbata. Sólo faltaba la pipa, pensó.

Su voz era profunda, y habló con un tono agradable cuando la recibió.

—Entre, por favor, señora Graham. Ojalá pudiera decir «Bienvenida a Spring Lake» sin más, pero dadas las trágicas circunstancias del hallazgo del cadáver de Martha Lawrence en su propiedad, no parece lo más apropiado, ¿verdad?

Se hizo a un lado, y cuando pasó junto a él Emily se quedó sorprendida al comprobar que medía casi un metro ochenta. El hecho de que fuese un poco encorvado daba una primera impresión de menor estatura.

Cogió la chaqueta de Emily y la guió pasillo adelante, de forma que pasaron ante la sala de estar.

—Cuando decidimos mudarnos a Spring Lake, hace doce años, mi esposa se encargó de buscar la casa —explicó, mientras le indicaba con un gesto que entrara en una habitación en la que, a excepción de la ventana, las cuatro paredes estaban forradas de libros de arriba abajo—. Mis únicas exigencias eran que la quería victoriana, y que una habitación fuera lo bastante amplia para albergar mis libros, mi escritorio, mi sofá y mi butaca.

—Unas instrucciones muy precisas. —Emily sonrió mientras paseaba la vista alrededor—. Pero consiguió lo que deseaba.

Era la clase de habitación que le gustaba. El sofá de piel color vino era mullido y confortable. Le habría gustado poder echar un vistazo a las estanterías. La mayor parte de los libros parecían antiguos, y supuso que los guardados en una sección acristalada eran valiosos.

En la esquina izquierda del enorme escritorio había una pila de libros y papeles amontonados al azar. Una docena de libretas, como mínimo, rodeaban un ordenador portátil abierto. La pantalla estaba encendida.

—Le he interrumpido —dijo Emily—. Lo siento muchísimo.

—No se preocupe. No estaba muy inspirado, y tenía muchas ganas de conocerla.

Wilcox se acomodó en la butaca.

—Will Stafford me ha dicho que está interesada en la historia de Spring Lake. He escuchado las noticias, y sé que los restos de su antepasada fueron encontrados con los de la pobre Martha Lawrence.

Emily asintió.

—Es evidente que el asesino de Martha sabía que Madeline Shapley estaba enterrada allí, pero la pregunta es cómo pudo saberlo.

—¿El asesino? ¿Supone que el asesino actual es un hombre?

Wilcox enarcó una ceja.

—Creo que es más que probable, pero no estoy segura. Tampoco abrigo ninguna certidumbre sobre el asesino de hace cien años. Madeline Shapley era la hermana de mi tatarabuela. Si hubiera vivido hasta los ochenta, habría muerto hace un par de generaciones y a estas alturas nadie la recordaría, como nos pasará a todos con el tiempo. En cambio, fue asesinada cuando sólo contaba diecinueve años. En cierta manera peculiar, para nuestra familia no está muerta. Es una asignatura pendiente.

Emily se inclinó y enlazó las manos.

—Doctor Wilcox, soy una abogada criminalista, y bastante buena. Tengo mucha experiencia en lo tocante a reunir pruebas. Existe una relación entre las muertes de Martha Lawrence y Madeline Shapley, y cuando uno de esos asesinatos se resuelva, puede que el otro también. Tal vez le parezca ridículo, pero creo que quien descubrió que Madeline Shapley estaba enterrada en el jardín de su casa familiar, también descubrió cómo murió.

El hombre asintió.

—Puede que tenga razón. Es posible que haya datos en alguna parte. Tal vez una confesión por escrito. O una carta. De todos modos, está sugiriendo que la persona que encontró tal documento no sólo lo ocultó sino que utilizó la información sobre la sepultura cuando cometió el crimen.

—Creo que estoy sugiriendo eso, en efecto. Y algo más. Creo que ni Madeline en 1891 ni Martha hace cuatro años y medio eran la clase de chicas que se iban con un desconocido a las primeras de cambio. Lo más probable es que cayeran en la trampa de alguien en quien confiaban.

—Me parece una conclusión arriesgada, señora Graham.

—No necesariamente, doctor Wilcox. Sé que la madre y la hermana de Madeline estaban en la casa cuando ella desapareció. Era un día caluroso de septiembre. Las ventanas estaban abiertas. La habrían oído si hubiera chillado.

»Martha Lawrence salió a correr. Era temprano, pero no debía de ser la única que hacía ejercicio. Hay casas que dan al paseo. Habría sido muy osado, y muy imprudente, abordarla y arrastrarla por la fuerza hasta un coche o una furgoneta sin ser observado.

—Le ha dado muchas vueltas al problema, ¿verdad, señora Graham?

—Llámeme Emily, por favor. Sí, creo que he pensado mucho en el caso. No es difícil concentrarse en el asunto cuando un equipo de la policía científica está peinando mi patio trasero en busca de huesos de mujeres asesinadas. Por suerte, no empiezo a trabajar en Manhattan hasta el primero de mayo. Hasta entonces tengo tiempo para investigar. —Se puso en pie—. Ya le he robado bastante tiempo, doctor Wilcox, y he de volver a casa para encontrarme con un detective de la oficina del fiscal.

Wilcox también se levantó.

—Cuando Will Stafford telefoneó, seleccioné algunos libros y artículos sobre Spring Lake que tal vez le sean útiles. También hay algunas copias de recortes de periódicos de la década de 1890. Sólo son la punta del iceberg, pero la mantendrán ocupada un tiempo.

La pila de libros y papeles que Emily había visto sobre el escritorio era el material que Wilcox había reunido para ella.

—Espere un momento. No podrá llevárselo así —dijo, más para sí que para ella. Abrió el último cajón del escritorio y sacó una bolsa de tela doblada con la leyenda Librería de Enoch College impresa—. Si guarda siempre mis libros dentro de la bolsa, no se extraviarán —sugirió. Indicó el escritorio—. Estoy escribiendo una novela histórica ambientada en Spring Lake en 1876, el año en que inauguraron el hotel Monmouth. Es mi primer intento de escribir ficción, y lo considero un gran desafío. —Sonrió—. He escrito mucho sobre temas académicos, por supuesto, pero estoy descubriendo que es más fácil escribir sobre temas reales que sobre ficticios.

La acompañó hasta la puerta.

—Reuniré más material para usted, pero ya hablaremos después de que haya tenido la oportunidad de examinar todas estas referencias. Tal vez se le ocurran algunas preguntas.

—Ha sido usted muy amable —dijo Emily, mientras se estrechaban la mano en la puerta. Ignoraba por qué había experimentado una repentina sensación de incomodidad, incluso de claustrofobia. Es la casa, pensó, mientras bajaba los escalones y subía al coche. A excepción de su estudio, carece de alegría.

Había echado un vistazo a la sala de estar cuando pasó por delante. La tapicería oscura y las gruesas cortinas constituían lo peor de la decoración victoriana, decidió, todo grueso, oscuro, formal. Me pregunto cómo será la señora Wilcox.

Desde la ventana, Clayton Wilcox observó a Emily alejarse en el coche. Una joven muy atractiva, decidió, mientras a regañadientes volvía a su estudio. Se sentó ante el escritorio y pulsó el *intro* del ordenador.

El salvapantallas desapareció, y recuperó la página en la que estaba trabajando. Se refería a la frenética búsqueda de una joven que había ido a Spring Lake con sus padres para asistir a la inauguración del hotel Monmouth en 1876.

Clayton Wilcox sacó del primer cajón del escritorio la copia que había obtenido del microfilm de un artículo de portada aparecido en el *Seaside Gazette* del 12 de septiembre de 1891.

Empezaba así: «Se sospecha algo siniestro en la misteriosa desaparición, hace cinco días, de Madeline Shapley en Spring Lake...».

17

—Ya no puedo más —dijo Nick en voz alta.

Estaba de pie ante la ventana de su despacho del bufete Todd, Scanlon, Klein y Todd, mirando la calle, treinta pisos más abajo. Los coches desaparecían en el túnel que comunicaba la calle Cuarenta con la Treinta y tres, bajo Park Avenue South. La única diferencia entre los coches y yo, es que yo estoy atascado en el túnel, pensó. Los coches salen por el otro lado.

Había pasado la mañana en la sala de conferencias, trabajando en el caso Hunter. Hunter va a salir libre como un pajarito, y yo habré colaborado a que eso sea posible. La certidumbre daba náuseas a Nick.

No quiero herir a papá, pero no puedo hacerlo, reconoció. Pensó en aquellas antiguas y sabias palabras: «Por encima de todo, has de ser fiel a ti mismo, y así como el día sigue a la noche, no puedes engañar a ningún hombre».

Ya no puedo seguir engañándome a mí mismo. Éste no es mi lugar. No quiero estar aquí. Quiero procesar a esos crápulas, no defenderlos.

Oyó que la puerta de su despacho se abría. Sólo una persona lo haría sin llamar antes. Se volvió poco a poco. Tal como esperaba, era su padre.

—Nick, hemos de hacer algo acerca de Emily Graham. Debía de estar loco cuando le dije que podía esperar hasta el primero de mayo para empezar a trabajar. Acabamos de aceptar un caso que le va como anillo al dedo. Quiero que vayas a Spring Lake y le digas que la necesitamos aquí antes de una semana.

Emily Graham. El pensamiento que había sorprendido a Nick cuando la vio en acción en el tribunal pasó por su mente. Emily y su padre eran tal para cual. Habían nacido para ser abogados defensores.

Había estado a punto de decirle a su padre que dimitía.

Puedo esperar un poco más, decidió. Pero en cuanto Emily Graham se incorpore, me largo de aquí.

18

La pregunta formulada al fiscal por la chillona reportera durante la nueva conferencia de prensa televisada le deleitaba: «¿Cree que el asesino de Martha es una reencarnación?».

Pero la brusca negativa del fiscal a aceptar la posibilidad le ofendía.

Me he reencarnado, pensó. Nos hemos convertido en uno. Puedo demostrarlo. Lo demostraré.

A última hora de la tarde, había decidido cómo revelar la verdad sobre sí mismo a los escépticos. Una sencilla postal sería suficiente, pensó. Un tosco dibujo, como el de un niño pequeño.

Lo enviaría por correo el sábado. Camino de la iglesia.

19

Tommy Duggan y Pete Walsh la estaban esperando en el porche cuando Emily llegó a casa.

Tommy desechó sus disculpas con un ademán.

—Hemos llegado un poco pronto, señora Graham.

Presentó a Pete, el cual se apresuró a coger la bolsa de libros que Clayton Wilcox había prestado a Emily.

—Parece que se ha aprovisionado de una buena cantidad de lectura, señora Graham —comentó mientras ella abría la puerta.

—Creo que sí.

La siguieron hasta el vestíbulo.

—Hablaremos en la cocina —sugirió Emily—. Me apetece una taza de té, y tal vez pueda persuadirlos de que me acompañen.

Pete Walsh aceptó. Tommy Duggan declinó la invitación, pero no pudo resistir la tentación de servirse un par de galletas de chocolate.

Se sentaron a la mesa de la cocina. El ventanal dispensaba una vista deprimente de la obra y los montones de tierra que la rodeaban. Las palabras «ESCENA DE CRIMEN. PROHIBIDO EL PASO», estaban impresas en las cintas que acordonaban la zona. Vieron al policía que custodiaba la obra asomado a la ventana de la caseta de baño.

—Veo que el equipo de la policía científica se ha marchado —comentó Emily—. Espero que eso signifique el fin de la investigación, al menos en mi casa. Quiero que el contratista llene ese hoyo. He decidido olvidarme de la piscina.

—Eso es precisamente lo que queríamos hablar con usted, señora Graham —dijo Tommy—. Aprovechando que la excavadora sigue aquí, nos gustaría levantar el resto del patio.

Emily le miró asombrada.

—¿Para qué?

—Es importante. Tendría la seguridad de saber que nunca más volverá a padecer otro susto como el de ayer.

—No creerá que hay otros cuerpos enterrados ahí, ¿verdad?

—Señora Graham, sé que vio al fiscal en la tele, porque le telefoneó acerca del anillo encontrado.

—Sí.

—Entonces le oyó decir que después de que su... ¿quién era, la hermana de su tatarabuela?, desapareciera en 1891, otras dos jóvenes desaparecieron en Spring Lake.

—Santo Dios, ¿creen que tal vez estén enterradas ahí?

Emily señaló el patio trasero.

—Nos gustaría averiguarlo. También nos gustaría obtener una muestra de sangre de usted, para comprobar mediante el ADN que se trata en realidad del hueso de Madeline Shapley.

De pronto, Tom Duggan se dio cuenta de que estaba siendo presa del agotamiento absoluto que se apodera de cualquiera que apenas ha dormido en un día y medio. Se sentía embotado y lento de reflejos. Sintió pena por Emily Graham. A juzgar por su aspecto, estaba preocupada y asustada.

El día anterior, la habían investigado a fondo: abogada defensora importante que iba a trabajar para uno de los bufetes más prestigiosos de Manhattan. Divorciada de un gilipollas que había intentado aprovecharse de ella cuando ganó un montón de dinero. Víctima de un acosador que se encontraba ahora en un centro psiquiátrico. Pero alguien le había tomado una foto la noche que llegó a Spring Lake, y la había deslizado por debajo de su puerta.

Cualquiera habría podido buscarla en internet y averiguado lo del acosador. Hubo mucha publicidad cuando por fin le detuvieron. Algún chico estúpido de la localidad habría considerado divertido asustarla. Los polis de Spring Lake eran buenos. Vigilarían a cualquiera que se acercara a su casa. Tal vez conseguirían encontrar huellas dactilares en la foto o en el sobre.

Y ahora está sentada en esta bonita casa, con un patio trasero donde parece que haya caído una bomba, porque los restos de dos víctimas de asesinato, una de ellas su propia pariente, fueron enterrados aquí. Era lamentable.

Tommy sabía que Suzie, su mujer, querría saber cosas sobre Emily Graham. Su aspecto, su indumentaria. Suzie había considerado la explicación de su encuentro de ayer con Emily Graham muy insuficiente. Tommy intentaba resumir las impresiones que le transmitiría cuando llegara a casa por la noche.

Emily Graham vestía tejanos, un jersey rojo con un cuello enorme y botas hasta el tobillo. No había comprado dichas prendas de rebajas, desde luego. Pendientes de oro, sencillos. Ningún anillo. Cabello castaño oscuro, lacio, largo hasta los hombros. Grandes ojos castaños, preocupados y aprensivos en este momento. Muy bonita, quizá incluso guapa.

Dios mío, me estoy quedando dormido mientras hablo con ella, pensó.

—Señora Graham, no quiero que este verano esté sentada con sus amigos, mientras se pregunta si más huesos humanos van a emerger de repente a la superficie.

—Pero ¿no es cierto que, si otras dos jóvenes desaparecieron en la década de 1890 y sus cadáveres fueran encontrados aquí, eso demostraría que hubo un asesino múltiple en esta ciudad hace ciento diez años?

—Sí —reconoció Duggan—. Sin embargo, mi principal preocupación es detener al tipo que mató a Martha Lawrence. Siempre he creído que era alguien de aquí. Las raíces de muchos habitantes de esta ciudad se remontan hasta tres y cuatro generaciones. Otros pasaban los veranos aquí, o trabajaban en los hoteles cuando iban a la universidad.

—Tom y yo trabajamos en el Warren —comentó Walsh—. Con diez años de diferencia, claro está.

Duggan le traspasó con la mirada, como diciéndole «no me interrumpas».

—Los huesos que encontramos bajo el esqueleto de Martha se encontraban en una tumba relativamente poco honda —continuó—. Habrían sido encontrados hace mucho tiempo, de no ser por el árbol. Con los años, algunos habrían salido a la superficie. Mi teoría es que alguien se topó con ellos en un momento dado, quizá incluso encontró el dedo con el anillo, lo guardó, y cuando asesinó a Martha, decidió enterrarla con el hueso.

Miró a Emily.

—Está negando con la cabeza —dijo—. No está de acuerdo.

—He bajado la guardia —dijo Emily—. Un buen abogado defensor siempre pone cara de póquer. No, señor Duggan, no estoy de acuerdo. Me cuesta demasiado creer que alguien encontró el hueso, nunca se lo contó a nadie, asesinó a la pobre chica de los Lawrence, y luego decidió enterrarla aquí. No me lo trago.

—¿Cómo lo explicaría?

—Creo que la persona que asesinó a Martha sabía muy bien lo que sucedió en 1891, y cometió un crimen inspirado en aquel.

—No creerá en la teoría de la reencarnación, espero.

—No, pero sí creo que el asesino de Martha sabe todo lo referente a la muerte de Madeline Shapley.

Tom se levantó.

—Señora Graham, esta casa ha cambiado de propietarios varias veces durante todos estos años. Vamos a examinar los registros, averiguar quiénes fueron esos propietarios y ver si alguno todavía sigue por aquí. ¿Nos dejará remover su patio?

—De acuerdo. —Su voz sonó resignada—. Y ahora, yo voy a pedirle algo. Déjeme ver la documentación que ha encontrado sobre la desaparición de Madeline y la desaparición de esas otras dos jóvenes en la década de 1890.

Intercambiaron una mirada.

—Tendré que consultarlo con el jefe, pero creo que no habrá problema —dijo Duggan.

Los acompañó hasta la puerta.

—El contratista me dijo que podría empezar mañana a primera hora —les informó—. Había confiado en que llenarían el hoyo, pero si hay que remover todo el patio, qué le vamos a hacer.

—Un equipo de la policía científica vendrá a examinar la tierra. No deberían tardar más de un día, máximo dos, y luego podrá olvidar todo esto —prometió Duggan.

Condujeron en silencio durante cinco minutos.

—¿Piensas lo mismo que yo, Pete? —preguntó por fin Duggan.

—Quizá.

—¿Esa chica, Carla Harper, de Filadelfia?

—Exacto.

—Desapareció hace dos años, en agosto.

—Exacto. Un testigo ocular jura haberla visto hablando con un tío en un restaurante de carretera, en las afueras de Filadelfia. Afirma que iban en coches diferentes, pero cuando se fueron, él la siguió. El testigo jura que el coche del tipo tenía matrícula de Filadelfia. Un par de días después, el bolso de Carla Harper, sin que por lo visto faltara nada, apareció en una zona boscosa, no lejos del restaurante. El fiscal de Filadelfia se encarga del caso.

Tommy telefoneó a la oficina y pidió que le pusieran con Len Green, otro de los detectives que trabajaban en el caso.

—Len, ¿cuándo desapareció la segunda mujer en la década de 1890?

—Déjame ver. —Siguió una pausa—. Ya lo tengo: cinco de agosto de 1893.

—¿Cuándo se denunció la desaparición de Carla Harper?

—Déjame ver.

Tommy sostuvo al auricular hasta que oyó las palabras que esperaba escuchar.

—El cinco de agosto.

—Vamos hacia ahí. Nos vemos dentro de veinte minutos. Gracias, Len.

Tommy Duggan ya no tenía sueño. Tenían que hablar de inmediato con el detective de Filadelfia que se había encargado del caso de Carla Harper. El hecho de que tanto Madeline Shapley como Martha Lawrence hubieran desaparecido un 7 de septiembre, aunque separadas por ciento diez años, podía ser casual. El hecho de que otras dos jóvenes hubieran desaparecido un 5 de agosto, en el mismo lapso de tiempo, no podía ser casual.

Tenían entre manos a un asesino que se había inspirado en aquellos lejanos crímenes cometidos en Spring Lake.

—¿Sabes lo que esto significa, Pete? —preguntó.

Pete Walsh no contestó. Sabía que Tommy Duggan estaba pensando en voz alta.

—Significa que si ese tío está siguiendo una pauta, va a matar a otra joven el treinta y uno de marzo.

—¿Este treinta y uno de marzo?

—Aún no lo sé. En la década de 1890, las tres jóvenes desaparecieron con varios años de diferencia. —Volvió a telefonear—. Len, comprueba esto —empezó.

Al poco rato tuvo la información que deseaba.

—Hubo una diferencia de veintitrés meses entre las desapariciones de las dos primeras mujeres, en la década de 1890. Es el mismo número exacto de meses que median entre la desaparición de Martha Lawrence y Carla Harper.

Entraron en el aparcamiento de la oficina del fiscal.

—Si alguna mujer desaparece en Spring Lake la semana que viene, el treinta y uno de marzo, el ciclo se habrá completado. Y por si no nos divertíamos bastante, puede que también tengamos entre manos a un acosador de Emily Graham que se inspira en el anterior.

Cuando Pete Walsh bajó del coche, calló con prudencia que su suegra creía en la reencarnación, y que él también empezaba a pensar que algo de eso podía haber.

20

Cuando había ido a comprar comida después de firmar el contrato de propiedad de la casa, Emily había añadido un paquete de pollo troceado con la idea de preparar una sopa. Después de que los detectives se marcharan, decidió que la prepararía para la cena.

El hoyo del patio trasero y la posibilidad de que hubiese otros cuerpos enterrados allí le provocaban la sensación de que el perfume de la muerte impregnaba el aire que la rodeaba. Además, se dijo, siempre pienso mejor cuando tengo las manos ocupadas en trocear en juliana las verduras y amasar pasta.

El caldo de pollo beneficia la mente, y en este preciso momento, admitió Emily, la mía necesita cierta ayuda.

Entró en la cocina y bajó las persianas, con el fin de ahorrarse la deprimente escena del patio. Sus manos trabajaban independientes la una de la otra, pelaban zanahorias, troceaban apio y cebollas, buscaban condimentos. Cuando encendió el fuego bajo la olla, ya había tomado una decisión.

Había sido una estupidez no llamar a la policía de Albany de inmediato e informar de lo sucedido anoche. Deberían saberlo.

¿Por qué no los llamé? Contestó a su propia pregunta: Porque no quiero creer que vaya a empezar otra vez. Me he empeñado en no querer ver la realidad desde que echaron esa fotografía por debajo de mi puerta.

Sabía lo que debía hacer. El detective Walsh había dejado la bolsa de libros en la cocina. La recogió, fue al estudio y la depositó junto al sofá, delante de la mullida butaca. Se acercó al escritorio, cogió el móvil y se sentó sobre el brazo del sofá.

Su primera llamada fue al detective Marty Browski, de Albany. Había sido uno de los agentes que detuvieron a Ned Koehler cuando rondaba su casa. La reacción de Browski a lo que le contó fue de asombro y preocupación.

—Yo diría que se trata de un imitador, o bien de un amigo de Koehler que ha decidido seguir sus pasos. Lo investigaremos. Me alegro de que llamaras a la policía local, Emily. Mira, voy a telefonearles para advertirles de la gravedad del problema. Los pondré en antecedentes.

Su siguiente llamada fue a Eric Bailey. Pasaba de las cinco, pero aún seguía en su oficina, y se alegró de oír a Emily.

—Albany no es lo mismo sin ti —dijo.

Emily sonrió al escuchar su tono de preocupación. Pese a estar forrado de millones, Eric nunca cambiaría, pensó. Tímido, desvalido, pero un genio.

—Yo también te echo de menos —le aseguró—. Quiero pedirte un favor.

—Estupendo. Ya está hecho, sea lo que sea.

—Eric, la cámara de seguridad que colocaste en mi casa de la ciudad fue lo que permitió que detuvieran a Ned Koehler. Me ofreciste una para Spring Lake. Acepto. ¿Puedes enviar a alguien para que la instale?

—Iré yo mismo en persona. Tengo ganas de verte. Estos próximos días estoy muy liado. ¿Qué te parece el lunes?

Le imaginó con la frente arrugada, los dedos jugueteando con algún objeto de su escritorio. Cuando triunfó, cambió sus tejanos, camisetas y parkas por un vestuario lujoso. Detestaba los chismes maliciosos que la gente rumoreaba de él, que seguía pareciendo un colgado. Pobrecillo.

—El lunes me va bien.

—¿Cómo va tu casa?

—Interesante. Ya te contaré el lunes.

Eso será lo máximo que pueda hacer, pensó Emily, mientras colgaba. Vamos a ver esos libros.

Pasó las tres horas siguientes hecha un ovillo en la butaca, absorta en los libros que Wilcox le había prestado. Había elegido bien, decidió. Se sintió transportada a una era de carruajes de caballos, lámparas de aceite y aristocráticas mansiones estivales.

Con la conciencia del precio que acababa de pagar por su nueva casa, la ordenanza municipal que fijaba en tres mil dólares la cantidad mínima que el dueño de una propiedad podía gastar en construir una casa nueva le arrancó una sonrisa.

El informe de 1893 del presidente de la Junta de Salubridad Pública, referido a la necesidad de dejar de tirar basura al mar «con el fin de mantener nuestra playa libre de materias ofensivas arrojadas en ella día tras día», era un irónico recordatorio de que algunas cosas nunca cambian.

Un libro con muchas fotografías incluía una de un picnic dominical escolar en 1890. La lista de los niños asistentes incluía el de Catherine Shapley.

La hermana de Madeline. Mi tatarabuela, pensó Emily. Ojalá pudiera localizarla. En aquel mar de rostros, era imposible emparejar uno de ellos con las escasas fotos familiares salvadas del incendio.

A las ocho, volvió a la cocina y acabó de preparar la cena. Una vez más, apoyó un libro en vertical sobre la mesa. Lo había reservado porque parecía el más interesante. El título era *Reflexiones de una niñez*, publicado en 1938. La autora, Phyllis Gates, había veraneado en Spring Lake a finales de la década de 1880 y a principios de la siguiente.

El libro estaba bien escrito y ofrecía un vívido retrato de la vida social en aquellos tiempos. Se describían picnics y cotillones, espléndidos festejos en el hotel Monmouth, baños en el mar, paseos a caballo y en bicicleta, Lo que más intrigaba a Emily eran los numerosos extractos de un diario que Phyllis Gates había escrito durante aquellos años.

Emily había terminado de cenar. Le escocían los ojos de cansancio, y estaba a punto de cerrar el libro, cuando volvió la página y vio el nombre de Madeline Shapley en un extracto del diario.

18 de junio de 1891. Esta tarde hemos asistido a una merienda en casa de los Shapley. Era para celebrar el decimonoveno cumpleaños de Madeline. En el porche habían colocado doce mesas bellamente adornadas con flores del jardín. Me senté a la mesa de Madeline, al igual que Douglas Carter, el cual está muy enamorado de ella. Le tomamos el pelo a Madeline a propósito de él.

En un extracto de 1891, la autora escribía:

Acabábamos de cerrar nuestra casa y regresado a Filadelfia, cuando nos enteramos de la desaparición de Madeline. Fue muy doloroso para todos nosotros. Mamá regresó a toda prisa a Spring Lake para expresar su condolencia, y encontró a la familia sumida en un estado de profundo pesar. El padre de Madeline le confesó que, por el bien de la salud de su mujer, se mudará con la familia a otra zona.

A punto de cerrar el libro, Emily pasó las páginas. Un extracto de 1893 llamó su atención.

Douglas Carter se ha suicidado. Había perdido el tren en Nueva York aquel fatídico día, y tuvo que esperar uno posterior.

Se obsesionó con la idea de que, si hubiera llegado antes, tal vez la habría salvado.

Mi madre pensaba que había sido una grave equivocación por parte de los padres de Douglas no cambiarse de casa, pues la suya quedaba enfrente de la de los Shapley, al otro lado de la calle. Pensaba que habrían podido evitar la melancolía que se apoderó de Douglas, que se pasaba las horas mirando el porche de los Shapley.

Emily dejó el libro. Sabía que Douglas Carter se había suicidado, pensó. Pero no sabía que vivía en la casa de enfrente.

Me gustaría saber más acerca de él, pensó. Me pregunto hasta qué punto estaban seguros de que había perdido el tren.

VIERNES, 23 DE MARZO

21

El rumor se había iniciado con la pregunta de la reportera del *National Daily* al fiscal: «¿Cree que el asesino de Martha es una reencarnación?».

El teléfono de la doctora Lillian Madden empezó a sonar sin tregua el jueves por la tarde. El viernes por la mañana, Joan Hodges, su secretaria, había dado con una respuesta común, que no cesaba de repetir: «La doctora Madden considera de mal gusto hablar del tema de la reencarnación en relación con el asesinato de Spring Lake».

El viernes, mientras comían, Joan Hodges no consideró de mal gusto hablar del tema con su jefa.

—Doctora Madden, fíjese en lo que dicen los periódicos, y tienen razón. No fue una casualidad que Martha Lawrence y Madeline Shapley desaparecieran el mismo día. ¿Quiere saber la última noticia?

Pausa para causar un efecto dramático, pensó Lillian Madden con ironía.

—El cinco de agosto de 1893, Letitia Gregg, escúcheme bien, doctora, no volvió a casa. —Joan abrió los ojos de par en par—. Doctora, una chica llamada Carla Harper, que hace dos años fue a pasar el fin de semana en el hotel Warren, desapareció como por arte de magia. Recuerdo haber leído algo al respecto. Pagó la cuenta y subió a su coche. Una mujer jura que la vio cerca de Filadelfia. Era su punto de destino. Vivía en Rosemont, en el Main Line.[1]

1. Elegante distrito residencial situado al oeste de Filadelfia. *(N. del T.)*

Pero ahora, según el *New York Post*, parece que esa testigo ocular no está muy en sus cabales. —Los ojos desorbitados de Joan se clavaron en el rostro de la doctora Madden—. Doctora, creo que Carla Harper nunca salió de Spring Lake. Creo, y da la impresión de que mucha gente piensa lo mismo, que hubo un asesino múltiple en Spring Lake en la década de 1890, y que se ha reencarnado.

—Eso son tonterías —replicó con brusquedad Lillian Madden—. La reencarnación es una forma de madurez espiritual. Un asesino múltiple de la década de 1890 estaría hoy pagando por sus delitos, no repitiéndolos.

Con paso decidido, mientras toda su postura señalaba la desaprobación que le causaba el tono de la conversación, Lillian Madden se dirigió a su despacho y cerró la puerta. Se dejó caer en la butaca del escritorio y apoyó los codos sobre la mesa. Con los ojos cerrados, se masajeó las sienes con los dedos índice.

Dentro de poco, los seres humanos serán clonados, pensó. Todos cuantos nos dedicamos a la medicina lo sabemos. Los que creemos en la reencarnación, pensamos que el dolor sufrido en vidas anteriores puede afectarnos en nuestra existencia actual. Pero ¿el mal? ¿Es posible que alguien repita exactamente, a sabiendas o no, los mismos hechos malvados que cometió hace un siglo?

¿Qué era lo que la estaba perturbando? ¿Qué recuerdo intentaba abrirse paso hasta su conciencia?

Lillian se preguntó si podría librarse de la conferencia de aquella noche. No, eso no sería justo con los estudiantes, decidió. En diez años no había dejado de asistir a ninguna sesión del curso sobre regresión que impartía cada primavera en el Monmouth Community College.

Había treinta estudiantes matriculados. La universidad podía vender diez entradas más por cada sesión. ¿Habrían averiguado algunos de los reporteros que le habían telefoneado la existencia de dichas entradas, y se presentarían en la conferencia de esa noche?

A mitad de la sesión, tenía la costumbre de solicitar voluntarios, con el fin de hipnotizarlos y provocar una regresión. Lo cual, en ocasiones, daba como resultado vívidos y detallados recuerdos de otras encarnaciones. Tomó la decisión de eliminar la parte de la hipnosis de esta noche. Durante los últimos diez minutos, siempre aceptaba preguntas de estudiantes y visitantes. Si los reporteros comparecían, tendría que contestarles. No había forma de impedirlo.

Siempre preparaba sus conferencias con antelación. Cada una

estaba muy bien vertebrada con la anterior y la posterior. La conferencia de esa noche se basaba en las observaciones de Ian Stevenson, un profesor de psicología de la Universidad de Virginia. Había puesto a prueba la hipótesis de que, con el fin de identificar dos historias vitales diferentes pertenecientes a la misma persona, tenía que existir una continuidad de los recuerdos y/o rasgos de carácter.

No era la conferencia que habría elegido para esa noche. Mientras repasaba las notas, poco después de salir de casa, Lillian tomó conciencia de que los descubrimientos de Stevenson podían interpretarse como un apoyo a la teoría del asesino múltiple reencarnado.

Lillian estaba tan abismada en sus pensamientos que se sobresaltó cuando Joan llamó a la puerta. Esta se abrió, y Joan entró en el despacho antes de que pudiera darle permiso para entrar.

—La señora Pell está aquí, doctora, pero ha llegado antes de la hora convenida, de modo que no se dé prisa. Mire lo que le ha traído.

Joan sostenía un ejemplar del *National Daily*. Sobre el logotipo, se leía EDICIÓN ESPECIAL. El titular rezaba: ASESINO MÚLTIPLE VUELVE DE LA TUMBA.

El artículo continuaba en la segunda y tercera página. Las fotos contiguas de Martha Lawrence y Carla Harper estaban encabezadas con la frase «¿Hermanas en la muerte?». El artículo empezaba así: «La policía admite que la testigo ocular que afirmó haber visto a Carla Harper, de veinte años, en un restaurante de carretera cercano a su casa de Rosemont, Pensilvania, tal vez cometiera un error. Considera muy posible que el bolso de Carla fuera dejado cerca del restaurante por el asesino, después de la publicidad dedicada a las declaraciones de la testigo. La investigación se centra ahora en Spring Lake, Nueva Jersey».

—Justo lo que le he dicho, doctora. La chica fue vista por última vez en Spring Lake. Y desapareció el cinco de agosto, el mismo día que Letitia Gregg (¿a que es un nombre estupendo?), pero en 1893.

El periódico también publicaba dibujos de tres jóvenes con los vestidos de cuello alto, mangas largas y faldas hasta el tobillo propios de finales del siglo XIX. El encabezamiento rezaba: «Las víctimas del siglo XIX».

Una fotografía de una calle flanqueada de árboles y casas victorianas, estaba emparejada con la foto de una calle actual, muy parecida. El encabezamiento decía: «Antes y ahora».

El reportaje que seguía iba acompañado del nombre y la fotografía de la autora, Reba Ashby. Empezaba: «Un visitante de la encantadora localidad costera de Spring Lake experimenta la sensación de retroceder a una época más plácida y sosegada. Pero en aquel tiempo, como en el presente, la paz fue truncada por una presencia siniestra y maléfica...».

Lillian dobló el periódico y se lo devolvió a Joan.

—Ya tengo suficiente.

—¿No cree que debería suspender la clase de esta noche, doctora?

—No, Joan. ¿Quieres decirle a la señora Pell que entre, por favor?

Aquella noche, tal como Lillian Maden había esperado, todos los pases disponibles para invitados se habían vendido. Intuyó que varias personas, llegadas con suficiente antelación para ocupar los asientos de primera fila, debían de ser de los medios de comunicación. Iban provistas de libretas y grabadoras.

—Mis estudiantes habituales saben muy bien que no se permiten grabadoras en esta clase —dijo, y miró de forma significativa a una mujer de unos treinta años que le parecía vagamente familiar. ¡Por supuesto! Era Reba Ashby, del *National Daily*, la firmante del artículo «Antes y ahora».

Lillian dedicó un momento a acomodarse las gafas. No quería aparentar nerviosismo o inquietud delante de la señora Ashby.

—En el Próximo Oriente, Asia y otros lugares —empezó—, hay miles de casos de niños menores de ocho años que hablan de una identidad anterior. Recuerdan con lujo de detalles su vida previa, incluyendo los nombres de sus familiares.

»La monumental investigación empírica del doctor Stevenson explora la posibilidad de que las imágenes que desfilan por la mente de una persona, así como las modificaciones físicas ocurridas en el cuerpo de dicha persona, puedan manifestarse como características de un recién nacido.

Imágenes que desfilan por la mente de una persona, pensó Lillian. Estoy ofreciendo material para la siguiente columna de la Ashby. Continuó.

—Algunas personas pueden elegir a sus futuros padres, y la reencarnación suele tener lugar en una zona geográfica cercana a la anterior encarnación.

El interrogatorio, cuando se inició, fue caldeado. La primera en intervenir fue la señora Ashby.

—Doctora Madden —dijo—, todo lo que acabo de oír esta noche me reafirma en la idea de que un asesino múltiple que vivió en la década de 1890 se ha reencarnado. ¿Cree que el asesino actual conserva imágenes de lo ocurrido a las tres mujeres en esos años?

Lillian Madden hizo una pausa antes de responder.

—Nuestras investigaciones demuestran que los recuerdos de vidas anteriores dejan de existir a la edad de ocho años, aproximadamente. Eso no quiere decir que no podamos experimentar una sensación de familiaridad con una persona que acabamos de conocer, o con un lugar que visitamos por primera vez. Claro que no es lo mismo que imágenes vívidas y recientes.

Hubo más preguntas, y después la señora Ashby volvió a intervenir.

—Doctora, ¿no es cierto que suele incluir una sesión de hipnosis con voluntarios en sus conferencias?

—Exacto. Pero esta noche he decidido no hacerlo.

—¿Puede explicar cómo provoca la regresión de alguien?

—Por supuesto. Por lo general, tres o cuatro personas se prestan voluntarias a este experimento, pero puede que algunas no colaboren con la hipnosis. Hablo de una en una con las que se hallan en trance hipnótico. Las invito a retroceder en el tiempo por un cálido túnel. Les digo que será un viaje agradable. Luego elijo fechas al azar y pregunto si se forman imágenes en su mente. La respuesta suele ser negativa, y continúo retrocediendo, hasta que llegan a una encarnación anterior.

—Doctora Madden, ¿alguien le pidió específicamente que le hiciera retroceder hasta finales del siglo diecinueve?

Lillian Madden miró al periodista, un hombre corpulento de ojos cavilosos. Otro reportero, sin duda, pensó, pero esa no era la cuestión. Había devuelto a su memoria el recuerdo que la había esquivado durante todo el día. Cuatro años antes, tal vez cinco, alguien le había formulado esa misma pregunta. Había acudido a su consulta y le dijo que estaba seguro de haber vivido en Spring Lake a finales del siglo XIX.

Pero luego se resistió a la hipnosis, casi parecía asustado de la posibilidad, y se fue antes de que terminara su hora. Lo vio con claridad en su mente. Pero ¿cómo se llamaba?

Constará en mi agenda de citas, pensó. Lo reconoceré en cuanto lo vea.

Ardía en deseos de volver a casa.

22

En Albany, Marty Browski subió por el sendero que conducía a Gray Manor, el centro psiquiátrico donde trataban a Ned Koehler, el hombre que había sido condenado por acosar a Emily Graham.

Marty, un cincuentón menudo, apuesto, de rostro serio y ojos hundidos, se había desplazado desde la comisaría porque quería comprobar por sí mismo que Koehler seguía encerrado.

Si bien era indudable que el hombre constituía un peligro en potencia, el caso siempre había preocupado a Marty. No cabía la menor duda de que Ned Koehler había dado el paso final de todo acosador: había cortado los cables del teléfono para desconectar el sistema de alarma del apartamento de la señora Graham, y había intentado entrar.

Por suerte, la cámara de seguridad instalada por Eric Bailey (el informático forrado de pasta amigo de Emily) no sólo se volvió a conectar automáticamente, sino que avisó a la policía y tomó una foto de Koehler, cuchillo en ristre, cuando forzaba la cerradura de la ventana del dormitorio.

Koehler estaba como una regadera, de eso no cabía duda. Probablemente siempre había flirteado con la psicosis, pero la muerte de su madre provocó que brotara. Tenía razón. Joel Lake, el sinvergüenza pará el que Emily Graham había conseguido la absolución, era el asesino de la madre.

Pero Emily Graham era una estupenda abogada defensora, se dijo Browski, y el fiscal no se salió con la suya.

Y ahora, Emily Graham era la víctima de otro episodio de acoso, esta vez en Spring Lake. Siempre he tenido dudas sobre el ex marido de la Graham, pensó Browski, mientras abría la puerta principal del hospital y entraba en la sala de recepción.

Había un par de personas en el mostrador, a la espera de que las acompañaran a las zonas de reclusión. Se dejó caer en una silla y paseó la vista alrededor.

Las paredes estaban pintadas de un amarillo suave, y exhibían una serie de grabados bastante decentes. Las butacas de piel sintética, agrupadas para poder conversar, parecían bastante cómodas. Varias mesitas auxiliares estaban cubiertas de revistas recientes.

De todos modos, por más que traten de alegrarlos, esos lugares siempre son deprimentes, pensó Browski. Cualquier lugar del que no puedas salir con plena libertad es deprimente.

Mientras esperaba, sopesó la posibilidad de que Gary Hardin White hubiera sido, y aún pudiera ser, el acosador. La familia White era importante en Albany desde hacía generaciones, pero Gary Harding White no estaba cortado del mismo patrón que el resto del clan, todos ellos personas emprendedoras y bendecidas por el éxito. Pese a su cuna privilegiada, su apostura y la buena educación, Gary fracasaba en todos sus empeños, y se había ganado reputación de timador. También era un mujeriego.

Después de estudiar en la Harvard Business School, White se instaló en Albany y entró en el negocio familiar. No duró mucho.

Después, su padre soltó un montón de pasta para que fundara su propia empresa, pero fue un desastre. Ahora se dedicaba a otra cosa, pero los asuntos financieros iban de mal en peor. Toda la ciudad sabía que su padre estaba harto de apoyarle.

El hecho de que su ex mujer se hiciera de repente con una fortuna acabó de desquiciar a Gary White. Su demanda había consternado a toda la población, y en el proceso había mentido como un bellaco y quedado como un imbécil.

¿Se había sentido lo bastante amargado para intentar destruir la paz de Emily Graham a base de acosarla?, se preguntó Browski. ¿Lo seguía haciendo?

No obstante, Koehler era un peligro en potencia. Al fin y al cabo, había intentado atacar a Emily Graham en el tribunal, y tratado de entrar por la fuerza en su casa. Pero ¿era el acosador?

Al ver que la recepcionista había atendido a la gente del mostrador, se acercó y sacó el billetero. Exhibió su identificación.

—Marty Browski. Me esperan. Avise al doctor Sherman que he venido a interrogar a Ned Koehler. ¿Ha llegado ya su abogado?

—El señor Davis subió hace un rato —dijo la mujer.

Unos minutos después, Marty estaba sentado a una mesa, ante Ned Koehler y su abogado, Hal Davis. La puerta estaba cerrada, pero un guardia miraba por la ventana.

Ned es el tipo de individuo por el que quieres sentir pena, pero no puedes, pensó Browski. Un hombre carente de todo atractivo. Koehler tenía cuarenta y pocos años. Era enjuto, de ojos estrechos y barbilla afilada. En otro hombre, su cabeza de pelo veteado de gris habría resultado algo atractiva, pero sólo contribuía a acentuar su apariencia de desaliño global.

—¿Cómo va, Ned? —preguntó Browski con voz cordial.

Las lágrimas se agolparon en los ojos de Koehler.

—Echo de menos a mi madre.

Era la reacción que Browski esperaba.

—Lo sé.

—Fue culpa de la abogada. Ella le liberó. Debería estar en la cárcel.

—Ned, Joel Lake estuvo en tu edificio aquella noche. Admitió que estaba robando en tu apartamento. Pero tu madre estaba en el cuarto de baño. Joel oyó el agua de la bañera. Ella no le vio en ningún momento. Él no la vio en ningún momento. Tu madre estaba hablando por teléfono con su hermana cuando vieron a Joel salir del edificio.

—Mi tía no tiene sentido del tiempo.

—El jurado opinó que sí.

—La Graham les comió el tarro.

Tal vez no les comió el tarro, pensó Browski, pero les hizo creer en la versión de Joel. Eran muy escasos los abogados que lograban la absolución para un acusado de homicidio, cuando este admitía haber estado en el apartamento de la víctima robando a la hora aproximada del asesinato.

—Odio a Emily Graham, pero no la seguí ni le tomé fotos.

—Aquella noche, intentaste entrar por la fuerza en su casa. Llevabas un cuchillo.

—Quería asustarla. Quería que supiera lo asustada que debió de estar mi madre cuando vio que el intruso levantaba el cuchillo.

—¿Sólo pensabas asustarla?

—No has de contestar a eso, Ned —advirtió Hal Davis.

Koehler no le hizo caso y miró a Browski sin pestañear.

—Solo iba a asustarla. Solo quería que comprendiera lo que mi madre sintió cuando levantó la vista y... —Rompió a llorar de nuevo—. Echo de menos a mi madre —repitió.

Davis palmeó a su cliente en el hombro y se levantó.

—¿Satisfecho, Marty? —preguntó a Browski, mientras indicaba al guardia que podía llevarse a Koehler.

23

Nick Todd había cogido el teléfono para llamar a Emily Graham media docena de veces, y cada vez había vuelto a colgar el auricular. Cuando le pida que venga a la oficina antes de lo que habíamos pactado, exageraré el volumen de trabajo y el hecho de que la necesitamos, pensó. Después, en cuanto haya ocupado su puesto, me largaré.

Pero no, decidió, no era justo hacerlo así, y desde luego no era justo revelarle sus planes hasta que hubiera hablado con su padre.

El viernes por la mañana, Walter Todd llamó a su hijo por el intercomunicador.

—¿Has hablado con Emily Graham?

—Todavía no.

—¿No habíamos decidido que irías a verla mañana o pasado?

—Esa es mi intención. —Nick vaciló—. Me gustaría invitarte a comer.

Se produjo una vacilación similar al otro extremo de la línea.

—Yo diría que tenemos cuenta del bufete en varios restaurantes.

—Tenemos una en el Four Seasons, pero esta vez invito yo, papá.

Subieron juntos por Park Avenue hasta la calle Cincuenta y dos. Coincidieron en que el aire templado, después de la súbita irrupción de frío y humedad, era muy agradable. La primavera estaba a la vuelta de la esquina, decidieron.

Hablaron de la bolsa. Nadie estaba seguro de si las empresas de informática se recuperarían. Comentaron los titulares sobre el caso de Spring Lake.

—Me gustaría estrangular a la gente que convierte la trágica muerte de una joven en un circo mediático —dijo Walter Todd.

Como de costumbre, el Four Seasons estaba lleno de rostros conocidos. Un ex presidente estaba en el Grill Room, hablando con un prestigioso editor. Un ex alcalde estaba sentado a su mesa habitual. Nick reconoció a jefes de estudios y cadenas televisivas, autores conocidos y tiburones de las finanzas, la típica mezcla de ricos y famosos.

Se detuvieron en algunas mesas para saludar a amigos. Nick se encogió cuando oyó que su padre le presentaba con orgullo a un juez jubilado.

—Mi hijo y socio...

Pero cuando estuvieron sentados en el Pool Room y hubieron pedido Perrier, fue directo al grano.

—Muy bien, Nick, ¿qué pasa?

Nick se apenó cuando vio tensión en el rostro de su padre, el destello de ira en sus ojos, el dolor que lo invadía mientras escuchaba los planes de su hijo.

Por fin, Walter Todd tragó saliva.

—Como quieras. Una importante decisión, Nick. Aunque consigas un empleo en la oficina del secretario de Justicia, no ganarás ni mucho menos lo que cobras ahora.

—Lo sé, y no creas que no voy a echar de menos ese pastón.

Partió un panecillo y lo convirtió en migas entre sus dedos.

—¿No te das cuenta de que ser el brazo de la ley no consiste sólo en encarcelar a los malos? Has de encausar a mucha gente que te gustaría defender.

—Tendré que afrontarlo.

Walter Todd se encogió de hombros.

—He de aceptar tu decisión, claro. ¿Me hace feliz? No. ¿Me decepciona? Sí. ¿Desde cuándo te sientes don Quijote?

También te duele una barbaridad, pensó Nick, pero era de esperar.

El jefe de comedor, un veterano del Four Seasons llegó con las cartas y enumeró las especialidades del día. Sonrió con benevolencia.

—Siempre es un placer ver a los dos señores Todd comiendo juntos.

Cuando el hombre se alejó con su pedido, Walter Todd sonrió sin humor.

—La cafetería de los tribunales no sale en la Guía Michelin, Nick.

Era un alivio ver que su padre había recuperado su agudeza.

—Espero que de vez en cuando me invites aquí a comer bien, papá.

—Lo pensaré. ¿Se lo has contado a tu madre?

—No.

—Tiene miedo de que te esté pasando algo horroroso. Se tranquilizará cuando sepa que no se trata de una misteriosa enfermedad. Admito que yo también estoy más tranquilo.

Los dos hombres se miraron, imágenes gemelas a las que solo diferenciaban los treinta años del inevitable proceso de envejecimiento. Anchos de espaldas. Cuerpos delgados, disciplinados. Cabello rubio, completamente gris en el de mayor edad. Arrugas finas en la frente de Nick, profundas en la de su padre. Mandíbulas firmes y ojos color avellana. Los ojos de Walter Todd enmarcados en gafas sin montura, los de Nick más vivos de color, la expresión más burlona que seria.

—Eres un abogado litigante excelente, Nick, el mejor. Después de mí, por supuesto. Cuando te vayas, dejarás un gran vacío en el bufete. Los buenos abogados van a un céntimo la docena. Los abogados litigantes muy buenos no son nada fáciles de encontrar.

—Lo sé, pero Emily Graham llenará ese vacío. No estoy por la labor. Habría empezado a fallar. Lo presiento. Ella comparte contigo la pasión por el trabajo, pero cuando vaya a verla tendré que decirle que la carga de trabajo será mucho más pesada de lo que ella esperaba, al menos por un tiempo.

—¿Cuándo piensas marcharte?

—En cuanto Emily Graham me sustituya. En la fase de transición, trasladaré mis cosas a uno de los despachos pequeños.

Walter Todd asintió.

—¿Y si se niega a empezar antes del uno de mayo?

—Esperaré, por supuesto.

No se negará a empezar antes de lo previsto, pensó Nick. Yo me encargaré de ello.

24

El estruendo de la excavadora empezó a las ocho en punto de la mañana del viernes. Cuando Emily miró por la ventana de la cocina, se encogió al contemplar la destrucción de los macizos de flores, los arbustos decorativos y el césped. También van a arrancar el sistema de riego, pensó con un suspiro.

Estaba claro que había que pensar en un proyecto de remodelación del terreno.

Qué remedio, pensó mientras volvía arriba para ducharse y vestirse, con una taza de café en la mano. Cuarenta minutos después, estaba en el estudio con un segundo café y el cuaderno de notas sobre el sofá.

El libro *Reflexiones de una niñez* era un auténtico tesoro de información y referencias. La autora, Phyllis Gates, continuó visitando Spring Lake tres veranos más después de la desaparición de Madeline. En un extracto del diario de 1893 hablaba del temor a que Letitia Gregg se hubiera ahogado:

> A Letitia le gustaba nadar, y era muy imprudente. El 5 de agosto era un día caluroso y bochornoso. La playa estaba llena de visitantes, y el oleaje era peligroso. A media tarde, Letitia estaba sola en casa. Su madre vino a vernos, y era la tarde libre de la criada. Se echó en falta el bañador de Letitia, lo cual indujo a creer que había ido a darse un chapuzón en el mar.
>
> Dos años después de la desaparición de Madeline Shapley, la tristeza que embarga a la comunidad es palpable, y se intuye cierta sensación de miedo. Como el cuerpo de Letitia no ha aparecido, siempre cabe la posibilidad de que fuera asaltada al ir o volver de la playa.
>
> Mi madre se ha convertido en mi feroz guardiana, y ni siquiera me deja pasear por la calle si no voy acompañada. Me alegraré mucho de volver a Filadelfia cuando termine la temporada.

La autora continuaba:

> Recuerdo que los jóvenes nos reuníamos en el porche de uno u otro, y hablábamos sin cesar sobre lo que había sido de Madeline y Letitia. Entre los chicos se contaban el primo de Douglas Carter, Alan Carter, y Edgar Newman. Yo siempre intuía un vínculo de pesar no verbalizado entre ambos, porque Edgar siempre había estado prendado de Letitia, y todos sabíamos que Alan amaba en silencio a Madeline, pese a que ella estaba a punto de prometerse con Douglas cuando desapareció. Otro miembro de nuestro grupo que se muestra muy deprimido es Ellen Swain. Era la amiga del alma de Letitia, y la echa muchísimo de menos.
>
> En aquel tiempo, Henry Gates, un estudiante de Yale, empezaba a dejarse caer cada vez con mayor frecuencia. Yo ya había decidido casarme con él, pero en aquellos tiempos, una jovencita

debía comportarse con mucho recato y circunspección. No debía demostrar el menor afecto por Henry hasta estar muy segura de que estaba enamorado de mí. A lo largo de los años hemos bromeado con mucha frecuencia al respecto. Teniendo en cuenta el comportamiento desenfrenado de la juventud de hoy, estamos de acuerdo en que nuestro noviazgo fue mucho más bonito.

¡Y este libro fue publicado en 1938!, pensó Emily. Me pregunto qué pensaría Phyllis Gates de las costumbres de esta generación.

En las siguientes páginas, cuando la autora rememoraba los veranos de 1894 y 1895, así como su romance con Henry Gates, mencionaba con frecuencia los nombres de otros jóvenes.

Emily anotó todos los nombres en su libreta. Habían sido los contemporáneos de Madeline.

La anotación final del diario databa del 4 de abril de 1896.

Una tragedia espantosa. La semana pasada, Ellen Swain desapareció en Spring Lake. Volvía a casa después de visitar a la señora Carter, cuya salud siempre precaria se ha deteriorado de forma alarmante desde el suicidio de Douglas, que era su único hijo. Ahora se cree que Letitia no se ahogó, sino que estas tres amigas mías fueron víctimas de asaltos con violencia. Mi madre ha cancelado el arriendo de la casa que solemos alquilar para la temporada. Dijo que no me quería exponer a ningún peligro. Este verano pensamos ir a Newport. Pero echaré mucho de menos Spring Lake.

La autora concluía:

Con el paso de los años, el misterio de las desapariciones dio lugar a muchos rumores infundados. Los restos de una joven que emergieron en la orilla de Manasquan tal vez fueran los de Letitia Gregg. Una prima de los Mallard jura que vio a Ellen Swain en Nueva York, del brazo de un hombre apuesto. Algunas personas dieron crédito a esta historia, porque Ellen no era feliz en su casa. Sus padres eran muy exigentes y críticos. Aquellos de nosotros que fuimos sus confidentes y sabíamos de su afecto por Edgar Newman, jamás creímos que hubiera huido con alguien a Nueva York.

Henry y yo nos casamos en 1896, y diez años después volvimos a Spring Lake con nuestros tres hijos pequeños, con el propósito de reanudar la vida tranquila de los veraneantes de la población, ahora tan de moda.

Emily cerró el libro y lo dejó sobre el sofá. Es como viajar en el tiempo, pensó. Se levantó y estiró, consciente de repente del largo rato que había estado sentada sin moverse. Se quedó sorprendida al comprobar que era casi mediodía.

Una bocanada de aire puro me despejaría, pensó. Fue a la puerta principal, la abrió y salió al porche. Daba la impresión de que la combinación del sol con la brisa tibia ya obraba efecto en la hierba y los arbustos. Parecían más verdes, más llenos, dispuestos a crecer y multiplicarse. A finales del mes que viene volveré a colocarlo todo en el porche. Será fantástico sentarse aquí.

Veintisiete piezas de los muebles de mimbre originales estaban guardadas en el almacén de la empresa de mudanzas.

—Ahora están protegidos por plástico —le habían dicho los Kiernan—, pero han sido reparados y restaurados, con almohadones nuevos forrados con una tela que, creemos, es la réplica del dibujo floral original.

El conjunto incluía sofás, *chaise-longues*, sillas y mesas. Tal vez habrían utilizado algunos en la fiesta celebrada con ocasión del cumpleaños de Madeline, reflexionó Emily. Y tal vez Madeline se habría sentado en una de las sillas, mientras esperaba a que Douglas Carter llegara con su anillo de compromiso.

Me siento muy cerca de ellos, pensó. Cobran vida en este libro.

Incluso desde una manzana de distancia, el aire del mar era vivificante y embriagador. Volvió al interior de mala gana, y entonces comprendió que no estaba de humor para otra sesión de lectura. Una larga caminata por el paseo marítimo, decidió, y después un bocadillo en la ciudad, antes de volver a casa.

Dos horas después, cuando regresó a casa recuperada, con la sensación de que había despejado su cabeza, encontró dos mensajes en el contestador automático. El primero era de Will Stafford.

«Llámame, por favor, Emily. He de decirte algo.» El segundo era de Nicholas Todd. «He de reunirme contigo, Emily. Espero que puedas hacerme un hueco el sábado o el domingo. Quiero comentarte algunas cosas importantes. Mi teléfono directo es el 212-555-0857.»

Stafford estaba en su despacho.

—He hablado con la señora Lawrence, Emily —dijo—. Le gustaría que vinieras al refrigerio que se servirá después de la misa. Le he dicho que pensabas asistir.

—Es muy amable por su parte.

—Quiere conocerte. ¿Qué te parece si te recojo y vamos juntos a la ceremonia y a casa de los Lawrence? Te presentaré a algunas personas de la ciudad.

—Me gustaría mucho.

—Estupendo, entonces. Mañana por la mañana, a las once menos veinte.

—Estaré preparada. Gracias.

Marcó el número de Nick Todd. Espero que no hayan cambiado de idea con respecto al empleo, pensó con aprensión. La posibilidad la aterró.

Nick contestó al primer timbrazo.

—Hemos estado siguiendo las noticias. No es una forma muy agradable de instalarse. Espero que no hayas tenido demasiados problemas.

Emily creyó detectar cierta tensión en su voz.

—La verdad es que ha sido muy triste —contestó—. Dijiste que necesitabas verme. ¿Tu padre ha cambiado de decisión sobre el empleo?

Su risa fue espontánea y tranquilizadora al mismo tiempo.

—Nada más lejos de la verdad. ¿Te va bien comer o cenar mañana? ¿O prefieres el domingo?

Emily meditó. Al día siguiente era la misa y el refrigerio en casa de los Lawrence. Además, quiero acabar con estos libros y devolverlos al señor Wilcox, pensó.

—Me iría mejor comer el domingo —dijo—. Ya reservaré en algún sitio bueno.

A las cinco y media, un miembro de la policía científica llamó al timbre de la puerta trasera.

—Hemos terminado, señora Graham. No hay nada más enterrado ahí.

Emily se sorprendió de su sensación de alivio. En el fondo, temía que los restos de Letitia Gregg y Ellen Swain fueran hallados.

La cara, las manos y la ropa del veterano policía estaban incrustados de barro. Parecía cansado y aterido.

—Un asunto muy desagradable —dijo—. Al menos, tal vez los rumores sobre un asesino múltiple reencarnado se apaciguarán.

—Eso espero.

Sin embargo, ¿por qué presiento que la situación va a empeorar?, pensó Emily, mientras daba las gracias al agente. Cerró con llave la puerta, mientras la oscuridad se cernía en el exterior.

Una sensación de peligro me rodea, similar a la que sentí cuando Ellen Swain empezó a relacionarme con la muerte de Letitia. En aquella ocasión procedí con celeridad.

Fue una estupidez por mi parte consultar a la doctora Lillian Madden, hace cinco años. ¿En qué estaba pensando? No habría podido permitir que me hipnotizara, por supuesto. ¿Quién sabe lo que habría divulgado involuntariamente al abrirle mi mente? Fue la tentadora posibilidad de volver a mi antigua encarnación lo que me indujo a ir a verla.

¿Recordará que hace cinco años un cliente pidió ser devuelto a 1891? Es posible, decidió, con un escalofrío.

¿Daría importancia a una conversación que tuvo lugar en su consulta, de cliente a psicóloga? Tal vez.

¿O considerará su deber telefonear a la policía y decir: «Hace cinco años, un hombre de Spring Lake me pidió que le devolviera al año 1891. Fue muy concreto en la fecha. Le expliqué que, a menos que hubiera estado encarnado en aquella época, sería imposible devolverle a ella»?

Recreó en su mente a la doctora Madden, los ojos inteligentes que le miraban sin pestañear. Se sentía desafiada por él, pero también experimentaba curiosidad. La curiosidad había sido la causa de la muerte de Ellen Swain, reflexionó.

«Entonces —diría la doctora Madden a la policía— intenté sumir a mi paciente en trance hipnótico. Se puso muy nervioso y se marchó de mi consulta con brusquedad. Tal vez no sea muy importante, pero creí que debía transmitirles esta información. Se llama...»

¡La doctora Madden no debía hacer esa llamada! Era un riesgo que no podía aceptar.

Al igual que Ellen Swain, pronto averiguará que saber cualquier cosa de mí es peligroso, pensó... incluso fatal.

SÁBADO, 24 DE MARZO

26

—En mi vida había leído una tontería tan grande. —Rachel Wilcox dejó con gesto desdeñoso el periódico de la mañana sobre la mesa del desayuno y lo apartó a un lado—. ¡Un asesino múltiple reencarnado! En el nombre de Dios, ¿esta gente de los medios de comunicación piensa que nos tragaremos todo?

Durante años Clayton y Rachel Wilcox recibían a diario dos ejemplares del *Asbury Park Press* y otros dos del *New York Times*.

Como ella, Clayton estaba leyendo el *Asbury Park Press*.

—Creo que el periódico dice con meridiana claridad que la pregunta sobre un asesino múltiple reencarnado fue dirigida al fiscal el jueves. No he leído en ninguna parte que el *Asbury Park Press* conceda crédito a dicha posibilidad.

Ella no contestó. No me sorprende, pensó Clayton. Rachel estaba de muy mal humor desde que el detective Duggan había telefoneado el jueves por la tarde. Estaba a punto de irse, y él había estado reuniendo material para Emily Graham. Rachel se había indignado ante la sugerencia de que la gente invitada a casa de los Lawrence la noche anterior a la desaparición de Martha iba a ser reunida e interrogada por la policía. Una vez más.

—¡Ese coñazo de hombre! —se enfureció—. ¿Se cree que, de repente, uno de nosotros confesará espontáneamente o apuntará con el dedo a otro?

A Clayton Wilcox le divertía que a Rachel ni se le pasara por la cabeza que alguien podía considerarla sospechosa del asesinato.

Estuvo a punto de decirle: «Rachel, eres una persona muy fuerte. Tienes mucha agresividad contenida, y siempre está a punto de desatarse. Te desagradan instintivamente las chicas jóvenes de pelo rubio y largo, y no he de decirte por qué».

Después de veintisiete años, ella todavía le reprochaba aquella temprana relación con Helene. Rachel tenía razón cuando decía que, en aquel tiempo, solo ella había sido la responsable de salvar su carrera académica. Cuando los rumores empezaron a circular por el campus, Clayton pudo haber perdido el puesto. Rachel había reprendido con encarnizamiento al profesor culpable de haber propagado el rumor, y había mentido para proteger a su marido cuando otro afirmó que le habían visto en un hotel con Helene.

Su carrera académica le había complacido sobremanera. Aún publicaba con regularidad en revistas académicas, y saboreaba el respeto del mundo académico.

Gracias a Dios, ni Rachel ni nadie del Enoch College sabrían nunca por qué se había jubilado prematuramente de la rectoría.

Clayton apartó su silla y se levantó.

—Confío en que acuda mucha gente a la misa —dijo—. Sugiero que nos vayamos a las diez y media para conseguir asiento.

—Pensaba que ya lo habíamos acordado así anoche.

—Supongo que sí.

Se volvió para escapar a su observación, pero la pregunta lanzada por Rachel le detuvo.

—¿Adónde fuiste anoche?

Clayton se volvió lentamente.

—Después de ver las noticias, intenté trabajar en mi novela de nuevo, pero tenía dolor de cabeza. Fui a dar un largo paseo, y te alegrará saber que me sentó muy bien. Cuando volví a casa me encontraba mucho mejor.

—Parece que esos dolores de cabeza te dan a horas muy raras, ¿no es verdad, Clayton? —replicó Rachel mientras abría su ejemplar del *New York Times*.

27

Will Stafford despertó con la firme convicción de que desayunaría gachas, en lugar de beicon y huevos, o salchichas y wafles.

¿Por qué guardo estas cosas en la nevera?, se preguntó una hora más tarde, cuando después de practicar con la bicicleta y la cinta de andar en su sala de gimnasia, se descubrió en la cocina en chándal, preparando huevos revueltos y salchichas.

Mientras desayunaba leyó el *New York Post*. Sus articulistas habían consultado con un parapsicólogo que daba clases en la New School, acerca de la posibilidad de que un asesino múltiple del siglo XIX se hubiera reencarnado.

El parapsicólogo decía que no creía que nadie regresara con la misma personalidad exacta, criminal o la que fuera. A veces las características físicas se transmitían, explicaba. A veces un talento inherente, casi místico, llegaba con la nueva persona. Mozart, por ejemplo, era un genio musical a los tres años. El bagaje emocional de otras encarnaciones debía de ser el motivo de que algunas personas tuvieran que lidiar con problemas emocionales u obsesiones inexplicables.

Otro artículo insinuaba la posibilidad de que el asesinato de Madeline Shapley en 1891 hubiera sido obra de Jack el Destripador. La época coincidía. Nunca había sido detenido, pero sus brutales crímenes habían cesado en Inglaterra y una de las teorías que se barajaban era que hubiese emigrado a Nueva York.

Un tercer artículo recordaba con prudencia a los lectores que, si bien otras dos jóvenes habían desaparecido de Spring Lake en la década de 1890, no existían pruebas concluyentes de que hubieran sido asesinadas.

Will meneó la cabeza, se levantó y, debido a la costumbre, llevó los platos al fregadero y empezó a limpiar la cocina. Echó un vistazo a la nevera y comprobó que había una buena cantidad de queso.

Por la tarde, cuando Duggan los reuniera allí, no sería un acontecimiento social, pensó, pero sacaría un poco de queso y tostadas, y ofrecería a todo el mundo una copa de vino o una taza de café.

Consideró la posibilidad de pedir a Emily Graham que cenara con él. Iba a acompañarla a la iglesia y al refrigerio de los Lawrence, pero tenía muchas ganas de estar a solas con ella. Una dama muy atractiva e interesante. Tal vez la invitaría a cenar en su casa. Para presumir, pensó con una sonrisa. El jueves, a la hora de comer, Natalie había bromeado con el hecho de que todo el mundo quería que los invitara a su mesa.

Soy un cocinero magnífico, admitió. ¡No; un chef magnífico!

Fue a la sala de estar para asegurarse de que no había nada fuera de lugar. En la pared que conducía al solario, había una foto de la casa tal como estaba cuando la compró, con las tejas de madera rotas, el porche derruido, la pintura de los postigos desprendida. El interior estaba en peores condiciones todavía.

Había encargado el trabajo estructural a un contratista de obras. El resto lo hizo él. Había tardado años, pero fue una tarea muy satisfactoria.

Era una de las casas más pequeñas, calificada de «morada antigua, sin pretensiones, para vivir en ella todo el año». Le divertía que las mansiones pretenciosas hubieran desaparecido. Siempre había demanda de casas como esta en el mercado local de bienes raíces.

El teléfono sonó. Will contestó con jovialidad, pero cuando supo quién llamaba, apretó con más fuerza el receptor.

—Estoy bien, papá —dijo—. ¿Y tú?

¿Nunca captaría el mensaje?, se preguntó, mientras escuchaba la voz vacilante de su padre, diciendo que se había recuperado muy bien de la última tanda de quimioterapia, y que tenía muchas ganas de verle pronto.

—Ha pasado demasiado tiempo, Will —dijo su padre—. Demasiado.

Por fin, se había calmado y cenado con él en Princeton el año pasado. Su padre había intentado disculparse por los años en que no le había llamado ni una sola vez.

—No estaba a tu lado cuando me necesitabas, hijo —dijo—. Siempre preocupado por el trabajo, siempre ocupado. Ya sabes cómo son esas cosas.

—Yo también estoy muy ocupado, papá —dijo.

—Qué decepción. ¿Dentro de un mes o así? Me gustaría ver tu casa. Lo pasábamos muy bien en Spring Lake, cuando tu madre, tú y yo nos hospedábamos en el Essex y Sussex.

—He de irme, papá. Adiós.

Como ocurría siempre después de que su padre llamaba, el dolor del pasado atormentaba a Will. Esperó en silencio a serenarse, y después subió con parsimonia la escalera para vestirse.

28

Cuando Robert Frieze volvió a casa después de correr, encontró a su mujer en la cocina, pese a lo temprano de la hora, tomando su frugal desayuno habitual: zumo, café y una sola tostada sin mantequilla.

—Te has levantado pronto —comentó.

—Te oí yendo de un lado a otro y ya no pude dormirme otra vez. Anoche tuviste un par de pesadillas, Bob. Tuve que despertarte. ¿Te acuerdas?

Recordar. La palabra estaba empezando a asustarle. En los últimos tiempos había vuelto a suceder. Esos períodos en blanco, cuando no había sido capaz de dar cuenta de las dos últimas horas, o de toda una tarde. Como anoche. Había salido del restaurante a las once y media. No había llegado a casa hasta la una. ¿Dónde había estado durante ese rato?, se preguntó.

La semana anterior llevaba algo que no recordaba haberse puesto.

Estos perturbadores episodios empezaron en su adolescencia. Primero sufrió sonambulismo y después llegaron períodos en que descubría lapsos en que no sabía dónde había estado.

Nunca se lo había contado a nadie. No quería que le tildaran de chiflado. No fue difícil ocultarlo. Sus padres siempre estaban abstraídos en sus carreras respectivas. Pedían que fuera pulcro, exhibiera buenos modales y sacara buenas notas en la escuela. Por lo demás, les importaba un bledo lo que hacía.

Siempre había padecido insomnio. Con tres horas de sueño le bastaba. En ocasiones se quedaba despierto y leía hasta bien entrada la noche, en otras se iba a la cama, después se levantaba y bajaba a la biblioteca. Tenía suerte si se quedaba dormido encima de un libro.

Los episodios se habían prolongado hasta después de la universidad, y luego cesaron por completo durante años. Sin embargo, habían reaparecido durante los últimos cinco años, y cada vez eran más frecuentes.

Conocía la causa: el restaurante. La equivocación más colosal de su vida, una hemorragia de dinero. Era la tensión lo que le estaba empujando de nuevo hacia los períodos en blanco.

Tenía que ser eso, decidió.

No había revelado a nadie, ni siquiera a Natalie, que hacía tres meses había puesto a la venta el restaurante. Sabía que le acosaría cada día para saber si alguien había demostrado interés. Y en caso contrario, ¿por qué no? Después reanudaría la letanía de la locura que había significado comprarlo.

El agente de bienes raíces había llamado ayer por la tarde. Habían recibido una consulta de Dom Bonetti, que en otro tiempo había dirigido el Fin and Claw, un restaurante de cuatro estrellas situado al norte de Nueva Jersey. Bonetti lo había vendido, se había trasladado a Bay Head, y ahora tenía demasiado tiempo libre. De hecho, era más que una consulta. Había puesto una oferta sobre la mesa.

Me pondré bien en cuanto lo venda, se prometió Frieze.

—¿Vas a servir el café, o te vas a quedar ahí de pie sosteniendo la cafetera, Bobby? —preguntó Natalie en tono risueño.

—Servirlo, me parece.

Sabía que Natalie se estaba hartando de su estado de ánimo, pero casi nunca se quejaba. Estaba muy guapa, incluso con el pelo alrededor de los hombros, sin maquillaje y con aquella bata vieja de felpilla que tanto odiaba él.

Se agachó y la besó en la cabeza.

—Gesto espontáneo de afecto. Algo que escasea desde hace mucho tiempo —dijo ella.

—Lo sé. Es que he estado sometido a una gran presión. —Decidió hablarle de la oferta—. He puesto en venta The Seasoner. Tal vez tengamos un comprador.

—¡Fantástico, Bobby! —Ella se puso en pie y le abrazó—. ¿Recuperarás tu dinero?

—Casi todo, incluso aceptando un poco de regateo.

Mientras lo decía, Frieze sabía que eso estaba por verse.

—Entonces prométeme que, en cuanto lo hayas hecho, venderás esta casa y nos iremos a Manhattan.

—Prometido.

Yo también quiero largarme de aquí, pensó. He de largarme de aquí.

—Creo que deberíamos salir temprano para ir a misa. No te habrás olvidado, ¿verdad?

—No.

Y después, pensó, volveremos a casa de los Lawrence, donde no hemos estado desde aquella noche en que pasé tanto tiempo hablando con Martha.

A continuación, iremos a casa de Stafford, para que Duggan nos someta al tercer grado con el fin de averiguar qué hacíamos a primera hora de la mañana, después de aquella fiesta.

Temía ambas sesiones. El problema consistía en que recordaba la fiesta, pero no lo que sucedió después. Aquella mañana había sufrido uno de sus episodios. Solo salió de él cuando se descubrió en el cuarto de baño, duchándose. Tenía las manos sucias, y los tejanos y la camiseta manchados de tierra, recordó.

Aquella mañana había pensado trabajar en el jardín. Era una de sus aficiones, y servía para calmarle.

Estoy seguro de que trabajé en el jardín aquella mañana, se dijo, mientras subía a vestirse para la misa en memoria de Martha Lawrence, y eso es lo que pienso decir a Duggan.

29

Tal como había prometido, el sábado por la mañana Will Stafford llegó a las once menos veinte, para recoger a Emily. Ella le estaba esperando en el vestíbulo, con el bolso y los guantes preparados en la mesa.

Decidió que había sido un golpe de suerte llevarse a Spring Lake su nuevo traje a cuadritos blanco y negro, pues la mayoría de la ropa que tenía en la casa era informal.

Era evidente que Will compartía su opinión sobre la vestimenta adecuada para la ocasión. El miércoles, cuando cerraron el trato, llevaba una chaqueta deportiva. Hoy había elegido un traje azul oscuro, camisa blanca y una corbata de un azul discreto.

—Estás muy guapa —dijo—. Ojalá fuéramos vestidos así para ir a otra clase de acontecimiento.

—Yo opino lo mismo.

Will señaló la parte posterior de la casa.

—Veo que el contratista está llenando el hoyo. ¿Ya están seguros de que no van a encontrar nada más?

—Sí.

—Estupendo. Será mejor que nos vayamos. —Cuando Emily cogió el bolso y conectó la alarma, Will sonrió—. ¿Por qué tengo la sensación de que siempre te doy prisas? El otro día, para volver aquí después del desayuno y hacer la inspección final. Si hubieras sabido lo que iba a pasar, ¿te habrías echado atrás?

—Lo creas o no, ni siquiera me ha pasado por la cabeza.

—Me alegro.

Puso su mano bajo el codo de Emily cuando bajaron los peldaños, lo cual a ella le proporcionó una sensación de seguridad emocional y física.

Han sido unos días bastante duros, pensó. Tal vez me han afectado más de lo que pienso. Es algo más que eso, decidió mientras Will abría la puerta del coche y ella se acomodaba en el asiento del copiloto. Aunque parezca una locura, siento que esta misa no solo es por Martha Lawrence, sino también por Madeline.

Cuando Will puso en marcha el coche, le contó lo que sentía.

—He estado dándole vueltas a la idea —añadió— de que ir a una misa en recuerdo de una chica que no conocí es comportarse un poco como un *voyeur*. Estaba muy preocupada por eso, pero ahora me parece diferente.

—¿En qué sentido?

—Creo en la vida eterna, en la existencia del cielo. Me gustaría pensar que esas dos chicas, que debieron de pasar mucho miedo en los últimos momentos de su vida, que fueron asesinadas con una diferencia de un siglo y cuyos cadáveres fueron enterrados en mi patio trasero, ahora están juntas. Quiero creer que se hallan en «un lugar de descanso, luz y paz», como dicen las Escrituras.

—¿Dónde crees que está el asesino ahora? —preguntó Will—. ¿Cuál será su destino, algún día?

Emily le miró, sobresaltada.

—¡Querrás decir asesinos, Will! Dos personas distintas.

Él la miró mientras reía.

—Santo Dios, Emily, se me empieza a contagiar el lenguaje de los periódicos sensacionalistas. Claro que me refiero a asesinos. Dos. Plural. Uno de ellos, muerto hace mucho tiempo. El otro estará por ahí.

Guardaron silencio los pocos minutos que tardaron en rodear el lago, hasta que St. Catherine apareció ante su vista. Era un exquisito edificio abovedado de estilo románico, construido en 1901 por un hombre acaudalado en memoria de su fallecida hija de diecisiete años. A Emily le parecía un lugar muy apropiado para la ceremonia.

Vieron una nutrida fila de automóviles que se acercaban a la iglesia y aparcaban alrededor.

—Me pregunto si el asesino de Martha estará en uno de esos coches, Will —dijo Emily.

—Si es de Spring Lake, como parece creer la policía, dudo mucho que haya tenido el temple de ausentarse. Sería demasiado imprudente dejar de venir a dar el pésame a la familia.

Dar el pésame a la familia, pensó Emily. Me pregunto cuál de los amigos de Madeline, con las manos manchadas de sangre, vino a dar el pésame a mi familia hace ciento diez años.

30

El sábado, a las once de la mañana, Joan Hodges iba camino de la peluquería a hacerse un moldeado, cuando el teléfono sonó. Era Esther, la hermana de la doctora Madden, que llamaba desde Connecticut.

Habló con voz preocupada.

—Joan, ¿Lillian iba a salir fuera este fin de semana?

—No.

—La llamé anoche, a eso de las once y media. Como no contestó, pensé que habría salido con algunos amigos después de su conferencia, pero esta mañana he telefoneado dos veces y no he podido localizarla.

—A veces desconecta el teléfono. Es probable que lo hiciera debido al acoso de los medios de comunicación en relación con ese asesinato. Pasaré por su casa para asegurarme de que no le ha sucedido nada.

Joan intentaba hablar en tono tranquilizador, pese a sus recelos.

—No quiero molestarte.

—Descuida. Son quince minutos en coche.

Joan, que había olvidado por completo su cita en la peluquería, condujo lo más rápido posible. El nudo que sentía en el estómago y la garganta traicionaban el pánico que intentaba controlar. Algo terrible había pasado. Lo sabía.

La casa de la doctora Madden estaba en una parcela de veinticinco metros cuadrados en Laurel Street, a tres manzanas del mar. Hace un día muy bonito, pensó Joan, mientras entraba en el camino de acceso. Por favor, Dios, que haya ido a dar un largo paseo. O que se haya olvidado de conectar el teléfono.

Cuando Joan se acercó a la casa, vio que las persianas del dormitorio estaban bajadas, y el periódico delante de la puerta. Con manos temblorosas, buscó la llave de la puerta del despacho. Sabía que si la doctora Madden había cerrado con llave la puerta que comunicaba su consulta con el resto de la casa, había otra escondida en su escritorio.

Entró en el pequeño vestíbulo. Cegada por el sol, no reparó en que las luces de la consulta estaban encendidas. Con las manos pegajosas de sudor, apenas sin respiración, entró en su despacho. Los archivadores estaban abiertos. Habían sacado, vaciado y desparramado los historiales, cuyo contenido estaba disperso por todo el suelo.

Sus piernas resistieron la tentación de echar a correr, y Joan entró en la consulta de Lillian Madden.

El chillido que salió de su interior se convirtió en un gemido agónico cuando emergió de sus labios. El cuerpo de la señora Madden estaba derrumbado sobre el escritorio, con la cabeza vuelta a un lado, la mano todavía cerrada, como si hubiera estado sujetando algo. Tenía los ojos abiertos y saltones, los labios entreabiertos, como si todavía buscara aire.

Una cuerda estaba anudada alrededor de su cuello.

Joan no recordaba haber salido corriendo de la consulta, bajado los peldaños del porche y cruzado el jardín hasta llegar a la acera, sin dejar de gritar. Cuando recobró el conocimiento, estaba rodeada por los vecinos de Lillian Madden, que habían salido a toda prisa de sus casas, atraídos por los gritos.

Cuando sus rodillas cedieron y una misericordiosa oscuridad borró la espantosa imagen de su amiga y jefa asesinada, un pensamiento cruzó su mente: la doctora Madden creía que la gente que muere de manera violenta regresa muy deprisa en una nueva encarnación. Si eso es cierto, cuándo volverá.

31

Se están comportando de una forma admirable, pensó Emily. Will Stafford y ella acababan de llegar a casa de los Lawrence, donde una fila de recibimiento informal se había formado en la espaciosa sala de estar. Los abuelos de Martha, octogenarios canosos y de espalda recta; los padres de Martha, George y Amanda Lawrence, una pareja de porte aristocrático, a las puertas de la se-

sentena, y su otra hija, Christine, una versión más joven de su madre, así como el marido de Christine, estaban juntos, saludaban a sus invitados y aceptaban los pésames.

La dignidad y serenidad con que se habían comportado durante la misa había conmovido a Emily.

Will y ella habían estado en un banco situado en ángulo recto con el que ocupaba la familia, y los había visto con toda claridad. Aunque las lágrimas se habían agolpado en sus ojos, habían guardado la compostura durante toda la ceremonia, con Christine sentada al lado de sus padres y la recién nacida, Martha, en sus brazos.

Cuando una de las amigas de Martha rompió a llorar mientras pronunciaba unas palabras de alabanza, los ojos de Emily también se habían llenado de lágrimas. En aquel momento, vio que Amanda Lawrence cogía el bebé de manos de Christine. La abrazó muy fuerte, con la cabecita de la niña apoyada bajo su barbilla.

«La besé, y al devolverme el beso, ella no pudo saber que mi beso iba destinado a su hermana, enterrada bajo la profunda nieve.» Las emotivas líneas del poema de Russell Lowell[1] habían cruzado la mente de Emily mientras miraba a Amanda Lawrence recibir consuelo de su nieta recién nacida, al tiempo que alguien cantaba las alabanzas de la hija asesinada.

Will la presentó a los Lawrence. Supieron quién era al instante.

—Esto mismo ocurrió a tu familia hace cuatro generaciones —dijo la madre de Martha—. Solo rezamos para que el asesino de nuestra hija sea llevado ante la justicia.

»Dejando aparte las tonterías sobre la reencarnación, ¿crees que la muerte de Martha es una imitación consciente de lo sucedido a Madeline Shapley? —preguntó Amanda Lawrence.

—Sí —contestó Emily—. Y también creo que tal vez exista una confesión o declaración escrita, que el asesino de nuestros días encontró. Estoy investigando en documentos y libros antiguos para intentar hacerme una idea de cómo eran Madeline y sus amigos. Busco cualquier referencia de ella, o impresiones que otras personas se hubieran formado de Madeline en aquella época.

George y Amanda Lawrence intercambiaron una mirada, y él se volvió hacia sus padres.

1. Poeta, ensayista y diplomático norteamericano del siglo XIX. *(N. del T.)*

—Madre, ¿no conservas varios álbumes de fotografías y otros recuerdos de la época de tu abuela?

—Oh, sí, querido. Todo guardado en aquel armarito del desván. Mi abuela materna, Julia Gordon, era muy meticulosa. Escribía epígrafes bajo las fotografías, y añadía la fecha, lugar, acontecimiento y nombres de las personas, y además escribía detallados diarios.

La señora Lawrence miró con expresión inquisitiva a Emily.

El nombre de Julia Gordon había aparecido en los extractos de diarios pertenecientes al libro *Reflejos de una infancia*. Había sido contemporánea de Madeline.

—¿Me permitiría echar un vistazo al contenido de ese armarito? —preguntó Emily—. Tal vez le parezca improbable, pero creo que quizá averigüemos algo del pasado que ahora nos sea útil.

Antes de que su madre pudiera contestar, George Lawrence habló con firmeza y sin la menor vacilación.

—Haremos cualquier cosa con tal de contribuir al descubrimiento del asesino de nuestra hija.

—Emily. —Will Stafford apretó su brazo e indicó la gente que esperaba detrás de ellos para hablar con los Lawrence.

—No puedo retenerlos más —se apresuró a decir Emily—. ¿Puedo llamarlos mañana por la mañana?

—Will tiene el número. Él te lo dará.

La mesa del refrigerio se encontraba en el comedor. Habían dispuesto mesas y sillas en el porche trasero cerrado, que abarcaba toda la longitud de la casa.

Salieron al porche provistos de platos.

—Aquí, Will —llamó una voz—. Te hemos guardado sitio.

—Esa es Natalie Frieze —dijo Will mientras se acercaban.

—Uníos a los demás sospechosos —dijo Natalie, risueña, cuando llegaron a la mesa—. Intentamos poner en orden nuestras coartadas, antes de que Duggan nos aplique el tercer grado.

Emily se encogió ante el comentario, y dio la razón a la mujer de rostro grave sentada ante Natalie.

—Hay cosas sobre las que no se puede bromear, Natalie.

La reprimenda no pareció afectar a Natalie Frieze.

—«Alegra el rincón donde estés, Raquel» —citó—. Es lo que procuro hacer. No era mi intención ofender a nadie.

El doctor Wilcox estaba en la mesa, y la saludó efusivamente. Rachel, su mujer, se presentó, así como Bob y Natalie Frieze. Un romance entre la primavera y el invierno, pensó Emily. Me pregunto cuánto tiempo aguantará la dama. Es de esos matrimonios condenados a fracasar. Aunque nunca se sabe, se recordó. ¡Yo habría apostado por la duración del mío!

—¿Alguno de los libros le ha resultado útil? —preguntó el doctor Wilcox.

—Mucho.

—Tengo entendido que es usted abogada criminalista, Emily —dijo Natalie Frieze.

—Sí.

—Me estaba preguntando... Si acusaran a alguien de los presentes del asesinato de Martha, ¿le defendería?

Le gusta provocar, pensó Emily, pero observó que la atmósfera de la mesa cambiaba. Alguien, o tal vez todo el mundo, no ha considerado divertida esa pregunta, pensó.

Intentó sortearla con elegancia.

—Bien, soy miembro del colegio de abogados de Nueva Jersey, pero como estoy segura de que eso no sucederá, no voy a pedir un anticipo a cuenta de mis servicios.

Antes de marcharse, Will la presentó a varias personas, la mayoría residentes permanentes de la ciudad. Emily se sintió muy a gusto con ellos, como si, al igual que tantas otras, su familia hubiera tenido un lugar en Spring Lake durante generaciones. La casa de los Lawrence databa de la década de 1880. ¿Los Shapley habrían acudido como invitados a esta casa?

Charlaron unos minutos con John y Carolyn Taylor, amigos íntimos de Will, quienes preguntaron si jugaba al tenis.

Una fugaz imagen de ella al lado de Gary, cuando recibieron la copa de dobles de tenis en su club de Albany, pasó por la mente de Emily.

—Sí.

—Nosotros somos miembros del club de Baños y Tenis —dijo Carolyn Taylor—. Cuando abra en mayo, venga a comer con nosotros, y tráigase una raqueta.

—Con mucho gusto.

Durante la conversación general, averiguó que Carolyn era directora de una escuela de párvulos en la cercana población de Tinton Falls, mientras que John era médico del hospital North Jersey Shore. Supo de inmediato que le gustaría conocer mejor a aquella pareja.

Cuando estaban a punto de marchar, Carolyn Taylor vaciló un momento.

—Confío en que se dé cuenta de que todos los reunidos aquí, o sea, toda la gente de la comunidad, lamenta que lo haya pasado tan mal estos últimos días. Quería decirlo en nombre de todos. Somos la cuarta generación de nuestra familia en Spring Lake —añadió—. De hecho, una prima lejana mía, Phyllis Gates, escribió un libro sobre su vida en la ciudad en las décadas de 1880 y 1890. Era amiga íntima de Madeline Shapley.

Emily la miró fijamente.

—Anoche me leí el libro entero —dijo.

—Phyllis murió a mediados de los años cuarenta, cuando mi madre era adolescente. Pese a la diferencia de edad, se apreciaban mucho. Phyllis solía llevarse a mi madre de excursión con ella.

—¿Habló alguna vez con su madre de Madeline?

—Sí. De hecho, mamá y yo hemos hablado por teléfono esta mañana. Hemos comentado todo lo sucedido aquí estos últimos días, por supuesto. Mamá ha dicho que Phyllis no quiso ponerlo por escrito, pero siempre estuvo segura de que Douglas Carter había asesinado a Madeline. ¿Era el novio, o me equivoco?

32

Tommy Duggan asistió a la misa en compañía de Pete Walsh. La furia le poseyó durante todo el rato, pues estaba seguro de que el asesino de Martha se hallaba en la iglesia, aunque no perdió la compostura cuando coreó las oraciones por ella y alzó la voz en el himno final.

Todos moraremos en la Ciudad de Dios,
donde nuestras lágrimas se transformarán en bailes...

Cuando te encuentre, te secaré las lágrimas de cocodrilo, juró Tommy, pensando en el asesino.

Después de la misa, había pensado en ir a su despacho y quedarse allí hasta la hora de reunirse con el grupo en casa de Will Stafford, pero cuando Pete y él volvieron al coche y escucharon sus mensajes, se enteró de la muerte de la doctora Lillian Madden.

Un cuarto de hora después se encontraba en el lugar de los hechos, seguido de Pete. El cadáver continuaba en la casa, donde el equipo forense trabajaba con su eficacia acostumbrada, en tanto la policía local custodiaba el escenario.

—Calculan que la muerte tuvo lugar entre las diez y las once de la noche —le dijo Frank Willette, el jefe de policía de Belmar—. Desde luego, no se trata de un ladrón sorprendido in fraganti. Hay joyas y dinero en el dormitorio, de modo que el asesino sólo estaba interesado en localizar algo aquí, en la consulta.

—¿La doctora Madden guardaba fármacos?

—Nada de eso. Era psicóloga, licenciada en filosofía y letras, no en medicina. Tal vez la persona que lo hizo no lo sabía, pero...

Se encogió de hombros.

—La encontró la secretaria, Joan Hodges —continuó Willette—. Hodges salió corriendo de la casa y se desmayó en la calle. La están medicando ahí dentro. —Cabeceó en dirección a la puerta abierta que conducía a la vivienda propiamente dicha, al otro lado del vestíbulo—. ¿Por qué no hablas con ella?

—Esa es mi intención.

Joan Hodges estaba apoyada sobre unas almohadas en la cama del cuarto de invitados, con un médico al lado. Un policía de Belmar estaba a punto de guardar su libreta.

—No quiero ir al hospital —estaba diciendo la mujer cuando Duggan y Walsh entraron en la habitación—. Me pondré bien. Fue el susto de encontrarla... —Su voz enmudeció, y resbalaron lágrimas por sus mejillas—. ¿Por qué iba a pensar alguien en matarla?

Tommy Duggan miró al policía de Belmar, a quien conocía.

—Ya he hablado con la señora Hodges —dijo el agente—. Supongo que usted también querrá interrogarla.

—En efecto.

Tommy acercó una silla, se sentó junto a la cama y se presentó.

Expresó su pesar con voz comprensiva y cariñosa, y después empezó a interrogar a Joan con delicadeza.

De inmediato quedó claro que Joan Hodges tenía una opinión muy concreta sobre el motivo del asesinato de Lillian Madden.

—Un asesino múltiple anda suelto por ahí —dijo con voz más firme, cuando la ira se mezcló con el dolor—, y empiezo a creer que es la reencarnación del que vivió en la década de 1890. Los medios no pararon de llamar a la señora Madden el jueves y todo el día de ayer. Todos querían saber su opinión sobre él.

—¿Quiere decir que tal vez le conocía? —preguntó Tommy Duggan.

—La verdad, no sé qué quiero decir. Quizá habría podido decirles algo que hubiera ayudado a la policía a encontrarle. Tuve un mal presentimiento cuando la señora Madden insistió en ir a su clase de anoche. Le aconsejé que la suspendiera. Tal vez alguien la siguió hasta casa.

Hodges no andaba desencaminada, pensó Tommy. Quizá el asesino había ido a la conferencia.

—Joan, ya ha visto los expedientes tirados por el suelo. Es evidente que el asesino buscaba algo, tal vez su propio historial. ¿Es posible que alguno de sus pacientes la amenazara, o que algún psicópata la tomara con ella?

Joan Hodges se apartó el pelo de la frente. Iba a hacerme un moldeado, pensó. Deseó con todas sus fuerzas retroceder en el tiempo para que el día se desarrollara como había planeado, y ahora estaría comprando el vestido nuevo que necesitaba para ir a la segunda boda de su mejor amiga.

La doctora Madden, pensó. Sus pacientes la querían. Era tan amable, tan comprensiva... Sí, claro, algunos habían interrumpido el tratamiento, pero eso les pasaba a todos los psicólogos. La doctora Madden decía que algunas personas sólo desean reforzar su conducta inapropiada, pues no pueden cambiarla.

—No conozco a un solo paciente que hubiera querido hacer daño a la doctora Madden —dijo a Tom—. Es ese asesino múltiple. Lo sé. Tenía miedo de que la doctora supiera algo de él.

Muy lógico, si había sido paciente de ella en algún momento, pensó Tommy.

—Joan, ¿dónde constan los nombres de los pacientes, además de en sus historiales?

—En mi agenda de citas, y en el ordenador.

Tommy Duggan se puso en pie.

—Joan, vamos a encontrar a ese tipo. Se lo prometo. Su trabajo consiste en empezar a concentrarse en los pacientes. Aunque lo considere insignificante, si le viene a la cabeza algo peculiar relacionado con alguno de ellos, llámeme enseguida, ¿de acuerdo?

Dejó su tarjeta en la mesita de noche.

Cuando Pete y él volvieron a la consulta de la doctora, estaban sacando la bolsa que contenía los restos de Lillian Madden.

—Ya hemos terminado —dijo el jefe del equipo forense—. Dudo que obtengamos algo útil para ustedes. Yo diría que ese tipo fue lo bastante listo para utilizar guantes.

—Debió de encontrar lo que buscaba en los archivadores —dijo el jefe Willette—. Los archivadores que contienen los historiales de los pacientes están en el despacho privado de la doctora, y la llave estaba en la cerradura principal. O el tipo la encontró en el primer cajón del escritorio de la doctora Madden, o ya estaba en la cerradura.

—¿Sabe si solía trabajar de noche? —preguntó Pete Walsh.

—La doctora Madden pronunció una conferencia anoche en la universidad de la comunidad. Parece que llegó de la universidad y fue directamente a su despacho. Su abrigo y cartera fueron encontrados en la recepción. Me pregunto qué era tan importante. Estaba trabajando ante su escritorio cuando la asesinaron. Supongo que no oyó entrar al intruso.

—¿Cómo entró?

—No forzó nada. ¿Tal vez una ventana no estaba cerrada con llave? Hemos encontrado tres o cuatro. La alarma estaba desconectada.

—Era un paciente —dijo Tommy con seguridad—. Tal vez alguien que habló demasiado sometido a hipnosis y estaba preocupado. De lo contrario, ¿para qué rebuscar en los archivos? Joan Hodges dijo que, si era un paciente, su nombre constará en las agendas de citas.

—Intentó destrozar los ordenadores —dijo Willette.

Tommy asintió. No le sorprendía.

—A menos que el disco duro esté roto, quizá podamos conectarlos de nuevo —dijo.

—Voy a ayudarlos.

Joan Hodges, pálida como un muerto pero decidida, los había seguido.

Una hora después, un frustrado Tommy Duggan sólo estaba seguro de un hecho: el asesino de Lillian Madden había sido uno de sus pacientes de los últimos cinco años. Habían desaparecido todos las agendas de citas que cubrían ese período, tanto las copias personales de la doctora Madden como las que Joan Hodges guardaba.

Joan parecía a punto de desmayarse.

—Hemos de irnos, y usted debería marcharse a casa —dijo Tommy Duggan—. Pete conducirá su coche. —Una sensación de inquietud se había apoderado de él—. ¿Desde cuándo trabajaba para la señora Madden, Joan?

—Se cumplirán seis años la semana que viene.

—¿La doctora Madden hablaba de sus pacientes con usted?

—Nunca.

Mientras atravesaba Belmar, siguiendo el coche de Joan hasta su urbanización de Wall Township, Tommy se preguntó si el asesino de la doctora Madden empezaría a preocuparse por el hecho de que su secretaria hubiera sido también su confidente.

Diré a la policía local que vigile su casa, decidió. Aferró el volante cuando sintió el impulso de romper algo, de descargar sus puños sobre algo.

—He estado con el asesino —dijo en voz alta, escupiendo las palabras—. He sentido su presencia. Pero no sé quién coño es.

33

Marty Browski, de Albany (Nueva York) no conocía a Tommy Duggan, del condado de Monmouth (Nueva Jersey), pero eran almas gemelas, detectives hasta la médula, con la absoluta tenacidad de los bulldogs cuando se lanzaban a resolver un crimen.

Tenían algo más en común. Cuando experimentaban aquella sensación casi mística de que había algo raro en un crimen (aunque en apariencia se hubiera resuelto a satisfacción), no descansaban hasta haber vuelto a examinar todos sus aspectos, en busca de un fallo de la justicia.

Desde la llamada telefónica de Emily Graham, acerca de la fotografía que habían deslizado por debajo de su puerta en Spring Lake, Marty Browski estaba muy inquieto.

Se había convencido de que Ned Koehler era el acosador y de que le habían cazado a tiempo, antes de que pudiera matar a Emily, pero ahora ya no estaba tan seguro.

Un sábado por la tarde, Marty hablaba del tema con su mujer, Janey, mientras daban un largo paseo por el parque cercano a su casa de Troy, en compañía de *Ranger*, su labrador.

—Cuando detuvimos a Koehler estaba ante la casa de Emily

Graham. Afirmó que sólo quería asustarla. Dijo que no tenía intención de entrar.

—Tú le creíste, Marty. Todo el mundo le creyó. Fue condenado por acoso —observó Janey.

—Ayer, cuando hablé con él, cambió la historia. Deseaba que Emily experimentara el miedo que había pasado su madre antes de morir.

—Un chico muy agradable.

—La primavera se acerca. —Marty olfateó el aire—. Podremos ir a pasear en la barca. —Hizo una mueca—. Janey, en teoría Ned Koehler llegó a casa y encontró muerta a su madre, con un cuchillo clavado en el pecho. Se volvió loco: la alzó en volandas, sacó el cadáver del apartamento y pidió ayuda a gritos. Joel Lake había estado robando en el apartamento. Es un milagro que Emily consiguiera que le absolvieran de la acusación de asesinato.

—Si no recuerdo mal, el jurado creyó a la hermana de Ruth Koehler cuando declaró que había hablado con Ruth después de que vieran a Joel Lake salir del edificio.

—No pensé que se fueran a tragar el cuento. Pensé que la vieja era tan fiable como la previsión meteorológica.

Janey Browski sonrió. Marty y ella eran novios desde niños, y se casaron la semana después de acabar el instituto. A la edad de cuarenta y nueve años, tenía tres hijos crecidos y cuatro nietos, una realidad desmentida por su apariencia juvenil. Estudiaba segundo año en la Universidad de Sienna y pensaba licenciarse, al igual que había hecho Marty durante los últimos cinco años de su matrimonio, asistiendo a clases nocturnas.

Sabía que la expresión de incredulidad suprema de Marty era comparar un testimonio con la previsión meteorológica.

—¿Estás insinuando que Ruth Koehler sorprendió a Joel Lake mientras estaba robando en su apartamento, y que él es el asesino?

—Estaba seguro. Le pillamos a un par de manzanas de distancia. Llevaba encima lo que había mangado en el apartamento. El hecho de que no encontráramos manchas de sangre no significaba nada, porque el cuchillo fue arrojado contra Ruth Koehler, y se clavó en su pecho.

—¿Huellas dactilares?

—Joel Lake utilizó guantes para llevar a cabo el robo. De todos modos, Ned Koehler metió la pata cuando quitó el cuchillo del cadáver de su madre y la sacó al pasillo. Todos nos tragamos la historia de que, al encontrarla, se había puesto histérico.

Janey Browski se agachó y cogió una ramita para tirarla a *Ranger*, cuya mirada suplicaba que jugaran con él.

Lanzó la ramita. *Ranger* salió tras ella con un ladrido de felicidad.

—Los Mets podrían contratarle —dijo Marty, admirado.

—Ya lo creo. Habías clasificado a Ned Koehler como un chiflado, pero también como un hijo dolorido que acosaba a la abogada que había conseguido la absolución del asesino de su madre.

—Exacto.

—¿Nuestro detective sabelotodo se enfrenta al hecho de que tal vez se precipitara al extraer sus conclusiones?

Ranger volvió corriendo hacia ellos, con la rama entre los dientes.

Marty Browski suspiró.

—Janey, ¿por qué tu madre no te enseñó a respetar a tu marido? Ned Koehler es un chiflado y un mentiroso. Después de verle ayer, creo que también es un asesino, el asesino de su madre. Y...

—¿Qué más? —preguntó Janey.

—También creo que tal vez no sea el acosador que amargó la vida de Emily Graham. Creo que el verdadero acosador es la persona que pasó la fotografía por debajo de su puerta la otra noche. He hablado con la policía de Spring Lake. Piénsalo bien. Si alguien de aquí la siguió hasta Spring Lake, descubrió dónde se alojaba, incluso la habitación donde dormía, luego se fue a la playa con la intención de captarla en la ventana, sacó la foto, la reveló y la echó por debajo de su puerta la noche siguiente, pese a que la policía vigilaba la propiedad... ¿qué te sugiere todo eso?

—Obsesión. Temeridad. Astucia.

—Exacto.

—Por lo tanto, a la persona que la acosaba aquí no le importó hacer el viaje a Spring Lake. Si eliminas a Ned Koehler, ¿por dónde empiezas a buscarle?

—¿Joel Lake, quizá? Lo absolvieron. Es escoria. Recibió una sentencia leve por el robo y ya estaba en libertad cuando empezó el acoso. Después le echaría un buen vistazo a Gary White.

—¡Oh, vamos ya, Marty! Hace más de tres años que Emily Graham y Gary White se divorciaron. Me han dicho que rompió con Barbara no-sé-qué y no para de ligar. Es un donjuán de pacotilla.

—Presentó una demanda contra Emily Graham por cinco millones de dólares, la mitad de lo que ganó cuando vendió las acciones. Lo más inteligente que ha hecho en su vida, por cierto —añadió Marty.

Habían llegado al extremo del parque donde siempre daban media vuelta para regresar a casa. Ambos se cogieron de la mano con un gesto instintivo.

—¿Y tu próxima parada es...? —preguntó Janey.

—Mirar los informes sobre la muerte de Ruth Koehler, con la premisa de que su hijo Ned puede ser el asesino. Y reabrir el caso de acoso.

—Me parece muy sensato.

—Y poner sobre aviso a Emily Graham —añadió Marty Browski con semblante sombrío.

34

A las tres en punto, un total de veinticinco personas, incluidos los cinco empleados de la empresa de *catering*, estaban congregadas en la sala de estar de Will Stafford. Habían entrado las sillas del comedor para acomodar a los invitados. Los empleados del *catering*, algo inquietos y contentos de ser útiles, se habían apresurado a disponer las sillas, apartando cinco para ellos en un rincón.

Tommy Duggan estaba de pie ante la chimenea, el punto focal de la sala. Miró al grupo, con la imagen del cadáver de la doctora Madden en mente. Había grandes posibilidades de que el asesino estuviera en la sala, una idea que le exaltaba y asqueaba a la vez.

Pero contaba con una prueba tangible: el pañuelo encontrado con el cadáver de Martha Lawrence. Si tan solo una persona recordara a alguien que hubiera llevado el pañuelo plateado con cuentas metálicas aquella noche, conseguiría establecer una relación con el asesino.

—Agradezco que hayan sido tan amables de reunirse con nosotros —empezó—. El motivo de su presencia es que son las últimas personas que pasaron un rato con Martha Lawrence. Se encontraban en la fiesta celebrada en casa de los Lawrence horas antes de que la chica desapareciera y, como ya sabemos, fuera asesinada.

»He hablado con todos ustedes de forma individual durante estos últimos cuatro años y medio. Mi esperanza es que, al reunirlos, algo que observaran aquella noche y luego olvidaran les venga a la mente. Tal vez Martha habló de sus planes de reunirse con alguien aquella noche, o al día siguiente.

»Me gustaría que pasaran de uno en uno por el estudio de Will, para que me cuenten los detalles de la conversación que mantuvieron con Martha aquella noche, y de cualquier conversación mantenida con otra persona, en el caso de que la escucharan.

Hizo una pausa.

—Después repasaré con cada uno de ustedes dónde estaban a la mañana siguiente entre las seis y las nueve.

Los ojos de Tommy exploraron la sala en busca de reacciones. Era evidente que Robert Frieze estaba furioso. Sus pómulos estaban adquiriendo un tono púrpura. Sus labios formaban una línea delgada e iracunda. Había afirmado que aquella mañana estaba trabajando en sus macizos de flores. Su mujer dormía. Debido a los altos setos que rodeaban la casa, nadie habría podido verle y corroborar su coartada. El señor McGregor en su huerto de coles. Tommy ignoraba por qué pensaba siempre en el personaje de Beatrix Potter cuando imaginaba a Robert Frieze en su patio trasero, pero así era. La imagen se le había quedado grabada.

Dennis e Isabelle Hugues, los vecinos de los Lawrence, tenían la frente fruncida a causa de la concentración. Los dos parecían ansiosos por colaborar. Quizá ver a todos juntos despertara un recuerdo.

Un empleado del *catering*, el ayudante del jefe, Reed Turner, siempre había sido una especie de misterio. Cuarentón, bastante atractivo, se consideraba un mujeriego. Tommy observó que parecía preocupado. ¿Por qué?

El doctor Wilcox se parapetaba tras la expresión filosófica que adoptaba cada vez que Tommy le había interrogado durante los últimos cuatro años y medio. Admitía que aquella mañana había salido a dar una larga caminata, pero no por el paseo marítimo sino por la ciudad. ¿Tal vez no?

La señora Wilcox. Brunilda. No me gustaría cruzarme en su camino, pensó Tommy. Tiene pinta de ser un hueso duro de roer. La expresión de su cara bastaría para parar un reloj. Me recuerda a la señora Orbach, mi profesora de quinto. Una arpía, pensó.

Will Stafford. Guapo, soltero. Las mujeres se sentían atraídas por él. Natalie Frieze le había dado un beso muy cariñoso cuando entró. Delante de su marido, para colmo. ¿Se había sentido Martha Lawrence atraída hacia él? Quizá.

Había otras cuatro parejas, y cada esposa recordaba con meridiana precisión que su marido no había salido de casa a primera hora de aquella mañana. ¿Mentirían antes que permitir que sus maridos fueran sospechosos? Quizá.

Tommy imaginaba a cualquiera de estos hombres diciendo: «Solo porque salí temprano a dar un corto paseo, no quiero que toda la ciudad piense que he cometido un crimen. No me crucé con nadie. Digamos que no me perdiste de vista en toda la mañana».

La señora Joyce. Setenta y muchos. Vieja amiga de los Lawrence. Tras la investigación inicial, no había tenido muchas oportunidades de hablar con ella. Ya no tenía casa en Spring Lake. Se alojaba un mes en The Breakers cada verano. Había asistido a la misa.

—¿Por qué no empezamos con usted, señor Turner? —propuso Tommy, y se volvió hacia Pete Walsh—. ¿Todo preparado?

Habían decidido el método de conducir los interrogatorios. En lugar de jugar al policía bueno y el policía malo, Pete se sentaría detrás de la persona interrogada, con las notas de todas las anteriores declaraciones en la mano, y le interrumpiría siempre que comprobara una discrepancia.

Esta técnica siempre ponía nerviosa a la persona que intentaba ocultar algo.

Tommy iba a hacer dos preguntas a cada uno. La primera: «¿Recuerda si alguna de las mujeres de la fiesta llevaba un pañuelo plateado con cuentas metálicas?». La segunda: «¿Ha sido alguna vez paciente de la doctora Lillian Madden, o ha estado en su consulta?».

Cuando Tommy se dirigió hacia el estudio, Robert Frieze le detuvo.

—Debo insistir en que me interrogue antes que a nadie. Soy el director de un restaurante, y los sábados por la noche siempre está lleno. Creo que se lo dije el otro día por teléfono.

—Le creo.

Tommy ardía en deseos de espetarle a Frieze: «Se trata de la investigación de un asesinato, señor Frieze. Ha sido usted la persona menos colaboradora de esta sala. ¿Tiene algo que ocultar?».

—Será un placer hablar con usted primero, señor Frieze

127

—dijo en cambio. —Hizo una pausa—. No puedo ordenar a nadie que se quede, pero es muy importante para nuestra investigación que todo el mundo permanezca en esta casa hasta que los interrogatorios hayan terminado. Es posible que queramos llamar de nuevo a algunas personas después de haber hablado con todos.

La primera hora transcurrió con lentitud. Todo el mundo se aferraba a las historias contadas durante los últimos cuatro años y medio. Nadie sabía nada de un pañuelo. Martha no había hablado de sus planes para el día siguiente. Nadie la había visto utilizar un móvil.

Entonces entró Rachel Wilcox. Cada centímetro de su formidable cuerpo transmitía su desagrado e indignación por aquella vejación. Sus respuestas a las preguntas fueron bruscas y concisas.

—Hablé con Martha sobre la escuela universitaria para graduados desde que supe que pensaba matricularse. Martha sí habló de que se estaba replanteando lo de ir a Económicas. Había trabajado de jefa de comedor en Chillingworth, un restaurante excelente de Cape Cod, y le había gustado mucho la experiencia. Dijo que aún no tenía claro si iba a cambiar de opinión acerca de su futura carrera.

—Esto no me lo había dicho nunca, señora Wilcox —dijo Tommy.

—Si todas las palabras intercambiadas en acontecimientos sociales fueran sopesadas y mesuradas, el mundo se ahogaría en trivialidades —replicó Rachel Wilcox—. ¿Desea algo más de mí?

—Solo una pregunta más. ¿Sabe si alguien llevaba aquella noche un pañuelo de gasa plateado con cuentas metálicas?

—Yo lo llevaba. ¿Lo han encontrado?

Tommy notó que las palmas de sus manos empezaban a sudar. Clayton Wilcox, pensó. ¿Había sido tan estúpido como para utilizar el pañuelo de su mujer para asesinar a Martha?

—Pregunta si han encontrado el pañuelo, señora Wilcox. ¿Cuándo se dio cuenta de que le faltaba?

—Aquella noche hacía bastante calor, de modo que me lo quité. Le pedí a mi marido que lo guardara en su bolsillo, y ya no volví a pensar en él hasta la tarde siguiente, cuando le pedí que me lo devolviera. No lo tenía. ¿Lo han encontrado?

—Han dicho que un pañuelo se había extraviado —dijo con evasivas Tommy—. ¿Lo buscó usted, o el doctor Wilcox?

—Mi marido entendió que yo quería que guardara el pañuelo

con mi bolso. Telefoneó a los Lawrence, pero no estaba en su casa.

—Entiendo. —Déjalo correr, se dijo Tommy. Vamos a ver cuál es la versión de él. Supuso que la noticia del asesinato de Belmar no había llegado a oídos de esta gente, que habían salido de casa de los Lawrence para ir directamente a la reunión—. Señora Wilcox, ¿conoce a una doctora llamada Lillian Madden?

—El nombre me suena.

—Es una psicóloga que vive en Belmar.

—Dicta cursos de reencarnación en el Monmouth County Community College, ¿verdad?

—En efecto.

—No se me ocurre una pérdida de tiempo más grande.

Cuando salió del estudio, Tommy Duggan y Pete Walsh intercambiaron una mirada.

—Trae a Wilcox antes de que ella pueda hablar con él —ordenó Duggan.

—Voy pitando.

Pete desapareció en el vestíbulo que conducía a la sala de estar.

El porte del doctor Clayton Wilcox era de puertas afuera sereno y contenido, pero Tommy se preguntó si por fin estaba percibiendo el olor que había intentado captar durante todo el día. *Miedo.* Poseía su propio aroma acre, y no tenía nada que ver con las glándulas sudoríparas. Clayton Wilcox no solo estaba asustado sino a punto de sufrir un ataque de pánico.

—Siéntese, doctor Wilcox. Quiero repasar algunos detalles con usted.

El viejo truco, pensó Tommy. Los dejas en ascuas, haciéndose las preguntas que temen escuchar. Después, cuando sueltas la andanada, ya sufren retortijones.

Preguntaron a Wilcox si había hablado con Martha durante la fiesta.

—Sostuvimos la charla típica de ocasiones semejantes. Ella estaba enterada de mi carrera académica, y me preguntó si conocía a alguien de la Tulane University Graduate School of Business de Nueva Orleans, donde estaba matriculada. —Hizo una pausa—. Estoy seguro de que usted y yo ya hemos hablado antes de esto, señor Duggan.

—Sí, doctor Wilcox, más o menos. Y a la mañana siguiente,

usted fue a dar una larga caminata, pero no por el paseo marítimo, ni se cruzó con Martha en ningún momento.

—Creo que ya he contestado a esa pregunta repetidas veces.

—Doctor Wilcox, ¿su esposa perdió un pañuelo de seda la noche de la fiesta?

—Sí.

Tommy Duggan observó las gotas de sudor que se estaban formando en la frente de Clayton Wilcox.

—¿Su esposa le pidió que guardara el pañuelo?

Wilcox esperó un momento.

—Lo que mi esposa recuerda es que me pidió que guardara el pañuelo en mi bolsillo. Lo que yo recuerdo es que me pidió que lo guardara con su bolso, que estaba sobre una mesa del vestíbulo. Eso fue lo que hice, y ya no volví a pensar más en él.

—Y, a la tarde siguiente, cuando se dieron cuenta de que había desaparecido, ¿llamó a los Lawrence para preguntar si sabían algo?

—No, yo no llamé.

Flagrante contradicción con la declaración de su mujer, pensó Tommy.

—¿No habría sido lo más indicado preguntar a los Lawrence si el pañuelo seguía en su casa?

—Señor Duggan, cuando me di cuenta de que el pañuelo no estaba en casa, todos sabíamos ya que Martha había desaparecido. ¿De veras cree que, en un momento tan delicado, habría llamado para interesarme por un pañuelo?

—¿Le dijo a su esposa que había preguntado por él?

—Sí, para que me dejara en paz.

—Una última pregunta. Doctor Wilcox, ¿conocía personalmente a la doctora Lillian Madden?

—No.

—¿Fue alguna vez paciente de ella, acudió a su consulta o mantuvo algún tipo de contacto con ella?

Wilcox pareció vacilar. Con cierta tensión en su voz, contestó:

—No, no fui paciente suyo, ni recuerdo haberla conocido.

Está mintiendo, pensó Tommy.

DOMINGO, 25 DE MARZO

35

Nicholas Todd llamó a Emily a las nueve y cuarto de la mañana del domingo.

—Supongo que la cita sigue en pie —dijo.

—Por supuesto. El Old Mill sirve un brunch fabuloso, según me han dicho. He reservado una mesa para la una.

—Estupendo. Estaré en tu casa alrededor de las doce y media, si te va bien. Por cierto, espero no haberte llamado demasiado temprano. ¿Te he despertado?

—Ya he ido y vuelto de la iglesia, que está a casi dos kilómetros de distancia. ¿Responde esto a tus preguntas?

—Vaya manera de darse pisto. Dime cómo se va a tu casa.

Después de colgar, Emily decidió haraganear una o dos horas con los periódicos de la mañana. El día anterior, cuando Will Stafford la había acompañado a casa después del refrigerio en casa de los Lawrence, había pasado el resto de la tarde y la noche con los libros que Wilcox le había prestado. Quería devolvérselos lo antes posible.

El hecho de que le hubiera dado la bolsa del Enoch College y sugerido que conservara los libros juntos, insinuaba que al doctor Wilcox no le haría demasiada gracia que los retuviera mucho tiempo.

Además, reconoció para sí, deseaba extraer una pauta ordenada de la información acumulada. El día anterior le habían dicho que Phyllis Gates, la autora de *Reflexiones de una niñez*, creía que Douglas Carter era el asesino de Madeline.

No podía ser, decidió. Douglas Carter se suicidó antes de las desapariciones de Letitia Gregg y Ellen Swain. ¿Había querido decir Carolyn Taylor, la pariente lejana de Phyllis Gates, que Phyllis sospechaba de Alan Carter? Era el primo que «estaba prendado de Madeline, pese a que ella estaba a punto de prometerse con Douglas».

¿Lo bastante prendado para matarla antes que su primo se la arrebatara?, se preguntó Emily.

Dejémoslo correr por esta mañana, se dijo, mientras se llevaba café al estudio, que se estaba convirtiendo muy deprisa en su habitación favorita. Por la mañana lo inundaba el sol, y por la noche, con las persianas bajadas y la chimenea de gas encendida, proporcionaba una sensación de intimidad y bienestar.

Se sentó en la butaca, abrió el *Asbury Park Press* y leyó el titular: PSICÓLOGA ASESINADA EN BELMAR.

La palabra «reencarnación» en el primer párrafo del artículo llamó su atención:

«La doctora Lillian Madden, residente desde hace mucho tiempo en Belmar y conocida conferenciante sobre el tema de la reencarnación, fue encontrada brutalmente estrangulada en su consulta...».

Leyó el resto del artículo con creciente horror. La última frase era: «La policía está investigando la posibilidad de una relación entre la muerte de la señora Madden y la persona que ha sido bautizada "el asesino múltiple reencarnado de Spring Lake"».

Emily dejó el diario y pensó en la clase de parapsicología a la que había asistido mientras estudiaba derecho en la Universidad de Nueva York. El profesor había retrotraído a una de sus estudiantes, una joven tímida de veinte años, a una vida anterior. La joven se hallaba en un estado de hipnosis profunda. El profesor la hizo retroceder hasta antes de su nacimiento, a través de un «túnel confortable», y le aseguró que sería un viaje agradable. Intentaba situar a la joven en otra época, recordó Emily.

—Estamos en mayo de 1960 —le había dicho—. ¿Se forma una imagen en su mente?

La joven había susurrado un «no» apenas audible.

La regresión había causado tal impacto a Emily que, sentada en la butaca, con el periódico en el regazo, la foto de la doctora asesinada mirándola, pudo recordar cada detalle de aquel día.

El profesor había continuado el interrogatorio.

—Estamos en diciembre de 1952. ¿Se forma una imagen en su mente?

—No.

—Estamos en septiembre de 1941. ¿Se forma una imagen en su mente?

Y entonces, todos se quedaron impresionados, pensó Emily, cuando una voz masculina, clara y autoritaria, contestó «¡Sí!».

Con la misma voz, el sujeto había dicho su nombre y descrito lo que vestía.

—Soy el teniente David Richards, de la marina de Estados Unidos. Visto mi uniforme naval, señor.

—¿De dónde es usted?

—De cerca de Sioux City, Iowa.

—¿Sioux City?

—Cerca de Sioux City, señor.

—¿Dónde está ahora?

—En Pearl Harbor, señor.

—¿Por qué está ahí?

—Creemos que habrá guerra con Japón.

—Han pasado seis meses. ¿Dónde está usted, teniente?

La arrogancia había desaparecido de su voz, recordó Emily. Dijo que estaba en San Francisco. Su barco había atracado en la ciudad para ser reparado. La guerra había empezado.

A continuación, el teniente David Richards describió su vida durante los tres años siguientes de guerra, y también su muerte, cuando un destructor japonés embistió su patrullera.

—¡Oh, Dios, nos han visto! —había gritado—. Dan la vuelta. Van a embestirnos.

—Teniente, es el día siguiente —le había interrumpido el profesor—. Dígame dónde está.

La voz era diferente, pensó Emily. Tranquila, resignada. Recordó la respuesta:

—En un lugar oscuro, gris y frío. Estoy en el agua. Rodeado de restos del naufragio. Estoy muerto.

¿Era posible que durante una regresión en la consulta de la doctora Madden alguien hubiera experimentado un recuerdo absoluto de haber vivido en Spring Lake en la década de 1890? ¿Una sesión de hipnosis había sido la causa de que alguien se hubiera enterado de los acontecimientos ocurridos en ese período?

Emily tiró el periódico al suelo y se levantó.

No seas ridícula, se dijo. Nadie se ha puesto en contacto jamás con la mente de un asesino que vivió hace más de cien años.

A las doce y media en punto, el timbre de la puerta sonó. Cuando Emily abrió, se dio cuenta de que, desde la llamada del viernes, tenía muchas ganas de ver a Nick. Su sonrisa era cordial, su apretón de manos firme. Se alegró de ver que iba vestido de manera informal, con chaqueta, pantalones y jersey de cuello cisne.

Se lo dijo al instante.

—Me prometí que, como no fuera en caso de extrema necesidad, no iba a ponerme faldas o zapatos de tacón hasta el día que tuviera que presentarme en el trabajo —explicó. Llevaba tejanos de color tostado, jersey del mismo tono y una chaqueta de tweed marrón, desde hacía tanto tiempo su favorita, una especie de segunda piel.

Había empezado a recogerse el pelo, pero luego decidió llevarlo suelto.

—La ropa informal sienta muy bien —dijo Nick—, pero llévate tu carnet de identidad. Puede que el restaurante quiera comprobar tu edad antes de servirte vino. Me alegro de verte, Emily. Ha pasado un mes, como mínimo.

—Pues sí. Las últimas semanas en Albany fueron realmente agotadoras, para dejarlo todo arreglado. Estaba tan cansada que, camino de Spring Lake el martes por la noche, apenas pude mantener los ojos abiertos durante los últimos cien kilómetros.

—Y la verdad es que no has descansado gran cosa desde que compraste la casa.

—Por decirlo de una manera suave. ¿Quieres que te la enseñe? Tenemos tiempo de sobra.

—Claro, pero debo reconocer que ya estoy impresionado. Es una casa maravillosa.

En la cocina, Nick se acercó a la ventana y miró al exterior.

—¿Dónde encontraron los restos? —preguntó.

Emily señaló la parte derecha del patio trasero.

—Allí.

—¿Estabas excavando una piscina?

—Ya habían empezado. Me asusta pensar que estuve a punto de suspender las obras y despedir al contratista.

—¿Te arrepientes de no haberlo hecho?

—No. En ese caso no habrían encontrado los restos. Es mejor para la familia Lawrence que todo haya terminado. Ahora que sé que mi antepasada fue asesinada, voy a descubrir quién lo hizo y cuál es su relación con el asesino de Martha Lawrence.

Nick se volvió.

—Emily, la persona que mató a Martha Lawrence, y después hizo algo tan siniestro como poner el dedo de tu pariente en su mano, tiene una mente peligrosa y retorcida. Espero que no vayas contando por ahí que intentas descubrir al asesino.

Eso es justo lo que estoy haciendo, pensó Emily. Al intuir la desaprobación de Nick, eligió sus palabras con cautela.

—Todo el mundo suponía que algo horrible había sucedido a Madeline Shapley, pero hasta hace cuatro días no había manera de demostrarlo. Se sospechaba que fue la víctima de algún conocido, pero igual había decidido ir a dar un corto paseo mientras esperaba a su prometido, y un desconocido la había arrastrado por la fuerza hasta algún carruaje.

»Nick, un desconocido no la habría enterrado en su propio patio trasero. Alguien que conocía a Madeline, alguien íntimo de ella, la enterró aquí. Intento reunir los nombres de las personas con quienes se relacionaba, para ver si puedo establecer una relación entre su asesino y el hombre responsable de la muerte de Martha Lawrence, hace cuatro años y medio. En alguna parte tiene que existir una declaración escrita, tal vez incluso una confesión detallada. Es posible que alguien, cuyo antepasado fue el asesino de Madeline, la haya leído. Tal vez la encontró mientras investigaba en viejos legajos. Pero existe una relación, y tengo tiempo y ganas de descubrirla.

La desaprobación que expresaba la cara de Nick fue sustituida por otra cosa. ¿Preocupación?, pensó Emily, pero no era eso. No; parecía decepcionado. ¿Por qué?

—Terminemos la visita y vayamos al Old Mill —sugirió—. No sé tú, pero yo tengo hambre. Y estoy cansada de mis platos. —Sonrió—. Aunque soy una cocinera fabulosa.

—Eso habría que verlo —insinuó Nick, mientras la seguía hacia la escalera.

Su mesa del Old Mill daba a un estanque, donde se deslizaban cisnes. Cuando les sirvieron los bloody mary que habían pedido, la camarera trajo también la carta.

—Esperaremos unos minutos —dijo Nick.

En los tres meses transcurridos desde que Emily había aceptado el empleo en el bufete, había cenado con Nick y Walter Todd, su padre, tres o cuatro veces en Manhattan, pero nunca con Nick a solas.

Su primera impresión de él había sido contradictoria. Walter Todd y él habían ido a Albany, y dormido una noche en la ciudad, para presenciar su defensa de un importante político acusado de homicidio en un accidente de tráfico.

Había ido a comer con los Todd después que el jurado declarara a su cliente inocente de homicidio por negligencia. Todd se había extendido en alabanzas sobre su forma de manejar el caso. Nick se había mostrado reticente, y los escasos cumplidos que su padre le había arrancado fueron superficiales, a lo sumo. En aquel momento se había preguntado si se sentía inseguro, y tal vez la consideraba una rival en potencia.

Pero eso no concordaba con el hecho de que, desde que había aceptado la oferta, su actitud había sido cordial y amistosa.

Hoy le enviaba de nuevo señales contradictorias. Parecía incómodo. ¿Estaba relacionado con ella, o se trataba de un problema personal? Sabía que no estaba casado, pero no cabía duda de que habría alguna amiguita en su vida.

—Ojalá pudiera leer tu mente, Emily. —La voz de Nick interrumpió sus fantasías—. Estás como ensimismada.

Decidió sincerarse.

—Te contaré con mucho gusto lo que estoy pensando. Hay algo de mí que te preocupa, y me gustaría que te expresaras con claridad. ¿Quieres que entre en el bufete? ¿Crees que soy la persona idónea para el trabajo? Algo pasa. ¿Qué es?

—No te andas por las ramas, ¿verdad? —Nick cogió el tallo de apio de su vaso y lo mordió—. ¿Si te quiero en el bufete? ¡Por supuesto! La verdad, ojalá pudieras empezar mañana. Motivo por el cual, por cierto, estoy aquí. —Dejó el vaso en la mesa y le habló de su decisión.

Mientras le confiaba su deseo de abandonar el bufete, Emily se quedó sorprendida al darse cuenta de que los planes de Nick no eran de su agrado. Tenía muchas ganas de trabajar con él, pensó.

—¿Buscarás un empleo? —preguntó.

—La oficina del secretario de Justicia. Es lo que realmente me interesa. Estoy seguro de que podría volver a Boston. Trabajé como ayudante del fiscal de distrito. Cuando me marché, el hombre dijo que me recibiría con los brazos abiertos si no me gustaba la privada. Preferiría quedarme en Nueva York, pero diría que no voy a poder convencerte de que empieces la semana que viene, ¿verdad?

—Temo que no. ¿Tu padre se disgustará mucho?

—Ya habrá asumido la dura y triste realidad de que me voy a marchar, y es muy probable que, en este momento, me esté colgando en efigie. Cuando le diga que no podrás incorporarte hasta el uno de mayo, tú me seguirás.

—«Todos hemos de colgar juntos, aunque lo más seguro es que...» —Emily sonrió.

—«Colgaremos por separado.» Exacto. —Nick Todd cogió la carta—. Asunto concluido. ¿Qué te apetece?

Eran casi las cuatro cuando Nick la dejó en su casa. La acompañó hasta el porche y esperó a que encajara la llave en la cerradura.

—¿Tienes un buen sistema de alarma? —preguntó.

—Buenísimo. Y mañana un viejo amigo de Albany instalará cámaras de seguridad.

Nick enarcó las cejas.

—Después de lo de tu acosador de Albany, no me extraña que las instales.

Emily abrió la puerta. Lo vieron al mismo tiempo. Un sobre en el suelo del vestíbulo, hacia arriba.

—Parece que alguien te ha dejado una nota —dijo Nick mientras se agachaba para recogerlo.

—Cógelo por una esquina. Tal vez haya huellas dactilares. —Emily no reconoció su propia voz. Había surgido de sus labios como un susurro estrangulado.

Nick la miró fijamente, pero obedeció. Cuando se incorporó, el sobre se abrió y una fotografía cayó al suelo. Era de Emily en la iglesia, durante la misa.

Había tres palabras garrapateadas en la parte inferior: «Reza por ti».

LUNES, 26 DE MARZO

Tengo grandes deseos de emprender la actividad que tendrá lugar más tarde. Me alegra mucho haber cambiado de opinión y enviado a Emily Graham mi mensaje. Como ya esperaba, hay preguntas acerca del pañuelo, pero nadie podrá demostrar quién lo robó aquella noche.

Martha lo admiraba. Le oí decir a Rachel que era muy bonito. Recuerdo que en aquel momento cruzó por mi cabeza la idea de que Martha había elegido el instrumento de su muerte. Al fin y al cabo, un pañuelo, pensé, no se diferencia mucho del cinturón que estranguló a Madeline.

Al menos, ya no tengo por qué preocuparme de la psicóloga. Ni siquiera ha de inquietarme que logren reconstruir los archivos del ordenador.

Cuando fui a la consulta de la doctora Madden, fue por la noche, y la recepcionista no estaba, de manera que nadie me vio. Además, el nombre y la dirección que di no les darán la menor pista. Porque jamás comprenderán que somos uno.

Sólo existe una persona que, si supiera el nombre y la dirección, empezaría a sospechar, pero da igual. Porque tampoco abrigo temores por ese lado. Emily Graham morirá el sábado. Dormirá con Ellen Swain.

Y después pasaré el resto de mi vida como antes, como un honorable y respetable ciudadano de Spring Lake.

El domingo por la tarde, Tommy Duggan se disponía a salir del despacho cuando Emily Graham telefoneó. Corrió de inmediato a Spring Lake y recogió el sobre y la fotografía.

El lunes por la mañana, Pete Walsh y él estaban en la oficina particular del fiscal, para informar a su jefe de los acontecimientos del fin de semana. Osborne había estado en Washington desde el viernes por la noche.

Tommy le informó sobre el asesinato de la doctora Madden y el interrogatorio de los invitados en casa de Will Stafford.

—Es el pañuelo de la señora Wilcox, y lo llevaba aquella noche. Afirmó que pidió a su marido que lo guardara en el bolsillo. Él afirma que ella le pidió que lo pusiera con su bolso.

—Los Wilcox fueron en coche a casa de los Lawrence aquella noche, señor —intervino Walsh—. Estaba aparcado en la misma manzana. Si el doctor Wilcox guardó el pañuelo en su bolsillo, tal vez se le cayó, en la casa o en la calle. Cualquiera pudo cogerlo. Y si lo dejó junto con el bolso de su mujer, cualquiera pudo haberlo robado.

Osborne tamborileaba con su dedo índice sobre el escritorio.

—A juzgar por lo que quedaba de él, daba la impresión de que el pañuelo era bastante grande. Habría abultado mucho en el bolsillo de una chaqueta de verano.

Tommy asintió.

—Eso pensé yo también. Cuando se utilizó para estrangular a Martha, lo habían cortado. Por otra parte, Wilcox mintió a su mujer cuando dijo que había llamado a los Lawrence para saber si lo habían encontrado. Sostiene que para entonces todo el mundo estaba enterado de la desaparición de Martha, y no iba a molestarlos por un pañuelo.

—Habría podido hablar con la empleada de hogar —observó Osborne.

—Algo más —dijo Tommy—. Creemos que Wilcox mintió cuando dijo que no conocía a la doctora Madden.

—¿Qué sabemos de Wilcox?

Tommy Duggan miró a Walsh.

—Encárgate de eso, Pete. Investígale.

Pete Walsh sacó sus notas.

—Sólida carrera académica. Terminó siendo rector del Enoch

College. Es uno de esos lugares pequeños, pero con prestigio. Jubilado hace doce años. Iba a veranear a Spring Lake cuando era pequeño, y se estableció aquí. Publica con regularidad en revistas académicas. No pagan lo bastante para alimentar a un gorrión con migas de pan, pero se considera un honor escribir para ellas. Desde que vino a vivir aquí, ha escrito muchos artículos sobre la historia de Nueva Jersey, en especial sobre el condado de Monmouth. Se le considera algo así como el historiador de Spring Lake.

—Lo cual concuerda con la teoría de Emily Graham de que el asesino de Martha Lawrence tuvo acceso a documentación sobre las mujeres desaparecidas en la década de 1890 —señaló Tommy—. Juro que ese tío estaba mintiendo cuando dijo que no conocía a la doctora Madden. Quiero empezar a investigarle a fondo. Apuesto a que vamos encontrar mucha mierda.

—¿Algo más sobre el caso de Carla Harper? —preguntó Osborne.

—La testigo ocular se aferra a su historia de que vio a Carla en el restaurante de carretera de Pensilvania. En aquel tiempo concedió entrevistas a todos los medios que quisieron hablar con ella. La policía de Pensilvania admite que cometió un error al aceptar la historia de la testigo, pero cuando encontraron el bolso de Carla cerca del restaurante, unos días más tarde, la testigo obtuvo la credibilidad que necesitaba. El asesino debía de estar riendo cuando lo tiró por la ventanilla de su coche. Ahora la pista se ha enfriado, sobre todo desde que el hotel Warren cerró el año pasado. En él se alojaba Carla Harper el fin de semana anterior a su desaparición.

Se encogió de hombros. Era un callejón sin salida.

Por fin, Tommy y Pete comentaron a Elliot Osborne la llamada de Emily Graham recibida el domingo a las cuatro de la tarde.

—Tiene agallas —dijo Tommy—. Blanca como el papel, pero serena cuando llegamos a su casa. Piensa que alguien está siguiendo los pasos del asesino del siglo pasado, y la policía de Spring Lake también se decanta por esa teoría. Hablé con Marty Browski, el tipo que llevó el caso de acoso en Albany.

—¿Qué opina Browski? —preguntó Osborne.

—Cree que detuvieron al individuo equivocado. Ha vuelto a abrir la investigación, y dice que tiene a dos posibles sospechosos: el ex marido de Emily Graham, Gary White y Joel Lake, una basura humana para la que consiguió la absolución en un caso de asesinato.

—¿Qué opinas tú?

—Mejor teoría posible: un imitador. Un adolescente, o un par de adolescentes, descubrieron que habían acosado a Emily Graham en Albany y le están gastando bromas pesadas. Teoría aceptable: Gary White o Joel Lake. Peor teoría posible: el tipo que asesinó a Martha Lawrence está jugando con Emily Graham.

—¿Por cuál te inclinas?

—La del imitador. La doctora Lillian Madden, la psicóloga asesinada en Belmar, estaba relacionada sin la menor duda con el caso Lawrence. Apostaría cualquier cosa a que el asesino de Martha fue paciente de la doctora Madden, y que no podía correr el riesgo de que hablara con nosotros sobre él. Por otra parte, no creo que sea tan imbécil como para arriesgarse a ser visto merodeando cerca de la casa de Emily Graham. Se juega demasiado.

—¿Tienes idea de en qué parte de la iglesia estaba sentada la persona que tomó la foto de Emily Graham?

—Al otro lado del pasillo. En un banco de la izquierda.

—Supongamos que Browski (se llama así, ¿verdad?) tenga razón, y que el verdadero acosador se encuentre en Spring Lake. Yo diría que, si su obsesión le ha impulsado a venir desde Albany, esa mujer corre un peligro extremo.

—Si se trata del verdadero acosador, coincido con usted —admitió Tommy Duggan.

La voz de la secretaria de Elliot Osborne sonó por el intercomunicador.

—Lamento interrumpir, pero la señorita Emily Graham está al teléfono. Insiste en que ha de hablar de inmediato con el detective Duggan.

Tommy Duggan descolgó el teléfono.

—Duggan al habla, señora Graham.

El fiscal y Pete Walsh observaron las arrugas que se formaban en la cara de Duggan.

—Iremos enseguida, señora Graham.

Colgó y miró a Osborne.

—Emily Graham ha recibido una postal preocupante en el correo de la mañana.

—¿El acosador? ¿Otra foto de ella?

—No. Es un dibujo de dos lápidas. Una lleva el nombre de

Carla Harper. La otra, el de Letitia Gregg. Si esa postal no miente, están enterradas juntas en el patio trasero del número quince de Ludlam Avenue, en Spring Lake.

38

Eric Bailey empezó temprano la mañana del lunes, como invitado en el telediario del canal de televisión de Albany.

Enclenque y de estatura media, con el pelo alborotado y unas gafas sin montura que dominaban su cara enjuta, no impresionaba ni por su apariencia ni por sus modales. Hablaba con voz nerviosa y aguda.

El presentador del programa no se había alegrado al ver el nombre de Bailey en la lista de invitados.

—Siempre que ese tipo aparece ante las cámaras, oyes el sonido de todos los mandos a distancia de Albany cambiando a otro canal —se lamentó.

—Un montón de gente de esta zona ha invertido dinero en su empresa. Las acciones se han cotizado a la baja desde hace un año y medio. Ahora, Bailey afirma que tiene un nuevo software que revolucionará la industria informática —replicó el responsable de la sección de economía—. Puede que hable como un capullo, pero valdrá la pena oírle.

—Gracias por el cumplido. Gracias a los dos.

Eric Bailey había entrado con sigilo en el estudio, sin que los dos hombres le oyeran acercarse.

—¿Qué les parece si aguardo en la sala de espera hasta que estén preparados para recibirme? —preguntó, con una leve sonrisa, como si disfrutara de su desconcierto.

Las cámaras de seguridad de alta tecnología que iba a instalar en la casa de Emily ya estaban empaquetadas en su furgoneta, de modo que nada más terminar la entrevista televisada, Eric Bailey salió en dirección a Spring Lake.

Sabía que no debía conducir demasiado deprisa. La rabia combinada con la humillación le impulsaban a pisar el acelerador, a zizaguear entre el tráfico y aterrorizar a los ocupantes de los vehículos que adelantaba.

El miedo era su respuesta a todos los rechazos sufridos en su vida, a todos los desaires, a todo el ridículo.

Había aprendido a utilizar el miedo como arma cuando tenía dieciséis años. Había invitado a tres chicas, una tras otra, a ir al baile de fin de año con él. Todas se negaron. Después empezaron las burlas, las bromas.

¿Hasta dónde debería llegar Eric Bailey para conseguir una cita?

Karen Fowler era la chica cuya imitación de él cuando se esforzaba por articular la invitación se consideraba más hilarante. La había oído cuando le imitaba.

—«Karen, me gustaría mucho... quiero decir, ¿querrías...? Sería maravilloso que...» Y entonces, se puso a estornudar —contó Karen Fowler a su público, y rió con tal fuerza que casi se quedó sin aliento—. El pobre gilipollas empezó a estornudar, ¿podéis creerlo?

El mejor estudiante del instituto, y le llamaba «pobre gilipollas».

La noche del baile había esperado con su cámara en el bar local, adonde todo el mundo iba cuando la banda se retiraba. Cuando empezaron a soplar y fumar hierba, tomó fotos a escondidas de una Karen con los ojos vidriosos, recostada contra su ligue, con el carmín corrido, el tirante del vestido caído sobre el brazo.

Le enseñó las fotos en el instituto un par de días después. Aún recordaba cómo había palidecido. Después lloró y suplicó que se las entregara.

—Mi padre me matará —dijo—. Por favor, Eric.

Él las guardó en el bolsillo.

—¿Quieres imitarme ahora? —preguntó con frialdad.

—Lo siento. Por favor, Eric, lo siento muchísimo.

Se había asustado tanto, sin saber si una noche llamaría al timbre de su casa y entregaría las fotos a su padre, o si un día las enviaría por correo...

Después, siempre que se cruzaba con él en el pasillo del instituto, le dirigía una mirada suplicante y atemorizada. Y por primera vez en su vida, Eric Bailey se había sentido poderoso.

El recuerdo le calmó. Encontraría una forma de castigar a los dos que le habían humillado aquella mañana. Bastaría con pensar un poco, nada más.

En función del tráfico, llegaría a Spring Lake entre la una y las dos. Ya conocía muy bien la ruta. Era su tercer viaje de ida y vuelta desde el miércoles.

39

Reba Ashby, la reportera del *National Daily*, había reservado una habitación en el hotel The Breakers de Spring Lake para toda la semana. Era una mujer menuda, de facciones afiladas, cercana a la cuarentena, y pensaba sacarle todo el jugo posible a la historia del asesino múltiple reencarnado.

El lunes por la mañana estaba desayunando con parsimonia en el comedor del hotel, al acecho de alguien con quien poder trabar conversación. Al principio, solo vio hombres de negocios en las mesas cercanas, y sabía que sería inútil interrumpirlos. Necesitaba encontrar a alguien que quisiera hablar de los asesinatos.

Su directora se mostraba tan contrariada como ella por no haber podido entrevistar a la doctora Lillian Madden antes de que la asesinaran. Había intentado ponerse en contacto con la doctora Madden todo el viernes, pero la secretaria no quiso pasar las llamadas. Por fin, había logrado hacerse con una entrada para la conferencia de la doctora Madden del viernes por la noche, pero no consiguió hablar con ella en privado.

Reba creía tanto en la reencarnación como en los elefantes voladores, pero la conferencia de la doctora Madden había sido muy interesante y estimulante, y lo que estaba pasando en Spring Lake era lo bastante peculiar como para preguntarse si podía existir algo como un asesino múltiple reencarnado.

También había observado que Chip Lucas, del *New York Daily News*, había sorprendido a la doctora Madden cuando le preguntó si alguien le había pedido retroceder a la década de 1890. También había puesto punto final a la sesión de ruegos y preguntas de la noche.

Aunque no había podido llegar a casa antes de las diez y media, la doctora Madden estaba en su consulta cuando murió. ¿Estaría estudiando el historial de un paciente, tal vez de un paciente que había pedido retroceder hasta la década de 1890?, se preguntó Reba. Al menos le proporcionaba un buen enfoque para otro artículo sobre el asesino múltiple de Spring Lake.

Reba, aunque endurecida por la naturaleza de su trabajo, se había sentido muy impresionada por el asesinato a sangre fría de la doctora Madden. Se había enterado poco después de asistir a la misa en recuerdo de Martha Lawrence, y escrito sobre ambos acontecimientos para el siguiente número del *National Daily*.

Lo que quería ahora era conseguir una entrevista en exclusiva con Emily Graham. Pulsó el timbre de su casa el domingo por la tarde, pero nadie contestó. Cuando pasó de nuevo por la casa una hora después, vio a una mujer en el porche, agachada como si estuviera deslizando algo por debajo de la puerta.

Reba alzó la vista esperanzada cuando vio que la mesa de al lado se había vaciado, y la jefa de comedor guiaba hacia ella a una mujer que aparentaba setenta y muchos años.

—La camarera la atenderá enseguida, señora Joyce —prometió la jefa de comedor.

Cinco minutos después, Reba y Bernice Joyce estaban enzarzadas en una animada conversación. El hecho de que Joyce fuera amiga de la familia Lawrence era un golpe de suerte, pero el hecho de que todos los invitados a la fiesta celebrada en casa de los Lawrence la noche antes de la desaparición de Martha hubieran sido interrogados en un grupo que incluía a la señora Joyce, era el tipo de coincidencia por el que rezaban los periodistas de la prensa amarilla.

Sometida al hábil interrogatorio de Reba, la señora Joyce explicó que los habían llamado de uno en uno para hablar con los dos detectives. Las preguntas eran generales, excepto cuando preguntaron si sabían de algo que se hubiera extraviado aquella noche.

—¿Se extravió algo? —preguntó Reba.

—Yo no sabía que se hubiera extraviado nada, pero después de hablar de uno en uno con los detectives, todos fuimos interrogados en grupo. Los detectives preguntaron si alguien había reparado en el pañuelo de la señora Wilcox. Al parecer, ese era el objeto perdido. Sentí lástima por el pobre doctor Wilcox. Delante de todo el grupo, Rachel se comportó con mucha brusquedad, le culpó de no haber guardado el pañuelo en su bolsillo cuando ella se lo había pedido.

—¿Puede describir el pañuelo?

—Lo recuerdo muy bien, porque estaba al lado de Rachel cuando Martha, pobre criatura, le alabó el gusto. Era un pañuelo de raso de tono plateado, con cuentas metálicas. Bastante llamativo para Rachel, por cierto. Tiende a vestir de una forma más conservadora. Tal vez por eso se lo quitó al poco rato.

A Reba se le hizo la boca agua al pensar en su siguiente artículo. La policía había dicho que Martha había muerto por estrangulación. No se habrían interesado por el pañuelo si no hubiera sido importante.

Estaba tan ocupada imaginando el titular, que no se fijó en lo silenciosa que se había quedado su compañera de la mesa de al lado.

Estoy segura de que vi el bolso de Rachel sobre la mesa del vestíbulo, pensó Bernice. Desde el lugar de la sala de estar donde estaba sentada, lo veía. No me fijé si estaba encima de algo. Pero después, ¿puede ser que viera a alguien moviendo el bolso y cogiendo lo que había debajo?

Estaba poniendo una cara a la figura.

¿O lo estoy imaginando de tanto hablar de ello?

No hay peor idiota que un idiota viejo, decidió Bernice. No voy a hablar de esto con nadie, porque no estoy segura.

40

—No esperaba verlos tan pronto —dijo Emily a Tommy Duggan y Pete Walsh cuando les abrió la puerta.

—No esperábamos volver tan pronto, señora Graham —contestó Duggan, mientras la examinaba con fijeza—. ¿Cómo ha dormido esta noche?

Emily se encogió de hombros.

—Ya ha adivinado que no he dormido mucho esta noche. Temo que la fotografía de ayer me afectó. ¿No es cierto que, en la Edad Media, si alguien perseguido lograba entrar en una iglesia y gritaba «¡Asilo!», estaba a salvo mientras se quedara allí?

—Algo por el estilo —dijo Duggan.

—Imagino que no servirá en mi caso. Ni en la iglesia me siento a salvo. Debo admitir que estoy terriblemente asustada.

—Como vive sola, sería mucho más seguro...

Ella le interrumpió.

—No pienso moverme de esta casa. Tengo la postal en el estudio.

La había encontrado entre un folleto de propaganda de una empresa dedicada al diseño de jardines y una solicitud de colaborar con una organización caritativa.

Después de asimilar el mensaje de la postal, se había acercado a la ventana de la cocina y echado un vistazo al patio trasero. En aquel día nublado, parecía desolado y melancólico, como un cementerio. Como el cementerio que había sido durante más de un siglo.

Sin soltar la postal, había corrido al estudio y llamado a la oficina del fiscal.

—El único correo que me han entregado desde que adquirí la casa iba dirigido a los Kiernan o al «Ocupante» —dijo a los detectives. Señaló la postal, que había dejado sobre el escritorio—. Pero esta va dirigida a mí.

Era como se la había descrito. Un tosco dibujo de una casa y la propiedad circundante, la dirección del número 15 de Ludlam Avenue escrita entre las líneas de lo que quería ser una acera. Había dos lápidas dibujadas una al lado de la otra en la esquina izquierda de la zona situada detrás de la casa. Cada una llevaba un nombre. Letitia Gregg, Carla Harper.

Tommy extrajo una bolsa de plástico del bolsillo, cogió la postal por los bordes y la deslizó en la bolsa.

—Esta vez he venido preparado —dijo—. Señora Graham, tal vez se trate de una broma pesada, pero puede que vaya en serio. Hemos investigado el número quince de Ludlam Avenue. La propietaria es una viuda de edad avanzada que vive sola. Esperamos que quiera colaborar cuando le hablemos de esto, y que nos deje cavar en su patio, al menos en la sección indicada en este dibujo.

—¿Cree que va en serio? —preguntó Emily.

Tommy Duggan la miró durante un largo momento antes de contestar.

—Después de lo que encontramos aquí —cabeceó en dirección al patio trasero de Emily—, creo que existen bastantes posibilidades de que sí. Pero hasta que lo sepamos con certeza, le agradeceremos que no hable con nadie de esto.

—No quiero hablar con nadie de esto —dijo Emily.

No voy a llamar a papá, mamá o la abuela para que se pongan enfermos de preocupación, pensó. Pero si mis hermanos mayores vivieran en esta misma calle, se lo contaría a gritos. Por desgracia, viven a más de mil quinientos kilómetros de distancia.

Pensó en Nick Todd. Había telefoneado justo después de que llegara el correo, pero tampoco se lo había contado. Cuando encontraron la fotografía en el vestíbulo, después de volver del brunch, la había instado a ir a Manhattan y quedarse en su apartamento.

Pero ella había insistido en que las cámaras que Eric iba a instalar constituían la mejor esperanza de descubrir quién le estaba haciendo esto, y explicó que la cámara instalada por Eric en su casa de Albany había captado a Ned Koehler cuando intentaba entrar. En cuanto las cámaras estuvieran en funcionamiento, podremos identificar al culpable, le había asegurado.

Valientes palabras, pensó, mientras acompañaba a Tommy Duggan y Pete Walsh hasta la puerta y la cerraba con llave a sus espaldas, pero la verdad es que estoy muerta de miedo.

Las pocas horas que había conseguido dormir fueron un desfile de pesadillas. En una, alguien la perseguía. En otra intentaba abrir la ventana, pero alguien lo impedía desde el exterior.

¡Basta!, se ordenó Emily. ¡Trabaja en algo! Llama al doctor Wilcox y pregúntale si puedes pasar a devolverle sus libros. Después ve al museo e investiga. A ver si puedes averiguar dónde vivía esa gente en la década de 1890, el emplazamiento de sus casas respectivas.

Quería identificar las residencias de los amigos de Phyllis Gates y Madeline Shapley, los amigos que Gates había mencionado repetidas veces en su libro.

Phyllis Gates hacía referencias a la casa que su familia alquilaba los meses de verano, pero parecía dar a entender que las demás familias eran propietarias de sus casas. Tenían que existir documentos que plasmaran dónde vivían, pensó.

Ha de existir un plano de la ciudad de aquel tiempo. Necesito material de dibujo, y comprar un juego de Monopoly. Las casitas que van incluidas con el tablero serán perfectas para mis propósitos.

En una cartulina de 90 × 90 cm como las que utilizan los estudiantes de arte, dibujaría un plano de la ciudad tal como era en la década de 1890, pondría los nombres de las calles, y después colocaría las casitas en las propiedades donde habían vivido los amigos de Madeline Shapley.

Entonces conseguiré la historia de la propiedad de esas fincas desde aquella época en el registro del ayuntamiento, decidió Emily.

Lo más probable es que no sirva de nada, se dijo mientras iba al ropero para coger su impermeable, pero cuanto más se zambullera en el mundo de Madeline, más posibilidades tenía de descubrir lo que le había pasado... y también a Letitia Gregg y Ellen Swain.

41

El agudo sonido del timbre de la puerta fue una intrusión. Rachel había ido en coche a Rumson para comer con unas amigas, y Clayton Wilcox había conectado su ordenador, con la intención de trabajar varias horas ininterrumpidas en su novela.

Desde la reunión en casa de Will Stafford, Rachel se había mostrado, o bien indignada por las preguntas que les habían formulado o bien suspicaz por los motivos que tenía el detective Duggan para preguntar sobre su pañuelo extraviado.

«No creerás que esté relacionado con la muerte de Martha, ¿verdad, Clayton?», había preguntado varias veces. Luego, contestando a sus propias preguntas, desechó la posibilidad como ridícula.

Clayton no le había llevado la contraria. Había estado a punto de decir: «Tu pañuelo extraviado está absolutamente relacionado con la muerte de Martha, y tú me implicaste al pregonar ante todo el mundo que me habías pedido que lo guardara en mi bolsillo», pero se contuvo.

Cuando abrió la puerta, comprendió que casi había esperado ver al detective Duggan. En cambio, era una mujer desconocida, menuda, de labios apretados e inquisitivos ojos grises.

Antes de que abriera la boca, ya estaba seguro de que era reportera. Aun así, su pregunta le dejó estupefacto.

—Doctor Wilcox, el pañuelo de su mujer no ha aparecido desde la fiesta en casa de los Lawrence, la noche anterior a la desaparición de Martha. ¿Por qué hace la policía tantas preguntas sobre él?

Clayton Wilcox agarró el pomo con un movimiento convulsivo y empezó a cerrar la puerta.

La mujer habló con rapidez.

—Doctor Wilcox, me llamo Reba Ashby. Trabajo para el *National Daily*, y antes de que escriba mi artículo sobre el pañuelo desaparecido, quizá le beneficiaría contestar a unas cuantas preguntas.

Wilcox meditó un momento y abrió la puerta un poco, pero no la invitó a entrar en casa.

—No tengo ni idea de por qué la policía se interesó por el pañuelo de mi mujer —dijo en tono decidido—. Para ser más preciso, querían saber si se había extraviado algo la noche de la fiesta. Mi mujer se había quitado el pañuelo, y me pidió que lo pusiera con su bolso, que estaba sobre una mesa auxiliar del vestíbulo.

—Tengo entendido que su mujer dijo a la policía que le pidió que lo guardara en su bolsillo —dijo Ashby.

—Mi mujer me pidió que lo guardara con su bolso, y eso fue lo que hice. —Wilcox notó gotas de sudor en su frente—. Estaba a la vista de todo el mundo, y cualquiera pudo haberlo cogido en el curso de la velada.

Era la oportunidad que Reba esperaba.

—¿Por qué lo iba a coger alguien? ¿Insinúa que lo robaron?

—No insinúo nada. Tal vez alguien lo sacó de debajo del bolso de mi mujer.

—¿Para qué, a menos que pensara cogerlo?

—No tengo ni idea. Ahora, si me permite...

Esta vez, Clayton Wilcox cerró la puerta sin hacer caso de la voz de Reba.

—Doctor Wilcox, ¿conocía a la doctora Lillian Maden? —preguntó a través de la puerta.

Una vez acomodado de nuevo ante su escritorio, Wilcox contempló la pantalla. No encontró sentido a las palabras que acababa de escribir. No le cabía duda de que Reba Ashby redactaría un artículo sensacionalista sobre el pañuelo. Inevitablemente, él sería el centro de una feroz publicidad. ¿Cuánto tiempo tardaría el periodicucho para el que ella escribía en escarbar en su pasado? ¿Hasta qué punto lo había investigado ya la policía?

Según los periódicos, los archivos de la consulta de la doctora Madden habían sido destruidos.

¿Todos?

¿Tendría que haber admitido que fui a su consulta?

El teléfono sonó. Cálmate, se dijo Wilcox, nadie ha de notar que estás nervioso.

Era Emily Graham, para preguntarle si podía pasar a devolverle los libros.

—Por supuesto —dijo con voz plácida—. Será un placer verla de nuevo. Venga cuando quiera.

Cuando colgó el auricular, se reclinó en su butaca. Una imagen de Emily Graham cruzó su mente.

Una nube de pelo castaño oscuro sujeto por una hebilla en la nuca, los bucles que escapaban sobre la frente y el cuello...

Nariz aguileña esculpida...

Espesas pestañas que enmarcan grandes ojos inquisitivos...

Clayton Wilcox suspiró, acercó las manos al teclado y empezó a escribir. «Su necesidad era tan inmensa, que ni las indecibles consecuencias de lo que se disponía a hacer podrían detenerle.»

42

El lunes por la mañana, Robert Frieze empezó la semana peleando con Natalie. El hecho de que tuviera una cita con Dominic Bonetti, el comprador en potencia de The Seasoner, precipitó su amarga disputa.

Insomne como de costumbre, fue a correr a las seis y media, con la intención de aliviar la tensión de la inminente entrevista. Sabía que debía mostrarse muy seguro de sí mismo cuando se encontrara con Bonetti.

Cuando regresaba del North Pavilion, divisó a su ex mujer, que corría hacia él, y salió del paseo marítimo para no cruzarse con ella. Debía pagarle a fin de mes su pensión alimenticia semianual, y no era el día más adecuado para preguntarse de dónde iba a sacar el dinero, decidió.

Volvió a casa, todavía más tenso, y descubrió disgustado que Natalie ya estaba sentada a la mesa de la cocina. Había esperado tomar una taza de café con tranquilidad y repasar las cifras recopiladas durante la noche.

—¿Es este el nuevo régimen? —preguntó con brusquedad—. Durante los últimos tres días te has levantado con los pájaros. ¿Qué ha sido del sueño embellecedor que tanto proclamas necesitar?

Le irritó ver que los estados de cuentas en los que había trabajado durante las horas previas al amanecer estaban esparcidos sobre la mesa.

—Es muy difícil dormir cuando no existen motivos para estar

cansada —replicó ella. El comentario era la forma que tenía Natalie de recordarle que, desde que había empezado a abrir el restaurante los domingos por la noche, pasaba esas veladas sola.

Entonces empezó a atacarle.

—Bob —dijo—, ¿quieres hacer el favor de decirme qué significan estas cifras? Sobre todo las de la última página. No pensarás vender el restaurante por esa miseria, ¿verdad? Es como si lo regalaras.

—Sería mejor regalarlo que arruinarse —repuso con frialdad Bob—. Por favor, Natalie, intento prepararme para la reunión de hoy, en la cual, con un poco de suerte, cerraré el trato y me quitaré este peso de encima. Dom Benetti me tiene entre la espada y la pared, y seguro que lo sabe. He de hacer una oferta que no pueda rechazar.

—Bien, a menos que yo no sepa sumar o restar, me parece que tu oferta nos deja casi en pelotas. Te dije, cuando te empeñaste en llevar a la práctica tu fantasía hostelera, que deberías haber vendido aquellas acciones, en lugar de pedir un préstamo sobre ellas. Ahora, a menos que obtengas un precio elevado por el restaurante, cosa que no creo que esperes, después de echar un rápido vistazo a estos cálculos, tendrás que vender las acciones para pagar los préstamos.

Natalie hizo una pausa, y después continuó, con voz todavía más airada y desdeñosa:

—Confío en no tener que recordarte que las acciones han perdido la mitad del valor que tenían cuando pediste préstamos sobre ellas.

Bob sintió un nudo en el estómago y su pecho empezó a arder. Extendió una mano.

—Dame esos papeles.

—Cógelos tú mismo.

Natalie tiró los papeles al suelo, y luego los pisó a propósito cuando salió de la cocina.

Cinco horas después, Bob meneó la cabeza y miró los papeles que sujetaba. Había un agujero ovalado en uno de ellos. Entonces recordó: el tacón de la zapatilla de Natalie había perforado aquel papel cuando lo pisó.

Era lo último que recordaba, su pelea en la cocina, el ruido de la puerta del dormitorio al cerrarse con estrépito en el piso de arriba. Cerró los ojos un momento.

Los abrió y paseó la vista alrededor poco a poco. Estaba en la oficina del restaurante, situada en el segundo piso, vestido con chaqueta azul oscuro y pantalones grises.

Consultó su reloj. Era casi la una. ¡La una en punto! El comprador en potencia, Dominic Bonetti, llegaría en cualquier momento. Iban a negociar la venta mientras comían.

Bob intentó concentrarse en las cifras recopiladas. Sonó el teléfono. Era el jefe de comedor.

—El señor Bonetti ha llegado. ¿Le acomodo en su mesa?

—Sí. Enseguida bajo.

Entró en su cuarto de baño particular y se mojó la cara. A instancias de Natalie, se había hecho cirugía estética en los ojos. Se había estirado los párpados, y las bolsas que empezaban a formarse bajo los ojos habían desaparecido, pero sabía que los resultados no eran halagadores. Cuando se miró en el espejo, tuvo la impresión de que la mitad superior de la cara no concordaba con la mitad inferior, algo que encontraba desconcertante, incluso alarmante. Siempre se había enorgullecido de su apostura. Ya no era así.

Era inútil preocuparse por eso, pensó, mientras se peinaba. Se apresuró a bajar.

Era lunes, y sabía que no tenía muchas reservas, pero había contado con la gente que entraba sin encargar por anticipado para que el lugar pareciera razonablemente frecuentado. Notó que las palmas de sus manos empezaban a sudar cuando entró en el comedor y vio que solo había seis mesas ocupadas. Dominic Bonetti le estaba esperando, con una libreta abierta en la mano.

¿Era una buena señal?

Había conocido a Bonetti en un partido de golf. Era un hombre corpulento, no muy alto, con una gruesa mata de pelo oscuro y astutos ojos oscuros. Era extravertido y, cuando no hablaba, proyectaba un aire de serena confianza en sí mismo.

No empezaron a hablar de negocios hasta después de terminar el salmón a la parrilla, que estaba seco e inapetente. Bob solo había logrado seguir la conversación a costa de un gran esfuerzo.

Cuando sirvieron los cafés, Bonetti fue al grano.

—Usted quiere salir de este lugar. Yo quiero entrar. No me pregunte por qué. No lo necesito. Tengo cincuenta y nueve años y más dinero del que podré gastar nunca. Pero echo de menos tener un restaurante. Lo llevo en la sangre. Y está muy bien situado.

Sin embargo, durante la media hora siguiente, Bob averiguó las deficiencias de The Seasoner.

La decoración:

—Sé que ha gastado una fortuna en ella, pero no invita a entrar. Es fría y desagradable... La cocina es ineficaz...

Natalie había elegido al cotizado diseñador de interiores. El primer chef que Bob había contratado, aquel fenómeno de Madison Avenue, dictó el funcionamiento de la cocina.

El precio que Dominic Bonetti ofrecía era medio millón de dólares inferior al precio mínimo que Bob Frieze pensaba que aceptaría.

—Es su oferta inicial —dijo con una sonrisa nerviosa—. Le haré una contraoferta.

Los modales afables de Bonetti se desvanecieron.

—Si compro este lugar, voy a gastar mucha pasta en remodelarlo a mi gusto y en contratar a personal de primera clase —dijo con calma—. Ya le he dicho mi precio. No consideraré una contraoferta. —Se levantó con una sonrisa agradable en el rostro—. Piénselo, Bob. De hecho, es un precio justo, considerando lo que hay que hacer y deshacer. Si decide no aceptar, no le guardaré rencor. A mi esposa le encantará.

Extendió la mano.

—Llámeme.

Bob esperó a que Bonetti saliera del comedor. Después, atrajo la atención del camarero y alzó su copa de vino vacía.

Un momento después, el camarero regresó con el vino y un teléfono móvil.

—Una llamada urgente de la señora Frieze, señor.

Para sorpresa de Bob, Natalie no le preguntó cómo había ido la entrevista con Bonetti.

—Acabo de enterarme de que una excavadora está levantando el patio trasero del número quince de Ludlam Avenue. Se rumorea que andan buscando el cadáver de Carla Harper, la chica que desapareció hace dos años. ¡Dios mío, Bob, Ludlam Avenue, quince! ¿No es la casa en que vivió tu familia cuando eras pequeño?

43

—Su padre ha venido a verle, señor Stafford.

La voz de la recepcionista sonaba perpleja. Era casi como si estuviera diciendo «ni siquiera sabía que su padre estaba vivo».

—¡Mi padre! —Will Stafford tiró a un lado la pluma que sostenía. Irritado y consternado, esperó hasta estar seguro de que hablaría con voz serena—. Hágale entrar.

Vio que el pomo de la puerta giraba poco a poco. Temeroso de verme cara a cara, pensó. Temeroso de que le eche a patadas. No se levantó, siguió sentado muy tieso ante el escritorio y procuró que cada centímetro de su cuerpo comunicara el desagrado que le causaba la intrusión.

La puerta se abrió lentamente. El hombre que entró era una sombra del que había sido un año antes. Desde entonces, su padre había perdido veinte kilos, como mínimo. Su tez era de un amarillo cerúleo, y los pómulos destacaban bajo la piel tensa. La mata de pelo cano que Will recordaba, y que él había heredado, se reducía ahora a unos mechones sueltos de un gris sucio.

Sesenta y cuatro años, y aparenta ochenta y cuatro, pensó Will. ¿Se supone que debo sentir pena por él, echarle los brazos al cuello?

—Cierra la puerta —ordenó.

Willard Stafford padre asintió y obedeció. Ninguno de los dos reparó en que la puerta no se cerraba por completo.

Will se levantó con parsimonia. Alzó la voz, escupiendo las palabras.

—¿Por qué no me dejas en paz? ¿No comprendes que no quiero saber nada de ti? ¿Quieres que te perdone? Bien, te perdono. Ya te puedes largar.

—Will, cometí equivocaciones, lo admito. No me queda mucho tiempo. Quiero hacer las paces contigo.

—No puedes. Ahora, vete y no vuelvas.

—Tendría que haberlo comprendido. Eras un adolescente...

El hombre empezó a alzar la voz.

—¡Cállate!

En dos zancadas, Will Stafford se plantó ante su padre. Sus fuertes manos sujetaron los delgados y temblorosos hombros del anciano.

—Pagué por lo que otro hizo. No me creíste. Podrías haberte permitido el lujo de contratar a todo un bufete para que me defendiera. En cambio, te lavaste las manos y me dejaste tirado, tu único hijo. Me repudiaste en público. Pero ahora, ese historial juvenil está cerrado. No necesito que vengas a destruir todo lo que he construido durante los últimos veintitrés años. Lárgate de aquí. Vuelve a tu coche. Regresa a Princeton y quédate allí.

Willard Stafford padre asintió. Dio media vuelta con los ojos húmedos y tanteó en busca del pomo. Se detuvo.

—Prometo que no volveré. Solo quería verte cara a cara por última vez y pedirte perdón. Sé que te fallé. Pensé que tal vez comprenderías...

Su voz enmudeció.

Will no contestó.

Su padre suspiró y abrió la puerta.

—Es por... —murmuró más para sí que para Will— es por lo que está pasando en esta ciudad. Me refiero a la chica cuyo cadáver encontraron. Me preocupé. Ya sabes...

—¿Tienes la osadía de venir a decirme eso a mí? ¡Lárgate! ¿No me has oído? ¡Lárgate!

A Will Stafford no le importó gritar, ni que Pat, la recepcionista, le escuchara. Lo único que le importaba era controlar su furia ciega, antes de que rodeara con las manos la garganta esquelética del hombre que le había engendrado y la apretara hasta estrangularlo.

44

Al abogado de Ned Koehler, Hal Davis, no le hizo la menor gracia volver a encontrarse con Marty Browski en Gray Manor a las tres de aquella tarde.

—El estado no me paga lo suficiente para ayudarle en una caza de brujas —se quejó mientras esperaban a que acompañaran a Koehler hasta la sala de conferencias.

—El estado me paga para procurar que la gente pague por sus crímenes —replicó Browski—. Como ya le dije esta mañana, hemos abierto la investigación sobre el caso de Ruth Koehler, y su cliente es sospechoso de asesinato.

Davis le miró con incredulidad.

—Está bromeando. No pudo demostrar la culpabilidad del asesino de Ruth Koehler, Joel Lake, al cual absolvieron, y ahora intenta salvar la cara haciendo recaer las culpas sobre el pobre capullo de Koehler. Vine aquí corriendo después de que me llamara, y aconsejé a Ned que no hablara con usted, pero él insiste en que es inocente, y quiere hablarle.

—Quizá es más listo de lo que usted piensa —dijo Browski—. Todos pensamos que Koehler había comprometido el lugar de los hechos impulsado por su dolor y sorpresa. Otra forma de interpretarlo es que fue lo bastante astuto para proporcionarnos motivos de que sus huellas dactilares aparecieran en el cuchillo, y de que hubiera sangre en su ropa.

—La levantó en volandas. No sabía que estaba muerta. Corrió a buscar ayuda.

—Tal vez.

La puerta se abrió. Un guardia acompañó a Ned Koehler hasta una silla.

—Ned está un poco nervioso hoy —dijo el guardia—. Estaré fuera por si me necesitan.

—¿Por qué me hace esto? —preguntó Ned a Marty—. Yo quería a mi madre, la echo de menos.

—Solo quiero hacerte unas preguntas —dijo Browski en tono conciliador—. Pero debo informarte que eres sospechoso del asesinato de tu madre, de manera que cualquier cosa que digas podrá ser utilizada en tu contra.

A continuación recitó los derechos del detenido.

—Ned, ten claro que no has de responder a ninguna pregunta.

Hal Davis se inclinó hacia adelante, como si al acercarse a Koehler pudiera hacerse entender mejor.

—Ned, he hablado con tu tía —dijo Marty en voz baja—. No se equivocó. Habló con tu madre después de que Joel Lake fuera visto al salir del edificio.

—Mi tía está loca. Si mi madre hubiera hablado con ella después de que el tipo saliera, le habría dicho que acababan de robarle.

—Quizá no lo sabía aún. Ned, ¿tu madre se enfadaba a menudo contigo?

—Mi madre me quería. Muchísimo.

—Estoy seguro de que sí, pero a veces se enfadaba contigo, ¿verdad?

—No. Nunca.

—Se enfadaba en especial contigo porque eras muy descuidado cuando cerrabas la puerta, y nunca quedaba encajada. ¿No
es así?

—Siempre cerraba la puerta con llave cuando me iba.

—¿Siempre? Joel Lake dice que la puerta estaba entreabierta.
Por eso entró en tu apartamento.

Ned Koehler entornó los ojos. Su boca se movió convulsiva-
mente.

—¿No es verdad, Ned, que la semana antes de que tu madre
muriera pasó lo mismo? ¿No te gritó y dijo que cualquiera podía
entrar y clavarle un cuchillo? Tus vecinos me contaron que siempre te repetía lo mismo, cuando dejabas la puerta sin cerrar del
todo.

—Ned, no quiero que sigas hablando —le apremió Davis.

Ned sacudió la cabeza.

—Déjame en paz, Hal. Quiero hablar.

—Ned, ¿cómo sabes lo asustada que estaba tu madre cuando
vio el cuchillo, cuando supo que iba a morir? —Marty escupió la
pregunta. No esperó respuesta—. ¿Te suplicó que no le hicieras
daño? ¿Dijo que lamentaba regañarte? Estaba sentada a la mesa
de la cocina. Acababa de darse cuenta de que habían robado en el
apartamento. Debía de estar furiosa. El cuchillo colgaba en el so-
porte clavado en la pared. ¿Lo señaló tu madre y te dijo que el
intruso habría podido utilizarlo contra ella, y que habría sido culpa tuya?

Algo a medio camino entre un aullido y un chillido escapó de
la garganta de Ned Koehler, y los dos hombres se sobresaltaron.
La puerta se abrió, y el guardia entró corriendo.

Ned Koehler ocultó la cara entre las manos.

—Ella dijo «No, Ned, lo siento, no lo hagas, Ned, por favor».
Pero ya era demasiado tarde. No me di cuenta de que sujetaba el
cuchillo, y después lo vi en su pecho.

Violentos sollozos estremecieron su cuerpo mientras gritaba.

—¡Lo siento, mamá! ¡Lo siento, mamá!

45

Eric Bailey estaba esperando a Emily en su porche cuando ella llegó a casa, después de devolver los libros al doctor Wilcox, visitar el museo y comprar los elementos que necesitaba para el proyecto que pensaba iniciar.

Eric desechó con un ademán sus disculpas.

—No te preocupes. Llegué antes de lo previsto, pero estoy hambriento. ¿Tienes algo de comer?

Emily preparó bocadillos de jamón, queso suizo, lechuga, tomates y pan italiano recién salido del horno, mientras Eric empezaba a desempaquetar el equipo de la cámara.

Comieron en la cocina.

—He añadido al menú un poco de consomé de pollo sobrante —dijo Emily—. Lo hice la otra noche y congelé las sobras. Es bueno, te lo prometo.

—Eso me recuerda cuando estábamos en aquellas cochambrosas oficinas de Albany —dijo Eric, mientras rebañaba la última gota de sopa del cuenco—. Yo bajaba a comprar bocadillos a la tienda de ultramarinos, y tú recalentabas tu sopa casera.

—Era divertido —dijo Emily.

—Era divertido, y yo no tendría una empresa si tú no me hubieras defendido en aquella querella.

—Y tú me hiciste rica. Al César lo que es del César.

Intercambiaron una sonrisa. Eric es tres días mayor que yo, pensó Emily, pero es como si fuera mi hermano menor.

—Me quedé preocupada cuando vi que la cotización de las acciones había bajado —dijo Emily.

Eric se encogió de hombros.

—Ya volverán a subir. Ganaste una buena pasta, pero aun así lamentarás haber vendido las acciones.

—Crecí oyendo una y otra vez que mi abuelo había perdido todo su dinero en 1929, cuando la bolsa enloqueció. Creo que no me sentía cómoda con las acciones, me preocupaba que algo pudiera ir mal. De esta manera, podré vivir el resto de mi vida sin apuros económicos, gracias a ti.

—Cuando necesites que alguien se ocupe de ti...

Eric dejó la frase sin terminar, mientras Emily negaba con la cabeza, sonriente.

—¿Y estropear una hermosa amistad? —preguntó.

Eric ayudó a cargar el lavavajillas.

—Ese es mi trabajo —protestó ella.

—Me gusta ayudarte.

—Como dices que has de volver a Albany esta noche, preferiría que empezaras a instalar las cámaras.

Pocos minutos después, Emily cerró el lavavajillas con un chasquido cortante.

—Muy bien. Todo preparado. Si trabajas en un extremo de la mesa del comedor, yo me instalaré en el otro.

Explicó lo que pensaba hacer con las copias de los planos y los registros de propiedades de la ciudad.

—Quiero entrar en la vida de esa gente —dijo—. Quiero ver dónde vivía el círculo de amigos de Madeline. Estoy convencida de que alguien a quien conocía la mató y luego la enterró aquí. Pero ¿cómo lo hizo? Tenía que existir actividad policíaca alrededor de la casa, al menos durante los primeros días, cuando denunciaron su desaparición. ¿Dónde estaba retenida? ¿O dónde ocultaban su cadáver? ¿El asesino la enterró aquí el mismo día, al anochecer? El acebo ocultaba a la vista esa parte del patio.

—¿Estás segura de que no te estás obsesionando con este crimen, Emily?

Ella le miró sin pestañear.

—Estoy obsesionada con descubrir la relación entre los crímenes de la década de 1890 y los recientes cometidos en esta ciudad. En este preciso momento la policía está levantando otro patio trasero, a pocas manzanas de aquí, y creen que tal vez van a encontrar los restos de una joven desaparecida hace dos años.

—Emily, no te quedes aquí sola. Me has dicho que ya has sufrido dos incidentes de acoso en los cinco días que llevas en la ciudad. Querías un descanso, unas vacaciones. A juzgar por tu aspecto, no lo estás consiguiendo.

El súbito timbrazo del teléfono provocó que Emily lanzara una exclamación ahogada y aferrara el brazo de Eric. Consiguió emitir una temblorosa carcajada mientras corría al estudio para contestar a la llamada.

Era el detective Browski. No perdió el tiempo en saludarla.

—Emily, tu cliente del caso Koehler es una rata inmunda, pero quizá te alegre saber que no es un asesino. Acabo de hablar con Ned Koehler. No te lo vas a creer...

Un cuarto de hora después, Emily volvió al comedor.

—Menuda conversación —comentó Eric en tono jovial—. ¿Un nuevo novio?

—El detective Browski. Ya le conoces. Te ha alabado mucho.

—Oigámoslo. No olvides ni un detalle.

—Según él, es probable que me salvaras la vida. Si la cámara que instalaste no hubiera grabado a Ned Koehler, no habríamos sabido quién me estaba acosando.

—Tu vecino oyó algo y llamó a la poli.

—Sí, pero Koehler imaginó la forma de desconectar el sistema de alarma. Y huyó antes de que llegara la policía. Si la cámara no le hubiera filmado, gracias a ti, no habríamos sabido quién había intentado entrar. Tal vez la siguiente vez habría sido muy diferente para mí.

Emily percibió el temblor en su voz.

—Hoy admitió que pensaba matarme. Marty Browski afirma que, en la mente retorcida de Koehler, Joel Lake, el tipo al que defendí, provocó la muerte de su madre. Dijo a Browski que si Joel no hubiera robado en el apartamento, su madre aún estaría viva, que Joel era el verdadero asesino.

—Una lógica demencial, diría yo.

Las manos de Eric Bailey trabajaban como si no hiciera el menor esfuerzo, mientras acoplaba el equipo que necesitaba para instalar las cámaras que había llevado a Spring Lake.

—Demencial, pero también comprensible. Estoy segura de que no quería matar a su madre, y sé que no soporta pensar que es el causante de su muerte. Si hubieran declarado culpable a Joel Lake, habría podido transferirle su culpa. Pero yo logré la absolución de Joel, y me convertí en la mala de la película.

—No eres la mala de la película —dijo Eric Bailey con firmeza—. Lo que me preocupa es que, por lo que has dicho, Browski está preocupado por este nuevo caso de acoso. ¿Quién cree que es?

—Ha investigado a mi ex. Sea lo que sea Gary, no es un acosador. Tiene sólidas coartadas para el martes por la noche y el sábado por la mañana, cuando fueron tomadas esas fotos. Browski aún no ha podido localizar a Joel Lake.

—¿Estás preocupada por Lake?

—Te sorprenderá saber que, en cierto sentido, estoy aliviada. ¿Recuerdas cuando Ned Koehler se precipitó sobre mí, después de que el jurado absolviera a Lake?

—Ya lo creo. Estaba presente.

—Cuando los guardias se llevaron a Koehler, Joel Lake me ayudó a levantarme. Estaba a mi lado, porque nos habíamos puesto en pie para escuchar el veredicto. Eric, ¿sabes lo que me susurró?

El tono de Emily provocó que Eric Bailey interrumpiera sus tareas y la mirara fijamente.

—Me dijo: «Tal vez Koehler esté en lo cierto, Emily. Tal vez yo maté a la vieja. ¿Qué tal te sienta eso?».

»No se lo he dicho a nadie, pero me ha obsesionado desde entonces. Pero aun así, no creo que él la matara. ¿Comprendes este razonamiento? Es un ser despreciable que, en lugar de darme las gracias por librarle de la prisión, quiso burlarse de mí.

—¿Sabes lo que pienso, Emily? Creo que se sentía atraído por ti y sabía que no iba a beneficiarle. El rechazo provoca reacciones horribles en algunas personas.

—Bien, si él es el acosador, espero que una de tus cámaras le inmortalice.

Cuando Eric se marchó poco después de las siete de la tarde, las cámaras estaban instaladas en todos los lados de la casa. Lo que no dijo a Emily fue que había instalado otras dentro de la casa, y sujeto una antena visual a una ventana del desván. Ahora, en un kilómetro a la redonda, podría seguir sus movimientos y escuchar sus conversaciones en la sala de estar, la cocina y el estudio mediante el televisor de la furgoneta.

Mientras se despedía con un beso cariñoso en la mejilla e iniciaba su viaje de regreso a Albany, ya estaba planeando su siguiente visita a Spring Lake.

Sonrió y pensó en el respingo que Emily había pegado cuando el teléfono sonó. Estaba mucho más nerviosa de lo que deseaba admitir.

El miedo era el arma definitiva de la venganza. Había vendido sus acciones al precio máximo. Poco después, otros accionistas se habían deshecho de ellas, hasta formar una cadena. Ahora, toda su empresa estaba al borde de la ruina.

Habría podido perdonarle hasta eso, si no le hubiera rechazado como hombre.

—Si no me quieres, Emily —dijo en voz alta—, vivirás siempre con el miedo en el cuerpo, a la espera de ese momento en que alguien surge de la oscuridad y tú no puedes escapar.

MARTES, 27 DE MARZO

46

El lunes por la tarde, la excavadora enviada al 15 de Ludlam Avenue había removido solo un pedazo de tierra antes de averiarse. Los forenses escucharon con resignación la noticia de que no habría otra disponible hasta el martes por la mañana.

Precintaron con cinta el patio y dejaron un policía vigilando la propiedad.

A las ocho de la mañana de aquel martes, antes incluso de que llegara la nueva excavadora, los medios de comunicación hicieron acto de presencia. Furgonetas de los canales de televisión invadieron las silenciosas calles. Algunos helicópteros sobrevolaron la zona, mientras un cámara tomaba fotos aéreas del patio. Reporteros armados con micrófonos esperaban para observar al equipo forense mientras examinaba cada palada de tierra.

Emily, con chándal y gafas de sol, se mezcló con la gente apostada en la acera, formando silenciosos y sombríos grupos, y escuchó sus comentarios.

Todo el mundo sabía que los investigadores estaban buscando otro cadáver. Pero ¿de quién? Casi con toda seguridad el de Carla Harper, aquella joven desaparecida hacía dos años, susurraban entre sí. La gente se había enterado de que la policía dudaba seriamente de que Carla hubiera llegado a abandonar Spring Lake.

Dos preguntas estaban en labios de todos: «¿Por qué han decidido buscar aquí?» y «¿Acaso alguien ha confesado un crimen?».

Emily escuchaba, mientras una abuela de aspecto juvenil empujaba un carrito de niño con aire sombrío.

—Será mejor que recemos para que detengan cuanto antes al asesino. Es demasiado aterrador pensar que un asesino anda suelto por la ciudad. Mi hija, la madre de este bebé, solo tiene unos años más que Martha Lawrence y Carla Harper.

Emily recordó lo que había leído en el libro de Phyllis Gates: «Mi madre se ha convertido en mi feroz guardiana, y ni siquiera me deja pasear por la calle si no voy acompañada».

Tu madre tenía razón, pensó Emily. El lunes por la noche, hasta bien pasada la medianoche, había estado preparando su modelo de la ciudad, señalando las calles tal como eran en la época del primer asesinato. En su plano de cartulina había colocado en su sitio las casas del Monopoly, indicando dónde habían vivido los Shapley, los Carter, los Gregg y los Swain.

Reconoció a la columnista del *National Daily*, no lejos de ella, y dio media vuelta a toda prisa para volver a casa. No quiero que me eche el lazo, pensó Emily. Después de lo de la semana pasada, no quiero estar aquí si van a desenterrar más cadáveres. Ya sé todo lo que me hace falta sobre el número 15 de Ludlam Avenue.

Pero aún no veía que surgiera una pauta capaz de apuntar el dedo de la culpa al asesino del siglo XIX.

Reba Ashby había visitado el lugar de los hechos el lunes, y el martes de nuevo. Escribía furiosamente sus impresiones. Era la historia más interesante de toda su carrera, y pensaba aprovecharla al máximo.

Cerca de ella, Irene Cornell, de la radio CBS, estaba retransmitiendo su informe.

—Sorpresa e incredulidad aparecen en los rostros de todos los habitantes de esta tranquila ciudad victoriana, mientras esperan a ver si aparecerá el cadáver de otra joven desaparecida —empezó melodramática.

A las nueve y media, casi una hora y media después del inicio de la excavación, los curiosos vieron que la excavadora se paraba con brusquedad y el equipo forense se precipitaba a mirar en el hoyo del que habían sacado la última paletada de tierra.

—¡Han encontrado algo! —gritó una persona.

Los reporteros que invadían el jardín, de espaldas a la casa, con las cámaras enfocadas en la excavadora, empezaron a hablar por sus micrófonos.

Los espectadores locales, algunos aferrados a una mano amiga, aguardaban en silencio. La llegada de un coche fúnebre del depósito de cadáveres confirmó a todos que se habían encontrado restos humanos. El fiscal llegó en un coche de policía y prometió que más tarde haría una declaración.

Media hora después, Elliot Osborne avanzó hacia los micrófonos. Confirmó que habían encontrado un esqueleto completo envuelto en el mismo plástico grueso que había contenido los restos de Martha Lawrence. Un cráneo humano y varios huesos sueltos habían sido descubiertos unos centímetros más abajo. No haría más declaraciones hasta que el médico forense hubiera tenido la oportunidad de practicar un examen completo y entregar el informe de sus hallazgos.

Osborne se negó a contestar a las docenas de preguntas que le gritaron. La más perentoria fue:

—¿No demuestra esto categóricamente que por las calles de esta ciudad anda suelto un asesino múltiple reencarnado?

Tommy Duggan y Pete Walsh habían pensado seguir al coche fúnebre desde el lugar de los hechos hasta el depósito de cadáveres, pero se demoraron para hablar con Margo Thaler, la actual propietaria de la casa, de ochenta y dos años.

Estaba sentada en la sala de estar, muy afectada, y bebía una taza de té que una vecina le había preparado.

—No sé si podré salir a mi patio otra vez —dijo a Tommy—. Tenía macizos de rosas donde han encontrado el esqueleto. Me ponía de rodillas y arrancaba las malas hierbas, justo encima de ese punto.

—Señora Thaler, nos ocuparemos de que se lleven todos los restos —dijo Tommy, tranquilizador—. Podrá volver a plantar sus macizos de rosas. Me gustaría hacerle unas preguntas, y luego nos iremos. ¿Desde cuándo vive aquí?

—Desde hace cuarenta años. Soy la tercera propietaria de la casa. Se la compré a Robert Frieze padre. Fue el dueño durante treinta años.

—¿El padre de Robert Frieze, el propietario de The Seasoner?

Una expresión desdeñosa cruzó el rostro de Margo Thaler.

—Sí, pero Bob no se parece en nada a su padre. ¡Se divorció de su adorable esposa para casarse con esa Natalie! Después abrió el restaurante. Mis amigas y yo fuimos una vez. Precios altos y comida mala.

Parece que Bob Frieze no tiene muchos admiradores en esta ciudad, pensó Tommy, mientras empezaba a hacer cálculos.

Frieze tenía unos sesenta años. La señora Thaler había sido propietaria de la casa durante los últimos cuarenta años, y había sido de la familia Frieze los treinta años anteriores. Eso significaba que Bob Frieze nació diez años después de que su padre comprara la casa, y vivió en ella los primeros veinte años de su vida. Tommy archivó esta información en su cabeza para analizarla más tarde.

—Señora Thaler, creemos que el esqueleto corresponderá a los restos de una joven desaparecida dos años atrás, el cinco de agosto. Creo que se habría dado cuenta si alguien hubiera cavado en su jardín en esta época del año.

—Desde luego.

Lo cual significa que guardaron los restos en otro sitio hasta poder enterrarlos aquí sin peligro, pensó Tommy.

—Señora Thaler, he servido en la policía de Spring Lake durante ocho años —dijo Pete Walsh.

La mujer le miró fijamente.

—Oh, claro. Perdone. Tendría que haberle reconocido.

—Creo recordar que tenía por costumbre marchar a Florida en octubre y no volver hasta mayo. ¿Aún lo hace? —preguntó Pete.

—Sí.

Esto lo explica todo, pensó Tommy. El asesino de Carla guardó su cadáver en otra parte, tal vez en un congelador, hasta poder enterrarlo aquí sin problemas.

Se levantó.

—Agradezco su colaboración y su amabilidad, señora Thaler.

La anciana asintió.

—Sé que habrá parecido muy egoísta preocuparme por el hecho de arrodillarme sobre una tumba. Estoy segura de que no pasará mucho tiempo antes de que mis hijos y nietos se arrodillen ante la mía. Las rosas eran bonitas. Si no sobreviven a la excavación, las sustituiré. En cierto sentido, estaban adornando la tumba de esa pobre chica.

Tommy ya se dirigía a la puerta, cuando se le ocurrió otra pregunta.

—Señora Thaler, ¿cuántos años tiene esta casa?

—Fue construida en 1874.

—¿Sabe de quién era en aquel tiempo?

—De la familia de Alan Carter. Les perteneció durante cincuenta años, hasta que la vendieron a Robert Frieze, padre.

El doctor O'Brien aún estaba examinando los restos cuando Tommy Duggan y Pete Walsh llegaron al depósito de cadáveres.

Un ayudante tomaba nota de la información, al tiempo que O'Brien dictaba.

Mientras Tommy Duggan escuchaba los datos, recreó en su mente la descripción de Carla Harper que había encima de su escritorio: «Un metro sesenta de estatura, cuarenta y ocho kilos, ojos azules, cabello oscuro».

La foto del expediente mostraba a una joven atractiva y vivaracha, con el pelo largo hasta los hombros. Ahora, mientras escuchaba la austera descripción del peso de sus huesos y el tamaño de sus dientes, Tommy pensó: Nunca seré lo bastante duro para acostumbrarme a esto.

El resumen de los hallazgos era casi idéntico al que había escuchado el jueves. El esqueleto pertenecía a una mujer joven. Causa de la muerte: estrangulación.

—Mirad esto —dijo O'Brien a Duggan y Walsh. Levantó con las manos enguantadas filamentos de material—. ¿Veis estas cuentas metálicas? Es un pedazo del mismo pañuelo encontrado alrededor del cuello de Martha Lawrence.

—¿Quiere decir que, cuando alguien robó el pañuelo en la fiesta, suponiendo que fuera así, no solo mató a Martha con él, sino que lo cortó para poder usarlo de nuevo? —preguntó Pete Walsh con incredulidad.

Duggan le miró fijamente.

—Ve a tomar un poco el aire. No quiero que me vomites encima.

Walsh aceptó, y sintió náuseas mientras salía del depósito.

—No le culpo por marearse —dijo Tommy Duggan, airado—. ¿Te das cuenta de lo que significa esto, Doc? Este asesino está siguiendo el calendario de la década de 1890. Tal vez no exista nada personal en el hecho de haber matado a Martha Lawrence, o... —echó un vistazo a la figura tendida sobre la mesa— o a Carla

Harper. Fueron elegidas porque tenían más o menos la edad de las mujeres desaparecidas en la década de 1890.

—Una comparación de las fichas dentales establecerá si esta mujer es Carla Harper. —El doctor O'Brien se ajustó las gafas—. Los restos de esqueleto que encontramos llevaban enterrados mucho más tiempo que el esqueleto completo. Yo calculo que estaban ahí desde hace cien años, o más. Reconstruiremos las facciones de la calavera, pero tardaremos un tiempo. No obstante, yo diría que pertenecía a una joven de no más de veinte años.

—Carla Harper y Letitia Gregg —dijo Tommy Duggan en voz baja.

—A juzgar por los nombres escritos en la postal, parece lo más probable —admitió el doctor O'Brien—. Hay algo más que tal vez te interese.

Levantó una bolsa de plástico pequeña para que Duggan la viera.

—Creo que se trata de un par de pendientes anticuados —explicó O'Brien—. Granates montados en plata, con una perla en forma de lágrima. La abuela de mi mujer tenía unos muy parecidos.

—¿Dónde los encontraste?

—Igual que la vez anterior. Dentro de la mano del esqueleto. Supongo que el asesino no pudo conseguir un hueso de dedo, pero quería que captaras la relación entre los dos conjuntos de restos.

—¿Crees que encontró esos pendientes en el suelo?

—Creo que nadie puede contestar a eso. Tuvo mucha suerte si encontró los dos. De todos modos, si la chica los llevaba, seguirían intactos, porque estaban sujetos a los lóbulos, que se desintegraron hace mucho tiempo, por supuesto. ¿Cuándo dices que desapareció la tercera muchacha de la década de 1890?

—Ellen Swain desapareció el treinta y uno de marzo, treinta y un meses y veintiséis días después de que Letitia Gregg desapareciera un cinco de agosto. Carla Harper desapareció un cinco de agosto. Treinta y un meses y veintiséis días después se cumplen este sábado, treinta y uno de marzo.

Tommy sabía que estaba pensando en voz alta más que contestando a la pregunta.

—Madeline y Martha un siete de septiembre, Letitia y Carla un cinco de agosto, y el siguiente aniversario es este sábado —dijo poco a poco el doctor O'Brien—. ¿Crees que el asesino se propone elegir otra víctima y enterrarla con Ellen Swain?

Tommy Duggan se sentía muy cansado. Sabía que esa sería la pregunta que harían todos los medios de comunicación.

—Doctor O'Brien, espero y deseo que no sea así, pero te prometo que todas las fuerzas de la ley de esta zona van a actuar sobre la premisa de que un psicópata está planeando elegir y asesinar a otra joven de esta ciudad dentro de cuatro días.

—Yo que tú también lo supondría —dijo el médico forense mientras se quitaba los guantes—. Y con todos los respetos a nuestras fuerzas de la ley, voy a enviar a mis dos hijas a Connecticut, a casa de su abuela por todo el fin de semana.

—No te culpo, doctor —dijo Tommy—. Lo entiendo muy bien.

Y yo voy a hablar con el doctor Clayton Wilcox, cuya esposa admite que entregó a su custodia el pañuelo la noche de la fiesta de los Lawrence, pensó mientras la rabia bullía en su interior.

Tanto Pete como yo intuimos que Wilcox nos mintió el otro día en casa de Will Stafford, se dijo. Ahora ha llegado el momento de arrancarle la verdad.

47

Han empezado a creer en mí, comprendió. Esta mañana, el plato fuerte del programa *Today* era una entrevista con el doctor Nehru Patel, prominente filósofo y escritor sobre el tema de la investigación psíquica. ¡Cree a pies juntillas que soy la reencarnación del asesino múltiple de finales del siglo XIX!

Lo que desconcierta al buen doctor Patel, como explicó a la entrevistadora, Katie Couric, es que estoy actuando contra las leyes del karma.

Patel dijo que algunos pueden elegir regresar cerca de donde vivían en una existencia anterior, porque necesitan encontrarse con personas a las que conocieron en una anterior encarnación. Desean pagar las deudas kármicas contraídas con esa gente. Por otra parte, estos actos kármicos han de ser buenos, no malos, lo cual es muy desconcertante.

Es posible, continuó, que en una vida anterior Martha Lawrence hubiera sido Madeline Shapley, y Carla Harper hubiera sido Letitia Gregg.

Eso no es cierto, pero la idea es interesante.

El doctor Patel verbalizó la idea de que, al repetir los crímenes del siglo XIX, estoy desafiando al karma, y tendré mucho que expiar en mi siguiente encarnación.

Tal vez sí. Tal vez no.

Por fin, le preguntaron si era posible que Ellen Swain esté viva en un cuerpo diferente, que yo la haya reconocido y que el sábado vaya a por ella.

Bien, ya he elegido a mi siguiente víctima. No es Ellen, pero dormirá con Ellen.

Y he concebido un ingenioso plan que despistará a la policía. Es delicioso y me complace mucho.

48

Cuando el teléfono sonó a las nueve y media, Clayton Wilcox estaba en el estudio con la puerta cerrada. Rachel se había mostrado intratable durante el desayuno. Una amiga que había comprado un ejemplar del sensacionalista *National Daily* le había telefoneado para advertirle que contenía un espeluznante artículo de primera plana sobre su pañuelo extraviado.

Descolgó, atemorizado, convencido de que la policía quería interrogarle de nuevo.

—¿Doctor Wilcox? —La voz era sedosa.

Aunque habían pasado más de doce años desde la última vez que la había oído, Clayton Wilcox la reconoció de inmediato.

—¿Cómo estás, Gina? —preguntó en voz baja.

—Bien, doctor, pero he leído un montón de cosas sobre Spring Lake y lo que está pasando ahí. Me supo muy mal cuando me enteré de que el pañuelo de tu mujer fue utilizado para estrangular a esa pobre chica, Martha Lawrence.

—¿De qué estás hablando?

—Estoy hablando de la columna de Reba Ashby de esta mañana en el *National Daily*. ¿No la has leído?

—He oído hablar de ella. Pura basura. No existe verificación oficial de que el pañuelo de mi mujer fuera usado por el asesino.

—En la columna, pone que tu mujer jura que te lo dio para que lo guardaras en el bolsillo.

—¿Qué quieres, Gina?

—Doctor, desde hace mucho tiempo tengo la sensación de que te salí barata, después de todo lo que me hiciste.

Clayton Wilcox intentó tragar saliva, pero los músculos de su garganta no reaccionaron.

—Gina, lo que «te hice», por emplear tu expresión, fue responder a tus insinuaciones.

—Doctor... —La nota burlona de su voz desapareció de repente—. Podría haberos demandado a ti y a la universidad, y sacado una buena tajada. En cambio, permití que me convencieras de aceptar la bagatela de cien mil dólares. En este momento no me iría mal un poco más de dinero. ¿Cuánto crees que pagaría el tabloide de Reba Ashby por mi historia?

—¡No harías eso!

—Ya lo creo que sí. Tengo un hijo de siete años. Estoy divorciada y creo que mi matrimonio fracasó porque aún estaba traumatizada por lo que me pasó en Enoch. Al fin y al cabo, solo tenía veinte años. Sé que es demasiado tarde para demandar a la universidad.

—¿Cuánto quieres, Gina?

—Oh, creo que otros cien mil serán suficientes.

—No puedo disponer de tanto dinero.

—La última vez pudiste. Ahora también. Pienso ir a Spring Lake el sábado, para verte a ti o a la policía. Si no me pagas, mi siguiente paso será averiguar cuánto deseará pagar el *National Daily* por una sabrosa historia acerca del reverenciado ex rector del Enoch College, que perdió el pañuelo de su mujer antes de que fuera utilizado para matar a una joven. Recuerda, doctor, yo también tengo el pelo largo y rubio.

—¿En Enoch College no aprendiste el significado de la palabra «chantaje», Gina?

—Sí, y también el de otros términos, como «acoso sexual» e «insinuaciones personales indeseadas». Te llamaré el sábado por la mañana. Adiós, doctor.

49

Nick Todd había cogido el teléfono una docena de veces tanto el lunes como el martes, con la intención de llamar a Emily, y en cada ocasión había colgado. Sabía que, antes de separarse de ella el domingo por la noche, había insistido demasiado en que debía quedarse en su apartamento de Manhattan hasta que hubieran descubierto o detenido a su acosador.

Emily se había enfadado al final.

—Escucha, Nick —dijo—, sé que tus intenciones son buenas, pero voy a quedarme aquí, punto. Hablemos de otra cosa.

Buenas intenciones, pensó Nick. No debe de haber nada peor que ser un plasta con «buenas intenciones».

Su padre tampoco se sintió complacido cuando le transmitió el mensaje de que Emily se había negado en redondo a empezar a trabajar antes del 1 de mayo, a menos que resolviera el misterio del asesinato de su antepasada antes de esa fecha.

—¿De veras cree que va a solucionar un crimen, o una serie de crímenes, ocurridos en la década de 1890? —había preguntado Walter Todd con incredulidad—. Tal vez me lo debería pensar dos veces antes de contratar a esa joven. Es la propuesta más inconsistente que he oído en los últimos cincuenta años.

Después, Nick decidió ocultar a su padre que, o bien el acosador que había hecho la vida imposible a Emily en Albany o bien un imitador, la estaban persiguiendo en Spring Lake. Sabía que la reacción de su padre sería idéntica a la de él: «Lárgate de esa casa. En ella no estás a salvo».

El miércoles, tras leer artículos en los periódicos de la mañana sobre el siniestro descubrimiento de dos víctimas más, una del presente, otra del pasado, Nick no se sorprendió al ver que su padre irrumpía en su despacho, con la expresión encolerizada y frustrada que provocaba escalofríos a los nuevos socios del bufete.

—Nick —dijo—, hay un psicópata suelto allí, y si sabe que Emily Graham intenta establecer una relación entre él y el asesino del siglo diecinueve, Emily podría correr peligro.

—También se me ha ocurrido a mí —contestó Nick con calma—. De hecho lo hablé con Emily.

—¿Cómo sabían dónde encontrar esos restos?

—El fiscal solo dijo que se trataba de una confidencia anónima.

—Será mejor que Emily vaya con cuidado, es lo único que puedo decir. Es una mujer inteligente. Tal vez ha descubierto algo. Llámala, Nick. Ofrécele un guardaespaldas. Tengo a un par de tipos que la vigilarían. ¿Prefieres que la llame yo?

—No; pensaba llamarla de todos modos.

Cuando su padre salió del despacho, Nick marcó el número de Emily, aunque no estaba muy seguro de que quisiera hablar con él.

50

El miércoles por la mañana, Emily se levantó a las seis y se encaminó al comedor con la inevitable taza de café en la mano, para trabajar en su proyecto.

El descubrimiento del esqueleto y la calavera en Ludlam Avenue habían dotado de un nuevo ímpetu a su búsqueda de una relación entre los dos asesinos, el antiguo y el actual.

Tenía la misma sensación que experimentaba cuando trabajaba en una defensa, la sensación de ir por el buen camino, la certeza de que encontraría lo que necesitaba para demostrar su teoría.

También estaba segura de que, a menos que lo dejara correr, el asesino imitador mataría de nuevo el sábado, 31 de marzo.

A las nueve, George Lawrence telefoneó.

—Emily, mi madre y yo hemos revisado todos los álbumes de fotografías y recuerdos hacinados en el desván. No quisimos que te demoraras en este material más de lo necesario, así que apartamos todo lo que no era relevante. Si te va bien, dentro de media hora pasaré por tu casa para entregarte el resto.

—Eso sería estupendo.

Emily corrió arriba para ducharse, y había terminado de vestirse cuando sonó el timbre de la puerta.

George Lawrence entró con dos cajas pesadas. Vestía un chaquetón y pantalones de deporte, y Emily tuvo la impresión de que parecía más vulnerable de lo que su compostura exterior había sugerido el sábado anterior.

Llevó las cajas al comedor y las dejó en el suelo.

—Puedes examinarlas a tu aire —dijo.

El hombre paseó la vista alrededor, observó las pilas de papeles sobre las sillas, el tablero de dibujo encima de la mesa.

—Pareces muy ocupada. No tengas prisa en devolvernos esto. Hacía al menos veinte años que mi madre no lo miraba. Cuando acabes, llámanos. El marido de la criada lo recogerá.

—Perfecto. Ahora voy a enseñarte lo que intento hacer aquí.

George Lawrence se inclinó sobre la mesa, mientras Emily le enseñaba cómo estaba recreando la disposición de la ciudad a finales del siglo XIX.

—Había muchas menos casas entonces, como sabrás mejor que yo —dijo Emily—, y los registros municipales son incompletos. Estoy segura de que tu material me proporcionará información interesante.

—¿Esta es tu casa? —preguntó el hombre tocando una de las casas del Monopoly.

—Sí.

—¿Y esta es la nuestra?

—Sí.

—¿Qué intentas hacer exactamente?

—Descubrir cómo tres chicas jóvenes pudieron desaparecer sin dejar rastro. Estoy buscando la casa de uno de sus amigos, adonde las hubieran podido atraer sin despertar sospechas. Por ejemplo, el otro día en tu casa conocí a Carolyn Taylor. Me dijo que su pariente Phyllis Gates, que era amiga de mi antepasada Madeline y tu antepasada Julia Gordon, creía que el novio de Madeline, Douglas Carter, la había asesinado.

Emily señaló con el dedo.

—Piensa en esto. Aquí está la casa de los Shapley, y aquí, justo al otro lado de la calle, la casa de los Carter. En teoría, Douglas perdió el tren de vuelta el día que Madeline desapareció. ¿Lo perdió?

—Supongo que lo verificaron.

—Han prometido que me dejarían echar un vistazo a los archivos de la policía. Me interesa mucho saber lo que contienen. Imagina ese día. Madeline estaba sentada en el porche, esperando a Douglas. No creo que hubiera ido a dar una vuelta sin avisar a su madre. Pero supongamos que Douglas apareció de repente, en su porche, y ella corrió a recibirle.

—¿Y la atrajo al interior de su casa, la mató y escondió el cuerpo hasta encontrar una forma de enterrarlo en el patio de ella? —George Lawrence parecía escéptico—. ¿Cuál sería el motivo?

—No lo sé, y admito que es una teoría traída por los pelos. Por otra parte, he encontrado indicios de que su primo Alan Carter también estaba enamorado de Madeline. Su familia vivía en la casa de Ludlam Avenue donde ayer encontraron los cadáveres. Quizá llegó en un carruaje cerrado y le dijo a Madeline que Douglas había sufrido un accidente.

—Ayer nos enteramos del descubrimiento, por supuesto. Ahora, la familia Harper ha de afrontar lo mismo que nosotros la semana pasada. Son de la zona de Filadelfia. No los conocemos en persona, pero tenemos amigos mutuos.

Emily comprendió el dolor que estaba sintiendo George Lawrence.

—Tal vez los Harper, Amanda y yo acabaremos en el mismo grupo de apoyo —dijo el hombre con amargura y tristeza a la vez.

—¿Cómo se encuentra Amanda? —preguntó Emily—. El sábado me causó una gran admiración su entereza. Debió de ser terrible para ella, y para todos vosotros.

—Lo fue y, como viste, Amanda se portó de maravilla. Tener a la niña aquí nos ha sido de gran ayuda, pero Christine, Tom y la niña volvieron a casa el domingo. Ayer fuimos al cementerio, y Amanda se desmoronó. Creo que fue positivo. Necesitaba desahogarse. Bien, me marcho. Esta tarde nos vamos a casa. Mi madre dijo que la llamaras si se te ocurría alguna pregunta.

Cuando cerró la puerta, el teléfono sonó. Era Nick.

Emily se disgustó un poco cuando percibió sentimientos encontrados en su voz. Por una parte se alegraba de su llamada, por otra la decepcionaba que no se hubiera molestado en llamar desde el fin de semana, para preguntar si había tenido más problemas con el acosador.

No obstante, su explicación la satisfizo.

—Emily, me di cuenta de que la otra noche me pasé bastante, cuando prácticamente intenté sacarte a rastras de casa. Estaba muy preocupado cuando me di cuenta de que había sido el acosador quien había dejado la fotografía. Te habría llamado antes, pero no quería convertirme en un fastidio público.

—Querrás decir un fastidio privado. Créeme, eso sería lo último que pensaría de ti.

—No más incidentes con el acosador, espero.

—Ni uno. El lunes, mi amigo Eric Bailey vino desde Albany para instalar cámaras de seguridad en todo el perímetro exterior de la casa. La próxima vez que alguien intente pasar algo por debajo de la puerta, quedará retratado.

—¿Conectas tu sistema de seguridad cuando estás sola en casa?

Ahora no está conectado, pensó Emily.

—Siempre de noche.

—No sería mala idea tenerlo conectado también de día.

—Supongo, pero no quiero vivir en una jaula, no quiero salir al porche para respirar un poco de aire puro y montar un escándalo porque olvidé que la alarma estaba conectada. —Un matiz de irritación se había infiltrado en su voz.

—Lo siento, Emily. No sé por qué imagino que tengo derecho de actuar como un maldito controlador.

—No hace falta que te disculpes. Hablas como un buen amigo, muy preocupado. Tengo la intención de ser cauta, pero ha llegado un momento en que pienso que el causante de todo esto está ganando, y no pienso permitir que eso suceda.

—Lo comprendo, créeme. Los periódicos solo hablan de lo sucedido en Spring Lake ayer.

—Sí, es la sensación de los medios de comunicación. Salí a correr y a tomar unas cuantas notas mentales para el proyecto del que te hablé, y los vi cavando en ese patio.

—Los artículos hablan de que la policía recibió una confidencia anónima. ¿Tienes idea de quién?

Nada más decirlas, Emily se habría tragado las dos palabras de ser posible.

—De mí —dijo, y al instante tuvo que explicar lo de la postal.

A juzgar por el repentino silencio al otro lado de la línea, comprendió que Nick Todd había reaccionado a aquella información como lo habrían hecho sus padres.

—Emily —dijo por fin—, ¿crees que existe una remotísima posibilidad de que el asesino de Spring Lake sea el tipo que te acosó en Albany?

—Yo no, ni tampoco el detective Browski.

Mencionar el nombre del policía de Albany significó informar a Nick sobre la confesión de Ned Koehler.

Cuando la conversación terminó, Emily había rechazado con firmeza la oferta de un guardaespaldas, pero aceptó la invitación de Nick para ir a cenar el domingo al Old Mill.

—Sólo espero que no tengamos que hablar de otro asesinato —dijo Emily.

Mucho rato después de despedirse, Nick Todd seguía sentado ante su escritorio, con las manos enlazadas. Emily, pensó, ¿por qué eres tan inteligente y al mismo tiempo tan obtusa? ¿No se te ha ocurrido que tú puedas ser la siguiente víctima?

51

Tommy Duggan y Pete Waslh empezaron la mañana en el despacho de Elliot Osborne, cuyo escritorio estaba cubierto de periódicos.

—No eres muy fotogénico, Tommy —comentó Osborne.

—Esta no la había visto —murmuró Tommy. Habían tomado la foto el día anterior, y le plasmaban saliendo de la casa de Ludlam Avenue. Mientras la estudiaba, empezó a pensar que debería prestar más atención a su dieta.

Walsh, por supuesto, inmortalizado como el típico varón norteamericano.

—Es una pena que no te presentaras para *Ley y orden* —observó Tommy con acidez, mientras miraba la foto de su compañero.

—Tendría que haberlo hecho. Fui Joe Fish en la obra que representamos en cuarto en el colegio, *Joe Fish and his Toy Store* —dijo Pete—. Era el prota.

—Muy bien, dejémoslo —decidió Osborne.

El momento de levedad pasó. Osborne movió la cabeza en dirección a Duggan.

—Tú primero.

Tommy ya había abierto su libreta.

—Como sabe, ya contamos con una identificación positiva del esqueleto encontrado ayer. Las fichas dentales confirman que son los restos de Carla Harper. El trozo de pañuelo que, en apariencia, fue utilizado para estrangularla pertenece al mismo pañuelo usado para estrangular a Martha Lawrence. El asesino utilizó un extremo del final con Martha, y la parte del centro con Carla. Falta la tercera parte.

—Lo cual significa que, si el asesino sigue lo que parece ser su plan, volverá a utilizar el pañuelo el sábado. —Osborne frunció el entrecejo e inclinó hacia atrás la silla—. Por más policías que patrullen Spring Lake, no podemos estar en todas las calles, en todos los patios. ¿Cómo va la investigación sobre el pasado de Wilcox?

—Hasta el momento, poca cosa. En resumidas cuentas, es hijo único y se crió en Long Island. Su padre murió cuando tenía meses. Muy unido a su madre, una maestra de escuela que le ayudaba a hacer los deberes, imagino. Sea como sea, siempre era el primero de la clase.

»Fue ascendiendo como procede en los centros académicos, y al final le ofrecieron la rectoría del Enoch College, en Ohio. Se jubiló hace doce años, cuando tenía cincuenta y cinco. Escribe para revistas académicas, ha llevado a cabo considerables investigaciones sobre la historia de esta zona, y ha escrito artículos al respecto en los periódicos locales. Hace poco, dijo a la bibliotecaria de Spring Lake que estaba escribiendo una novela ambientada en el antiguo hotel Monmouth.

—Nada espectacular —observó Osborne.

—Si Emily Graham está en lo cierto, tal vez aparezca algo. Cree que nos enfrentamos a un asesino imitador que descubrió detalles explícitos sobre los asesinatos del siglo diecinueve y los sigue paso por paso. Otra cosa. Hemos averiguado que Wilcox dimitió bruscamente de su cargo de rector del Enoch College. En aquel tiempo le habían renovado el contrato y tenía toda clase de planes para una expansión futura, series de conferencias con gente de primera, todo ese rollo.

—¿Alguna explicación?

—La razón oficial fue mala salud. Por lo visto, algo del corazón. Escribió una larga y lacrimógena despedida. Dieron su nombre al edificio.

Tommy sonrió con semblante sombrío.

—¿Sabe una cosa?

Elliot Osborne esperó. Sabía que a Tommy Duggan le gustaba presentar información jugosa con un toque de misterio. Como sacar un conejo de una chistera, pensó.

—Vamos al grano —dijo—. Sabes algo.

—Tal vez. Es más una corazonada que algo concreto. Apostaría la pensión a que no está más delicado del corazón que Pete o yo. Yo diría que, o le pidieron que dimitiera, o dimitió porque tenía un problema gordo que no quería divulgar. Nuestro trabajo será hacerle cantar.

—Hemos quedado a las tres —dijo Pete Walsh—. Pensamos que sería una buena idea hacerle sufrir un poco mientras nos esperaba.

—Buena idea.

Osborne hizo ademán de levantarse, pero Pete Walsh aún no había terminado.

—Sólo para mantenerlo informado, señor, me dediqué anoche a repasar la documentación de la investigación policial sobre la desaparición de las tres chicas en la década de 1890.

Fue evidente para Osborne que el nuevo detective de su equipo quería impresionarle.

—¿Descubrió algo útil?

—Nada que saltara a la vista. Es como lo sucedido ahora. Dio la impresión de que las chicas se desvanecieron de la faz de la tierra.

—¿Entregará una copia de esa documentación a Emily Graham? —preguntó Osborne.

Pete parecía preocupado.

—El subdirector me concedió el permiso.

—Lo sé. Por lo general, no estoy a favor de proporcionar documentación oficial, aunque tenga más de cien años de antigüedad, fuera de los canales habituales, pero si se la prometió, dejaré que ocurra.

Elliot Osborne se levantó con decisión, una señal de que la reunión había terminado.

Duggan y Walsh se pusieron en pie.

—Una buena noticia —añadió Tommy, mientras se encaminaban a la puerta—. El asesino de la doctora Madden es más experto en estrangular personas que en destruir ordenadores. Nuestra gente de investigación tenía miedo de que el disco duro hubiera resultado dañado, pero han conseguido hacerlo funcionar. Con un poco de suerte, recuperaremos los archivos de la doctora, y tal vez descubramos que un invitado en la fiesta de los Lawrence, aquella noche de hace cuatro años y medio, también pasó parte de su tiempo con una psiquiatra especializada en terapia por regresión.

52

—Bob, ¿qué intentas hacerme?

—No era consciente de que intentara hacerte algo.

—¿Adónde fuiste anoche?

—Como no podía dormir, bajé como de costumbre a leer. Terminé a las cinco, me tomé una pastilla para dormir y por una vez funcionó.

Era casi mediodía. Robert Frieze había encontrado a su mujer sentada en la sala de estar, sin duda esperándole.

—Estás muy guapa —comentó Robert—. ¿Vas a salir?

—He quedado para comer.

—Estaba pensando en invitarte a comer.

—No te molestes. Ve a adular a tus clientes del Four Seasons, si es que encuentras alguno, quiero decir.

—Mi restaurante se llama The Seasoner. No es Four Seasons.

—No, desde luego. Te doy toda la razón.

Bob Frieze miró a su bella esposa, tomó nota del cabello rubio resplandeciente, las facciones casi perfectas, sus ojos de gata color turquesa. Recordó que en otro tiempo la había considerado de lo más excitante, y le sorprendió tomar conciencia de que cada vez se sentía más alejado de ella.

Más que alejado, comprendió. Harto. Asqueado.

Natalie vestía un traje pantalón verde oscuro hecho a medida. Obviamente nuevo. Obviamente caro. Se preguntó si encontraría sitio para él en el ropero.

—Como no voy a gozar del honor de tu compañía, me voy —dijo.

—No, no te vas. —Natalie se puso en pie de un brinco—. Lo creas o no, yo tampoco duermo muy bien. He bajado a las dos de la mañana. No estabas aquí, Bobby. Tu coche tampoco estaba. ¿Quieres explicarme dónde has estado?

No me lo diría si no fuera cierto, pensó Frieze, muy nervioso. No sé dónde he estado.

—Natalie, estaba tan cansado que lo olvidé. Fui a dar una vuelta. Quería respirar un poco de aire puro y pensar. —Buscó con cautela las palabras—. Será un revés, pero he decidido aceptar la oferta de Bonetti, aunque haya tasado el restaurante muy por debajo de su valor. Venderemos esta casa y nos trasladaremos a Manhattan, quizá alquilaremos un apartamento más pequeño de lo que habíamos pensado, y...

Natalie le interrumpió.

—Cuando anoche fuiste a dar una vuelta para despejar tu cabeza, por lo visto pensaste que una copa la despejaría más. Una copa con una amiga, quiero decir. Mira lo que he encontrado en tu bolsillo.

Le lanzó un trozo de papel. Él lo leyó: «Hola, guapo. Mi número es el 555-1974. No te olvides de llamar. Peggy».

—No sé cómo llegó a mi bolsillo, Natalie —dijo.

—Yo sí, Bobby. Alguien llamado Peggy lo puso allí. Tengo noticias para ti. Deshazte del restaurante. Vende esta casa. Vende tus acciones y deshazte de tus valores en cartera. Y después calcula cuánto valías el día en que me convertí en tu ruborizada esposa.

Se levantó y caminó hacia él. Acercó la cara a escasos centímetros de la suya.

—Te explicaré por qué. Porque la mitad de lo que valías aquel día es lo que pienso obtener de este matrimonio.

—Has perdido el juicio, Natalie.

—¿De veras? He pensado mucho sobre aquella fiesta en casa de los Lawrence, Bobby. Llevabas aquella chaqueta de corte cuadrado que crees salida de las páginas de *Gentleman's Quarterly*. Podrías haber escondido aquel pañuelo debajo. Y a la mañana siguiente, cuando me levanté, estabas cavando en el jardín. ¿Alguna posibilidad de que te estuvieras desembarazando del cadáver de Martha, hasta que pudieras trasladarlo al patio trasero de la casa Shapley?

—¡No puedes creer eso!

—Tal vez sí. Y tal vez no. Eres un hombre extraño, Bob. Hay veces en que me miras como si no me conocieras. Desapareces así como así, sin decirme adónde vas. Tal vez sea mi deber cívico contar al detective Duggan que me preocupa tu comportamiento. Y por tu bien, tanto como por el de las jovencitas de esta comunidad, creo que debo hacerlo.

Las venas de la frente de Robert Frieze empezaron a marcarse. Agarró la muñeca de Natalie y apretó hasta que su mujer gritó de dolor. Su cara estaba roja de ira.

—Si le cuentas a Duggan —espetó con los dientes apretados—, o a quien sea, una historia como esa, ya puedes empezar a preocuparte por ti. ¿Entendido?

53

A las tres de la mañana del miércoles encontraron al desaparecido Joel Lake. Estaba allanando una casa de Troy cuando llegó la policía, alertada por la alarma silenciosa.

Siete horas más tarde, Marty Browski fue a la cárcel donde Lake estaba detenido para ser interrogado.

—En tu hábitat natural de nuevo, Joel. Nunca aprenderás, ¿verdad?

La sonrisa burlona sempiterna de Joel Lake se endureció.

—Sí que aprendo, Browski. Me mantengo alejado de las casas donde viven ancianas. Demasiados problemas.

—Podrías haber tenido muchos más problemas si Emily Graham no te hubiera librado de la acusación de asesinato. Todos pensábamos que te habías cargado a Ruth Koehler.

—¿Pensábamos? ¿Has cambiado de opinión?

Lake parecía sorprendido.

La mala semilla, pensó Browski, mientras miraba fijamente a Lake. Veintiocho años, y metido en líos desde los doce. Un delincuente juvenil con un historial kilométrico. Debía de resultar atractivo para ciertas mujeres, con su aspecto de machito barato, robusto, pelo oscuro rizado, ojos estrechos, boca sensual.

Emily había dicho a Browski que Lake había intentado ligar con ella un par de veces. Es del tipo que no tolera el rechazo, decidió Browski, con la esperanza de encontrarse mirando al acosador.

El lapso de tiempo coincidía. Joel Lake había quebrantado la libertad provisional y desaparecido en la época en que empezaron los acosos.

—Te hemos echado de menos, Joel —dijo Browski en tono apacible—. Ahora, deja que te lea tus derechos antes de ir al grano. Es una pérdida de tiempo, claro, porque te los conoces de memoria.

—Dije a los tíos que me detuvieron que pasaba por allí, vi la puerta abierta y pensé que debía echar un vistazo para comprobar que nadie estaba en apuros.

Marty Browski rió de buena gana.

—Oh, vamos, tú puedes hacerlo mejor. Me importan un huevo tus raterías, Joel. De eso, que se ocupe la policía de Troy. Quiero saber dónde has estado en los últimos tiempos. Quiero saber por qué te interesa tanto Emily Graham.

—¿A qué viene eso? La última vez que la vi estaba en el tribunal. —Joel Lake sonrió—. Conseguí que me prestara toda su atención. Le insinué que tal vez sí había matado a la vieja. Tendrías que haber visto su expresión. Apuesto a que eso la habrá reconcomido, se estará preguntando si le dije la verdad, a sabiendas de que no podrían juzgarme de nuevo.

Marty sintió el impulso de golpear la cara insolente, borrar la sonrisa maligna y satisfecha de los labios del delincuente.

—¿Has estado alguna vez en Spring Lake, Joel? —preguntó de sopetón.

—¿Spring Lake? ¿Dónde cae eso?

—En Nueva Jersey.

—¿Tendría que haber estado?

—Dímelo tú.

—Muy bien, te lo diré. No he estado ahí en mi vida.

—¿Dónde estabas el sábado pasado por la mañana?

—No me acuerdo. Seguramente en la iglesia.

Mientras hablaba, la expresión de Lake era de burlona sinceridad, y una sonrisa cruzó sus labios.

—Eso pensaba yo. Pensaba que estuviste en la iglesia de St. Catherine, de Spring Lake, Nueva Jersey.

—Escucha, ¿intentas colgarme algo? Porque si ocurrió el pasado sábado, estás perdiendo el tiempo. Estaba en Buffalo, donde he vivido este último año y medio, y donde debería haberme quedado.

—¿Puedes demostrarlo?

—Ya lo creo. ¿De qué hora estás hablando?

—A eso de mediodía.

—Fantástico. Estaba tomando un par de cervezas con unos amiguetes en el Sunrise Café de Coogan Street. Me conocen como Joey Pond. ¿Captas? Como no podía ser un Lake, decidí ser un Pond.[1] Bueno, ¿eh?

Marty empujó su silla hacia atrás y se levantó. Era el apellido que constaba en la tarjeta de identificación que Lake llevaba encima cuando le detuvieron. No cabía duda de que la coartada era cierta y, pensándolo bien, aquel tipo no parecía lo bastante sutil o sofisticado para llevar a cabo la campaña de acoso que Emily Graham estaba padeciendo.

No, pensó Marty, este canalla se vengó de Emily por rechazarle cuando insinuó que era culpable del asesinato de Ruth Koehler, y dejó que se sintiera culpable por ayudarle a salir libre del juicio.

—¿Se han acabado las preguntas, Browski? —Lake parecía sorprendido—. Me gusta tu compañía. ¿Qué ha pasado en Spring Lake, y por qué querías endilgarme el muerto?

Browski se inclinó sobre la mesa.

—Alguien está molestando a Emily Graham allí.

—¿Molestando? Querrás decir acosando. Mira, no es mi estilo —contestó Joel.

—Algunos de tus desagradables amigotes asomaron la jeta durante el juicio —dijo Browski, en voz baja y amenazadora—. Si

1. Juego de palabras. *Lake* quiere decir «lago» y *pond*, «estanque». *(N. del T.)*

uno de ellos se quedó colgado de ella después de verla en el juicio, y tú lo sabes, será mejor que confieses ahora. Porque si algo le pasa, te advierto que tu culo nunca volverá a salir de Attica.[1]

—No me asustas, Browski —se burló Joel Lake—. Pensaba que el hijo de la Koehler era el acosador. Caramba, Browski, no das una. Te equivocaste conmigo, y te equivocaste con él. Será mejor que asistas a un curso acelerado de cómo convertirse en detective.

Cuando volvió a su despacho, Marty llamó a Emily para decirle que habían localizado a Joel Lake, y que no era el acosador.

—Otra cosa —dijo—. Habló de que te había insinuado que él era el asesino de Ruth Koehler. Por si te queda la menor duda de que lograste la absolución de un asesino, admitió que solo lo hizo para mortificarte.

—Cuando me dijiste que Ned Koehler había confesado, todas mis dudas sobre Lake se desvanecieron. Pero me alegro de que haya salido de sus labios.

—¿El acosador ha vuelto a actuar, Emily?

—De momento no. El sistema de alarma es de alta tecnología, aunque admito que, en plena noche, pienso que Ned Koehler desconectó el de mi casa de Albany. No obstante, considero fundamentales las cámaras que Eric Bailey ha colocado. En cierto sentido, lamento que Joel Lake no sea el acosador. Al menos tendría el consuelo de que vuelve a estar entre rejas.

Browski reparó en el temblor nervioso que aparecía a veces en la voz de Emily Graham. Se sentía furioso y frustrado por el hecho de haberse quedado una vez más sin sospechoso de acoso. Admitió estar muy asustado por la posibilidad de que Emily Graham corriera un peligro mortal.

—Emily, el año pasado investigamos a toda la gente que podía estar disgustada contigo por la absolución de algunos de tus clientes. Todos parecen fuera de toda sospecha. En el edificio donde tenías el despacho, ¿había alguien encaprichado de ti, o que se puso celoso después de que ganaras tanto dinero?

Emily acababa de entrar en la cocina para prepararse un bocadillo cuando Marty llamó. Había descolgado el teléfono y caminado hacia la ventana.

1. Prisión del estado de Nueva York. (N. del T.)

Después de una mañana nublada había salido el sol, y una calima rosácea rodeaba los árboles. Siempre estoy atenta a esa calima, pensó. Es la primera señal de la primavera.

Marty Browski estaba desesperado por encontrar a otro sospechoso que pudiera ser el acosador. Ella comprendió por qué. Como Eric y Nick, temía que el acosador en algún momento decidiera hacerle daño.

—Tengo una idea, Marty —dijo—. Ya sabes que Eric Bailey trabajó en el despacho contiguo al mío durante varios años. Tal vez se le ocurra el nombre de algún sospechoso en nuestro edificio, o de algún mensajero que le pareciera raro. Sé que le encantaría hablar contigo. Llama cada pocos días para comprobar que estoy bien.

Sería otro callejón sin salida, pensó Marty, pero nunca se sabe.

—Lo haré, Emily —dijo—. He estado leyendo sobre lo que pasa en Spring Lake. Un asunto muy desagradable, lo de encontrar dos cadáveres más ayer. Los periódicos dicen que si un asesino se ciñe a la pauta, podría ocurrir otro asesinato el sábado. Quizá sería una buena idea...

—Salir pitando de Spring Lake y refugiarme en el apartamento de Manhattan —replicó Emily—. Gracias por preocuparte, Marty, pero estoy estudiando unos nuevos documentos, y creo que hago progresos en mi investigación. Eres un encanto, pero aquí me quedo. Adiós, Marty —dijo, para interrumpir sus continuadas protestas.

La recepción de la señal televisiva en la camioneta aparcada a seis manzanas era excelente. Eric se sentó en la silla, pequeña pero cómoda, que había colocado en frente del televisor. Muy bien, Emily, aprobó en silencio. Gracias por el voto de confianza. Esperaba quedarme un día más, pero ahora tendré que regresar para encontrarme mañana con el señor Browski. Malo, muy malo.

Tenía un plano estupendo de Emily abriéndole la puerta a George Lawrence, pero ahora no sería inteligente enviárselo. Él regresaría el viernes por la noche.

54

—El señor Stafford ha preguntado si le importaría esperar unos minutos, señora Frieze. Ha de acabar de redactar un contrato.

Pat Glynn, de veintitrés años, la recepcionista de Will Stafford, sonrió con nerviosismo a Natalie Frieze, que la intimidaba por completo.

Es tan encantadora..., pensó Pat. Cada vez que entra por esa puerta pienso que soy un desastre.

Cuando se había vestido aquella mañana, se había sentido muy complacida con su nuevo traje pantalón de lana rojo, pero ahora ya no estaba tan segura. No admitía comparación con el corte y la tela del traje pantalón verde oscuro de Natalie.

Y se había hecho un corte de pelo radical, que apenas le cubría las orejas, algo que dos días antes le había parecido el no va más de la moda. Pero ahora, cuando contempló el pelo rubio largo y sedoso de Natalie, Pat se convenció de que había cometido un error garrafal.

Daba la impresión de que Natalie Frieze no iba maquillada, pero era imposible que tuviera tan buen aspecto sin algo de ayuda, ¿verdad?, pensó Pat, esperanzada.

—Está muy guapa, señora Frieze —dijo con timidez.

—Caramba, qué amable. —Natalie sonrió. Siempre le divertía la admiración que despertaba en la sencilla secretaria de Will, pero se dio cuenta de que el cumplido la halagaba—. Una palabra cariñosa siempre es agradable, Pat.

—¿No se encuentra bien, señora Frieze?

—Pues la verdad es que no. Me duele mucho la muñeca. —Levantó el brazo, de manera que la manga resbaló hacia atrás y reveló un desagradable moratón.

Will Stafford salió de su despacho.

—Siento haberte hecho esperar. ¿Qué le pasa a tu muñeca?

Natalie le besó.

—Te lo contaré durante la comida. Vámonos. —Se volvió hacia la puerta, pero antes dedicó a Pat Glynn una breve sonrisa.

—Volveré dentro de una hora, Pat —dijo Will.

—Que sea hora y media —le corrigió Natalie.

Cuando salieron, Will cerró la puerta a su espalda, pero no antes de que Pat Glynn oyera decir a Natalie:

—Esta mañana, Bobby me dio un susto de muerte, Will. Creo que se está volviendo loco.

Estaba a punto de ponerse a llorar.

—Cálmate —dijo Will, mientras subían a su coche—. Hablaremos durante la comida.

Habían reservado una mesa en la Taberna de Rob, a unos tres kilómetros de distancia, en la vecina ciudad de Sea Girt.

Cuando estuvieron sentados y la camarera tomó nota, Will miró a Natalie con expresión de curiosidad.

—Te habrás dado cuenta de que Pat debió de oír lo que dijiste acerca de Bob. ¿Sabes que es bastante chismosa? Seguro que en este momento está informando a su madre.

Natalie se encogió de hombros.

—A estas alturas todo me da igual. Gracias por aceptar comer conmigo. Creo que eres mi único amigo verdadero de la ciudad, Will.

—Hay mucha gente agradable en la ciudad, Natalie. Sí, claro, a algunos no les gustó que Bob dejara plantada a Susan por ti, pero por otra parte son gente justa. Todos saben que el matrimonio no iba a ningún sitio, aunque Susan se esforzara por tirarlo adelante. Creo que todo el mundo opina que está mejor sin él.

—Esta sí que es una buena noticia. Me alegro mucho por ella. He dado cinco años de mi vida a Bob Frieze. Cinco años importantes, debería añadir. Ahora no solo está a punto de arruinarse, sino que se comporta de una forma muy rara.

Will enarcó las cejas.

—¿Rara? ¿Qué quieres decir?

—Te daré un ejemplo, algo que ocurrió anoche. Sé que Bobby te ha dicho que padece insomnio, y que a veces lee hasta bien entrada la noche.

Will sonrió.

—Al mirarte, yo diría que es una pena.

Natalie sonrió.

—Por eso te obligué a comer conmigo. Necesitaba oír tu lengua de oro.

—No era consciente de esa virtud.

—Claro que sí. Bien, en lo referente a anoche... Will, bajé a las dos de la mañana y me asomé al estudio de Bobby. Ni rastro de él. Miré en el garaje y el coche no estaba. No sé adónde fue, pero esta mañana encontré en su bolsillo una nota de una mujer, en la que decía que quería que la llamara. Cuando se lo dije, se quedó sorprendido. ¡Estoy convencida de que no recordaba haberse encontrado con ella! Intentó darme una excusa barata, pero creo que había perdido la memoria. Yo diría que desde hace tiempo padece pérdidas de memoria. —Estaba alzando la voz.

Will observó que la pareja de ancianos de la mesa contigua estaba escuchando con descaro su conversación.

—Será mejor que bajes la voz, Natalie —sugirió.

—No sé si quiero —replicó ella, pero continuó en un tono más bajo—. Will, no paro de pensar en aquella noche de la fiesta de los Lawrence. La noche antes de que Martha desapareciera.

—¿Y?

—Es curioso, pero ¿sabes que cuando te concentras de verdad, recuerdas pequeñas cosas? Es decir, no había pensado en el hecho de que Bobby llevaba aquella estúpida chaqueta de corte cuadrado que en su opinión le rejuvenece...

—Caramba, cuando te da la perra, no hay quien te pare.

Natalie le dirigió una mirada de preocupación, mientras la camarera les servía jarras de cerveza.

—Hoy sí que le he sacado de quicio —admitió Natalie—. ¿Por qué he pedido cerveza?

—Porque va bien con el bocadillo de *corned beef*.

—Te juro que si Bobby tuviera un restaurante como este en lugar de ese mausoleo del Seasoner, tal vez habría ganado bastante dinero.

—Olvídalo, Natalie. ¿Estás insinuando que Bobby robó el pañuelo de Rachel Wilcox?

—Estoy diciendo que cuando entré en el tocador de señoras, lo vi en una mesita auxiliar, pero cuando salí, ya había desaparecido.

—¿Viste a Bobby cerca de la mesa?

Una sombra de incertidumbre cruzó la cara de Natalie.

—Estoy segura de que sí.

—¿Por qué no se lo dijiste a la policía?

—Porque hasta la otra noche nadie sabía que iban a preguntar por el pañuelo. ¿De acuerdo?

—De acuerdo.

—Seguiré concentrándome en recordar aquella noche. Tal vez me acuerde de algo más —concluyó Natalie, y mordió un buen trozo de bocadillo.

55

—Tengo otros libros que tal vez le interesaría consultar, Emily. ¿Puedo pasarme por su casa dentro de media hora?

—No quiero causarle más molestias, doctor Wilcox. Ya pasaré yo a recogerlos.

—No me causa la menor molestia. He de salir a hacer algunos recados.

Cuando Emily colgó y consultó la hora, se sorprendió al ver que eran las cuatro. Tras la llamada de Marty Browski, se concedió un breve descanso y después volvió a investigar el material que había desplegado en el comedor, con el fin de intentar identificar al asesino múltiple del siglo XIX.

Había casas del Monopoly colocadas en el plano que había dibujado, todas señaladas con el nombre de las personas que habían vivido en aquella dirección en la época de los hechos. Había añadido casas para los Mayer, los Allan, los Williams y los Nesbitt. Los nombres de sus hijas o hijos aparecían en las listas de los que solían acudir a las reuniones, fiestas, picnics y cotillones frecuentados por Madeline Shapley, Letitia Gregg, Ellen Swain, Julia Gordon y Phyllis Gates.

Había abierto una de las cajas que George Lawrence había traído, y se quedó emocionada al ver que contenía diarios y cartas. Fascinada, empezó a leer algunos, pero reparó en que antes debía terminar el estudio del material del museo.

Al final, llegó a un compromiso consigo misma y trabajó con ambas fuentes al mismo tiempo. A medida que las historias personales colectivas empezaban a desplegarse, experimentó la sensación de retroceder en el tiempo y de integrarse en el mundo de la década de 1890.

A veces casi deseaba haber vivido en aquella época. La vida de finales del siglo XIX se le antojaba más segura y menos exigente que su propia vida. De repente se preguntó si estaba loca. ¡Segura!, pensó. Tres de esas amigas que habían confiado entre sí, que habían compartido reuniones, picnics y bailes, habían muerto a la edad de diecinueve, dieciocho y veinte años, respectivamente. No habían gozado de demasiada seguridad.

Un fajo de cartas, que presentía como muy prometedoras, habían sido escritas a lo largo de los años por Julia Gordon y Phyllis Gates, cuando la familia Gates regresó a Filadelfia al terminar el verano. Era evidente que Phyllis Gates las había guardado para devolverlas después a la familia Lawrence.

Julia se prometió con George Henry Lawrence en el otoño de 1894. En invierno, había ido a Europa en viaje de negocios con su padre, y cuando volvió Julia escribió a su amiga:

> Querida Phyllis:
>
> Después de estos tres largos meses, George ha regresado, y soy muy feliz. La mejor manera de que comprendas la profundidad de mis sentimientos es añadir citas de la colección de cartas que he leído en fechas recientes.
>
> Mi intento de describir mi alegría y sentimientos cuando me encontré de nuevo con mi amado es un fracaso. Pasamos una noche muy dulce y agradable.
>
> Y ahora estamos planeando nuestra boda, que tendrá lugar en primavera. Ojalá Madeline y Letitia fueran mis damas de honor, junto contigo. ¿Qué ha sido de nuestras queridas amigas? La familia de Madeline se ha ido a otro lugar. Douglas Carter se ha quitado la vida. Edgar Newman continúa muy deprimido. Creo que quería mucho a Letitia. Hemos de continuar conservándolos a todos, a los desaparecidos y a los muertos, en nuestros pensamientos y oraciones.
>
> Tu amiga que te quiere,
>
> JULIA

Emily releyó la carta, con los ojos húmedos. No habla de Ellen Swain, pensó, pero luego cayó en la cuenta de que Ellen no desapareció hasta transcurrido más de un año.

Me pregunto qué habría pensado Julia si hubiera podido ver el futuro y averiguar que Martha, su descendiente, sería encontrada enterrada junto con Madeline.

Dejó la carta sobre su regazo y siguió sentada en silencio. Madeline y Martha, pensó, Letitia y Carla, Ellen ¿y...?

A menos que ocurriera algo, habría otra víctima el sábado. Ahora se había convencido de que era inevitable. Oh, Dios, ayúdanos a encontrar una forma de detenerle, rezó.

Había intentado cerrar la puerta del comedor antes de que Clayton Wilcox llegara, pero estaba tan absorta en la lectura de las cartas que, cuando sonó el timbre de la entrada, corrió a abrir olvidando apagar la luz o cerrar la puerta.

Abrió la puerta principal y la figura voluminosa del doctor Clayton Wilcox le causó una sensación de puro pánico. ¿Qué me está pasando?, se preguntó, mientras le dejaba pasar y murmuraba un saludo.

Había esperado que le entregaría la bolsa de libros y se marcharía, pero Wilcox pasó a su lado y se adentró en el vestíbulo.

—Hace mucho fresco —dijo el hombre.

—Claro.

Emily sabía que no podía hacer otra cosa que cerrar la puerta. Se dio cuenta de que tenía las palmas húmedas de sudor.

El doctor Wilcox sostenía la bolsa de libros, en tanto paseaba la vista alrededor. La entrada arqueada de la sala de estar estaba a la derecha, y revelaba una estancia sumida en la penumbra.

También había una entrada al comedor desde el vestíbulo, y en esa habitación había sobre la mesa una araña encendida que iluminaba el tablero de dibujar con las casas del Monopoly. La mesa y las sillas atestadas de libros y papeles estaban a plena vista del doctor Wilcox.

—Veo que está trabajando —dijo—. ¿Qué le parece si dejo estos libros con los demás?

Antes de que pudiera imaginar una forma de impedírselo, el hombre ya se había plantado en el comedor, dejado la bolsa del Enoch College en el suelo, y estaba estudiando con detenimiento el tablero de dibujo.

—Podría ayudarla con esto —dijo—. No sé si le comenté que estoy intentando escribir una novela ambientada en Spring Lake durante los últimos veinticinco años del siglo diecinueve.

Señaló el número 15 de Ludlam Avenue, que ella había etiquetado con el nombre de Alan Carter.

—Está en lo cierto —dijo—. Aquí es donde vivió la familia Carter durante muchos años, desde 1893. Antes esta era su casa.

Sacó una casa de la caja y la colocó detrás de la casa de Emily.

—¿Alan vivía justo detrás de esta casa? —preguntó Emily, asombrada.

—En aquella época, la casa estaba a nombre de su abuela materna. La familia vivía con ella. Cuando la anciana murió, vendieron la casa y se trasladaron a Ludlam Avenue.

—Ha llevado a cabo una profunda investigación sobre la ciudad, doctor Wilcox.

Emily sentía la garganta seca.

—La verdad es que sí. Para mi libro, por supuesto. ¿Puedo sentarme, Emily? He de hablar con usted.

—Sí, por supuesto.

Decidió al instante que no le invitaría a entrar en la sala de estar. No quería penetrar en aquella zona a oscuras con él pisándole los talones. Eligió a propósito la silla más cercana a la puerta que daba al vestíbulo. Si intenta algo correré, se dijo. Puedo salir y pedir ayuda a gritos...

El hombre se sentó y cruzó los brazos. Incluso sentado al otro lado de la mesa, transmitía una poderosa presencia.

Sus siguientes palabras la dejaron estupefacta.

—Emily, es usted una abogada criminalista, y por lo que tengo entendido, muy buena. Creo que me he convertido en el principal sospechoso de las muertes de Martha Lawrence y Carla Harper. Quiero que me represente.

—¿La policía le ha dicho que es usted un sospechoso, doctor Wilcox? —preguntó Emily para ganar tiempo. ¿Estaba jugando con ella?, se preguntó. ¿Iba a confesarle sus crímenes para después...? Intentó no terminar el pensamiento.

—Aún no, pero van a acumular pruebas de peso contra mí. Voy a decirle por qué.

—No lo haga, doctor Wilcox, se lo ruego —le interrumpió Emily—. Debo decirle que jamás podría representarle. Soy una testigo en cualquier proceso legal relacionado con Martha Lawrence. No olvide que yo estaba aquí cuando su cadáver, o esqueleto, mejor dicho, fue descubierto. Por lo tanto, no me cuente nada que puedan pedirme repetir bajo juramento. Como no puedo ser su abogada, no existiría el acuerdo confidencial entre abogado y cliente.

El hombre asintió.

—No se me había ocurrido. —Se levantó poco a poco—. En tal caso no le contaré nada de las grandes dificultades a que me enfrento. —Miró el tablero—. ¿Cree en la reencarnación, Emily? —preguntó.

—No.

—¿No cree que haya vivido una existencia previa... como Madeline Shapley?

La imagen del dedo con el anillo de zafiros destelló en la mente de Emily.

—No, doctor.

—Con todo lo que se ha dicho y escrito durante esta semana sobre el tema de la reencarnación, empiezo a hacerme preguntas. ¿Viví antes en una de estas casas? ¿Elegí regresar aquí por algún motivo? ¿Qué pude hacer en una vida anterior para tener que pagar tantas deudas psíquicas ahora? —De pronto se le demudó el rostro—. Ojalá se pudiera borrar un momento de flaqueza —dijo en voz baja.

Emily se dio cuenta de que, en ese momento, el doctor Wilcox ni siquiera era consciente de su presencia.

—He de tomar una decisión muy difícil —dijo él, y suspiró—. Pero es inevitable.

Emily se encogió cuando pasó a su lado. No le siguió hasta la puerta, sino que se levantó, dispuesta a escapar desde el comedor al porche si se revolvía contra ella.

Wilcox llegó a la puerta principal y la abrió, para alivio de Emily. Entonces, se detuvo.

—Creo que sería una buena idea cerrar con llave estas puertas durante las noches siguientes, Emily —advirtió.

JUEVES, 29 DE MARZO

56

Se nota la creciente aprensión nerviosa de los residentes de Spring Lake. La policía se lo ha tomado en serio. Patrulla las calles con frecuencia cada vez mayor. Apenas se ve a una mujer paseando sola, ni siquiera a plena luz del día. Cada día, los tabloides publican titulares más sensacionalistas, en su prisa por satisfacer la curiosidad frenética de sus lectores.

«El asesino múltiple reencarnado de Spring Lake» se ha convertido en una noticia de resonancia nacional, incluso internacional. Los *talk-shows* compiten entre sí por presentar diferentes opiniones sobre la regresión y la reencarnación.

Esta mañana, en *Good Morning, America*, otro importante erudito sobre el tema ha explicado que, si bien mucha gente cree que la reencarnación les ofrece incontables oportunidades de vivir sin cesar, otras la consideran una carga abrumadora.

Los hindúes, señaló el erudito, están absolutamente seguros de que se reencarnarán. Desean con desesperación romper el ciclo de nacimiento y renacimiento, con el fin de detener el proceso. Por ese motivo, anhelan soportar severas pruebas autoinfligidas, así como las prácticas espirituales más exigentes, con el fin de lograr la liberación.

¿Quiero liberarme?

Dentro de dos días mi misión habrá terminado. Volveré de nuevo a un estado normal y viviré el resto de mi vida en paz y tranquilidad.

Pero seguiré escribiendo un recuento detallado de todo lo ocurrido, en el cual, como en cualquier otro diario, quedará claro el *quién*, *qué*, *por qué* y *cuándo*.

Tal vez algún día, un chico de catorce años vuelva a encontrar el diario, los dos diarios, y quiera revivir el ciclo.

Cuando eso suceda, sabré que he regresado a Spring Lake por tercera vez.

57

Bernice Joyce había decidido pasar la semana en Spring Lake.

—Como ya sabe, vine de Florida para asistir a la misa —explicó a Reba Ashby mientras desayunaban el jueves por la mañana—. Pensaba regresar a Palm Beach por la tarde, pero luego me di cuenta de que era una tontería, pues la semana que viene vuelvo al norte. Por lo tanto, decidí prolongar mi estancia aquí.

Estaban sentadas junto a una ventana. Bernice miró fuera.

—Es un auténtico día de primavera, ¿verdad? —dijo, con voz nostálgica—. Ayer fui a dar una caminata de una hora por el paseo. Me trajo recuerdos maravillosos. Después cené con los Lawrence en casa de otra vieja amiga. ¡Recordamos tantas cosas!

Reba no se había encontrado con la señora Joyce en el hotel ni el martes ni el miércoles, y había supuesto que se había marchado. Se alegró mucho de verla en el ascensor por la mañana, las dos camino del comedor.

En su primer encuentro, había dicho que era periodista de una revista de actualidad nacional, y calló en todo momento el nombre del *National Daily*. Aunque habría podido hacerlo, pensó, al tiempo que componía una expresión agradable y escuchaba una anécdota sobre Spring Lake en los años treinta. Estaba segura de que Bernice Joyce nunca había leído el *National Daily*, si es que había oído hablar de él.

«Que ni siquiera se hable de ello entre vosotros», como san Pablo había aconsejado a los efesios. No cabía duda de que esa era la opinión de Bernice Joyce sobre los tabloides.

Reba quería informarse sobre las demás personas que habían asistido a la fiesta celebrada la noche antes de que Martha Lawrence desapareciera. También tenía la intención de seguir exprimiendo al máximo la cuestión del doctor Wilcox, pero siempre existía la posibilidad de que dijera la verdad, de que había dejado el pañuelo junto al bolso de su mujer y otra persona lo hubiera sustraído.

—¿Se ha reunido con algunas de las personas que el pasado sábado fueron interrogadas por la policía, señora Joyce?

—De hecho he cambiado impresiones con dos parejas que viven cerca de los Lawrence. A los demás no los conozco tan bien. Por ejemplo, aprecio mucho a la primera esposa de Robert Frieze, Susan. En cuanto a su segunda mujer, Natalie, me importa un bledo. Robert estaba presente con Natalie. Después, estaba...

Al terminar la segunda taza de café, Reba tenía una lista de nombres con los que trabajar.

—Quiero escribir un perfil humano de Martha Lawrence, tal como la gente la recuerda —explicó—. Lo mejor es empezar con la gente que estuvo con ella las últimas horas de su vida.

Repasó la lista.

—¿Qué le parece si le leo los nombres, a ver si están todos?

Mientras escuchaba, Bernice Joyce se dio cuenta de que estaba imaginando la sala de estar de casa de los Lawrence. Había pensado tanto en aquella noche de la fiesta durante toda la semana que cada vez la recordaba mejor.

El pañuelo estaba sobre aquella mesa del vestíbulo, pensó. Observé que Natalie Frieze atravesaba el vestíbulo con el bolso en la mano, y di por sentado que iba al tocador de señoras. Esperé a verla volver.

El rostro de otro invitado apareció en su mente. Cada vez estoy más segura de que le vi desplazar el bolso de Rachel. El pañuelo estaba debajo.

¿Debería hablar de esto con el detective Duggan?, se preguntó. ¿Tengo derecho a mencionar un nombre, en el curso de una investigación policial, si no estoy absolutamente segura de que mi impresión es correcta?

—Señora Ashby —empezó Bernice Joyce—, ¿puedo consultarle un problema? Tengo la impresión de que vi cómo cogían el pañuelo la noche de la fiesta. De hecho estoy casi segura.

—¿Cómo dice?

Reba Ashby estaba tan sorprendida que, por un momento, perdió su compostura profesional.

Bernice volvió a mirar el mar por la ventana. Ojalá estuviera segura al ciento por ciento, pensó.

—¿A quién vio coger el pañuelo aquella noche, Bernice, quiero decir, señora Joyce?

Bernice volvió la cabeza y miró a Reba Ashby. Los ojos de la mujer brillaban. Su lenguaje corporal sugería un tigre a punto de saltar.

Bernice comprendió de repente que había cometido un terrible error. No podía confiar en Reba Ashby.

—Creo que será mejor no seguir hablando de eso —dijo con firmeza, e hizo una señal al camarero para que le trajera la cuenta.

58

Cuando Marty Browski llegó a su despacho el jueves por la mañana, vio que Eric Bailey le había devuelto la llamada a las siete de la tarde del miércoles.

—Me encanta llamar por teléfono —dijo Marty en voz alta, y marcó el número de Bailey. Cuando la secretaria de Bailey contestó, le puso enseguida con él.

—Siento no haberle localizado ayer —dijo Eric en tono plácido—. Me tomé la tarde libre para jugar al golf.

Accedió al instante a encontrarse con Marty.

—Esta mañana, si quiere. A las once estaré libre.

La oficina se encontraba fuera de los límites de Albany. Mientras Marty conducía hacia la zona, reflexionó que solo una vez se había encontrado cara a cara con Bailey, en la sala del tribunal donde juzgaban a Ned Koehler por acosar a Emily Graham. Bailey había prestado declaración sobre las cámaras que había instalado alrededor de la casa. Se había derrumbado en el estrado de los testigos, recordaba Marty, mientras se retorcía las manos a causa del nerviosismo. Había hablado con voz queda y aflautada. El juez le había pedido varias veces que alzara la voz.

Desde entonces, Marty había visto la foto de Bailey en los periódicos de vez en cuando. Era una celebridad local, la miniversión de Albany de Bill Gates.

Ir a ver a Bailey para saber si podía proporcionarle alguna información útil que le ayudara a encontrar al acosador era como agarrarse a un clavo ardiendo. No obstante, Marty sabía que eran necesarias medidas extremas, aunque eso significara agarrarse a un clavo ardiendo.

Atravesaba una zona en la que se habían instalado las oficinas centrales de varias empresas, todas situadas en entornos similares a parques. Observó que ningún edificio pasaba de las tres plantas.

Marty aminoró la velocidad al reparar en el orden descendente de los números de la calle. El siguiente desvío tenía que ser el de Bayley, calculó.

Un largo camino de acceso conducía a un bonito edificio de dos pisos, de ladrillo rojo, con ventanas tintadas del suelo al techo. Muy agradable, pensó Marty, mientras paraba en un hueco del aparcamiento reservado a los visitantes.

El mostrador de recepción estaba en el centro de un vestíbulo que abarcaba toda la longitud de la planta. Había costosos sofás y butacas de cuero rojo, tachonados de clavos de latón, distribuidos alrededor de alfombras persas, en espacios para sentarse bien definidos. Cuadros que parecían de muy buena calidad colgaban de las paredes, formando grupos dispuestos con gusto. El efecto general era relajante, elegante y caro.

Browski recordó algo que había leído, un comentario que el productor George Abbott había hecho al dramaturgo Moss Hart cuando vio la propiedad del autor en Bucks County: «Muestra lo que Dios habría podido hacer de haber tenido dinero».

La recepcionista estaba avisada de que vendría.

—La suite del señor Bailey está en el segundo piso. Gire a la derecha y siga hasta el final —indicó.

Browski desdeñó el ascensor y subió la escalera de caracol. Mientras recorría el largo pasillo de la segunda planta, echó un vistazo a los despachos ante los que pasaba. Muchos parecían vacíos. Había oído rumores de que la empresa de Bailey estaba perdiendo dinero a marchas forzadas, y de que la tecnología que había puesto en el candelero a la empresa ya había sido superada por otras. También había oído que algunos expertos veían con escepticismo la afirmación de Bailey de que estaba a punto de lanzar una nueva clase de transmisor sin cable.

La doble puerta de caoba tallada que había al final del pasillo indicaba que había llegado a los dominios privados de Eric Bailey.

¿Debo llamar con los nudillos o gritar «yuju»?, se preguntó, pero se decantó por abrir poco a poco las puertas.

—Entre, señor Browski —dijo una voz.

Cuando obedeció, una mujer delgada y elegante de unos cuarenta años se levantó de detrás de un escritorio. Se presentó como

Louise Cauldwell, ayudante personal del señor Bailey, y le guió hasta el despacho privado.

Eric estaba de pie ante la ventana, y se volvió cuando los oyó acercarse.

Browski había olvidado que Bailey era tan poca cosa. No es que sea bajo, pensó mientras cruzaba la habitación. En realidad era de estatura mediana. Se debía a la forma de comportarse. Mala postura, decidió Marty, y recordó cuando su padre le ordenaba «¡Camina bien erguido!».

El problema consistía en que, debido a su postura indolente, la chaqueta de cachemira de tono tostado y los pantalones oscuros que Bailey vestía, indudablemente caros, parecían demasiado grandes para su talla.

Pese a todo su dinero, Eric Bailey todavía parece un desgraciado, pensó Marty mientras extendía la mano. Cuando ves a este tipo nunca adivinarías que es un genio.

—Me alegro de volver a verle, detective Browski.

—Lo mismo digo, señor Bailey.

Bailey señaló el sofá y las butacas dispuestos junto a la hilera de ventanas que dominaban la parte posterior de la propiedad.

—Aquí estará cómodo —dijo. Miró expectante a Louise Cauldwell.

—Ahora mismo les traigo café, señor Bailey —dijo.

—Gracias, Louise.

Mientras se acomodaba en el sofá de cuero, blando como la mantequilla, Marty comparó aquel lugar con su despacho. Era un cubículo de dos por cuatro, con una ventana pequeña que daba al aparcamiento. Janey aseguraba que habían fabricado su escritorio con madera del Arca de Noé. Su archivador estaba a punto de estallar, y las carpetas sobrantes se amontonaban sobre la única silla supletoria y en el suelo.

—Un bonito despacho en un bonito edificio, señor Bailey —dijo con sinceridad.

Una sonrisa cruzó los labios de Eric.

—¿Vio alguna vez mi antiguo despacho? —preguntó—. Estaba al lado del de Emily.

—Vi el de Emily varias veces. Bastante pequeño, pero agradable, diría yo.

—Imagine un tercio de ese tamaño, y ya tiene mi antiguo lugar de trabajo.

—Debía de ser como mi leonera actual antes de que la heredara, señor Bailey.

Esta vez la sonrisa de Bailey pareció sincera.

—Como no creo que haya venido para leerme mis derechos, y como los dos somos amigos de Emily, dejémonos de formalidades. Me llamo Eric.

—Marty.

—El lunes fui a ver la nueva casa de Emily. Tal vez te haya dicho que instalé cámaras —empezó Eric.

—Sí, me lo dijo —contestó Marty.

—Me preocupa que ese acosador la haya seguido hasta Spring Lake. ¿Crees que se trata de un imitador?

—No lo sé —dijo con franqueza Marty—. Pero sí te diré algo: cualquier acosador es una bomba de tiempo. Si es el mismo tipo que la persiguió aquí, está a punto de prender fuego al barril de pólvora. ¿Te enseñó algunas de las fotografías que le tomó en Albany?

—Sí. Las mismas que te dio a ti, según creo.

—Sí, y esto es lo que me preocupa: casi todas las fotos de Albany fueron tomadas cuando Emily estaba corriendo, bajando o subiendo del coche, o entrando en un restaurante. Las de Spring Lake adquieren un carácter diferente. Alguien tuvo que averiguar dónde se alojaba la primera noche, para después acechar desde la playa, pese al frío y el viento, con la esperanza de divisarla. Esta es una copia de la segunda, tomada cuatro días más tarde. —Marty le entregó la fotografía de Emily en la iglesia de St. Catherine, el sábado por la mañana—. Ese tipo tuvo la osadía de seguir a Emily hasta la misa por la víctima asesinada, que había sido encontrada en el patio trasero de Emily.

—Me he estado haciendo preguntas sobre eso —dijo Eric—. Para mí, eso sugiere que el acosador es alguien a quien no conoce. Quiero decir, incluso en una iglesia abarrotada puedes distinguir una cara conocida. Creo que eso corrobora la teoría del acosador imitador.

—Puede que tengas razón —admitió Marty sin querer—, pero en tal caso significa que tal vez haya dos acosadores, no uno. El motivo por el que quería verte, Eric, es pedirte que te concentres en la gente del edificio donde Emily y tú teníais los despachos. ¿Crees que alguien se obsesionó con ella? Podría ser un tipo del servicio de mantenimiento, un mensajero, o quizá un individuo amable, cordial, como tantos otros, casado y con hijos, de aspecto inofensivo.

—No olvides que hace tres años que me fui del edificio —le recordó Eric—. Emily cerró su despacho la semana pasada. Insistió en concluir todos los casos que había empezado, en lugar de pasarlos a otros abogados.

—Ella es así, y ninguno de nosotros quiere pensar que vaya a pasarle algo.

Marty recogió las fotos y las guardó en el bolsillo de la chaqueta.

—Eric, espero que te devanes los sesos y pienses en alguien que hubiera podido obsesionarse con Emily Graham.

—Lo intentaré, desde luego.

—Otra cosa. ¿Puedes instalar algún aparato capaz de aumentar la seguridad de Emily, al menos cuando esté sola en casa?

—Ojalá existieran. Mi única sugerencia sería instalar botones de pánico en todas las habitaciones. Tengo la sensación de que, a pesar de su aparente valentía, Emily está muy asustada, ¿no crees?

—¿Asustada? Claro. Es humana. Además, la situación la está destrozando. Lo noto en su voz. Lástima que no tenga un novio que cuide de ella, a ser posible un defensa de los Giants.

Marty esperaba que Eric Bailey sonriese, pero advirtió el cambio que se produjo en su rostro y reconoció una expresión de dolor y furia. Este tío está enamorado de Emily, pensó. Oh, hermano.

Louise Cauldwell volvió, seguida por una criada que llevaba una bandeja.

Marty bebió el café a toda prisa.

—Eres un hombre ocupado, Eric. No voy a robarte más tiempo —dijo, dejó la taza y se puso en pie.

Pero vas a robar mucho del mío, pensó, mientras se despedía y recorría el pasillo hasta la escalera. Una pequeña charla con la recepcionista no estaría de más, decidió.

Las palabras burlonas de Joel Lake cruzaron por su mente. «Pensaba que el hijo de la Koehler era el acosador... Te equivocaste conmigo, y te equivocaste con él.» Puede que me equivoque otra vez, pensó Marty, pero de repente se me ocurre que tal vez Eric Bailey sea el tipo que buscamos.

«Te equivocaste conmigo, y...»

Espera un momento... Eric Bailey no pudo ir a la iglesia el pasado sábado. Emily le habría visto.

Quizá debería matricularme en un curso de cómo ser detective en siete días, pensó Marty, disgustado, mientras bajaba la escalera, y pasó ante la recepcionista sin detenerse.

59

—No hemos podido averiguar nada nuevo sobre Wilcox en el Enoch College —dijo Tommy Duggan cuando colgó—. Ni una insinuación de escándalo. Nada. El investigador que se encargó del trabajo es listo. Ya habíamos colaborado otras veces. Habló con las personas que integraban la junta rectora cuando Wilcox dimitió. La insinuación de que Wilcox había sido obligado a dimitir indignó a todos.

—Entonces, ¿por qué dimitió tan repentinamente? —replicó Pete Walsh—. ¿Quieres saber lo que pienso?

—Me tienes en ascuas.

—Creo que Wilcox fingió una dolencia cardíaca porque algo pendía sobre su cabeza y no quería que salpicara a la universidad si llegaba a saberse. Puede que sus compañeros no sepan el verdadero motivo de su dimisión.

Estaban en el despacho de Tommy, donde habían esperado la llamada del investigador desde Cleveland. Se levantaron y fueron en busca del coche. Iban a pasar por la casa de Emily Graham para entregarle las copias de los informes policiales de la década de 1890, y luego volverían a hablar con el doctor Clayton Wilcox.

—Pensaste que tal vez había echado mano a las arcas de la universidad —recordó Pete a Tommy—. Démosle la vuelta a la idea. ¿Por qué no echamos un vistazo a su declaración de hacienda del año en que dimitió de Enoch, a ver si liquidó algunas propiedades?

—Creo que valdría la pena.

Este palurdo es más listo de lo que parece, pensó Tommy mientras entraban en el aparcamiento.

Camino de casa de Emily Graham, volvió a llamar al investigador de Cleveland.

60

—¿A qué debo el placer de tu visita? —preguntó Bob Frieze cuando se reunió con Natalie en su mesa de The Seasoner. Se había quedado sorprendido y disgustado cuando recibió una llamada del jefe de comedor para informarle que su esposa comería con él.

—Territorio neutral, Bobby —dijo ella en voz baja—. Tienes un aspecto espantoso. Después de lo que me hiciste —indicó su muñeca contusionada—, anoche dormí en el cuarto de invitados, con la puerta cerrada con llave. Veo que no has ido a casa. Tal vez estuviste con Peggy.

—Anoche dormí en el sofá de mi despacho. Pensé que después de la escenita de ayer, un período de enfriamiento no nos vendría mal.

Natalie se encogió de hombros.

—Territorio neutral. Período de enfriamiento. Escucha, los dos estamos diciendo lo mismo. Estamos hartos el uno del otro, y la verdad, tengo miedo físico de ti.

—¡No seas ridícula!

—¿No? —Abrió el bolso y sacó un cigarrillo.

—Aquí no se puede fumar. Ya lo sabes.

—Pues vamos al bar, donde está permitido. Comeremos allí.

—¿Desde cuándo has vuelto a fumar? Lo dejaste después de casarnos, y de eso hace casi cinco años.

—Para ser precisa, te prometí que lo dejaría después del día del Trabajo de aquel verano, hace cuatro años y medio. Siempre lo he echado en falta. Ahora no quiero echarlo en falta.

Mientras aplastaba el cigarrillo en el plato de servicio, Natalie tomó conciencia de algo. *Eso es lo que he estado intentando recordar,* pensó. *La última vez que fumé fue en la fiesta que los Lawrence ofrecieron a Martha. Eso fue un 6 de septiembre. Salí al porche porque no permitían fumar dentro de la casa, por supuesto. Él llevaba algo en la mano y caminaba hacia el coche...*

—¿Qué te pasa? —preguntó Bob con brusquedad—. ¿Has visto un fantasma?

—Pasemos de la comida. Solo quería decirte cara a cara que voy a dejarte. Ahora voy a casa a hacer las maletas. Connie me prestará su apartamento de la ciudad hasta que encuentre algo. Ya te dije ayer lo que quiero como compensación.

—Ningún juez te concederá esa estrafalaria cantidad. Sé realista, Natalie.

—Sé realista tú, Bob —replicó ella—. ¡Móntatelo como sea! Recuerda que tus declaraciones de renta no aguantarán el menor escrutinio, sobre todo la del año en que recibiste un buen pastón de la empresa cuando te jubilaste. La IRS[1] recompensa bien a los soplones.

Apartó la silla y casi corrió hacia la puerta.

El jefe de comedor esperó unos prudentes diez minutos para acercarse a la mesa.

—¿Tomo nota ya, señor? —preguntó.

Bob Frieze le miró con una expresión de extrañeza. Sin contestar, se levantó y salió del restaurante.

Es como si no supiera que estaba hablando con él, murmuró el jefe de comedor para sí, mientras se apresuraba a recibir a un grupo de seis personas, cosa rara en aquellos días.

61

El plano improvisado sobre la mesa del comedor acogía una docena más de diminutas casas. Todos los caminos conducen a Roma, pensó Emily, pero todavía no le encuentro un sentido. Tiene que haber otra respuesta.

Los álbumes de fotografías que George Lawrence le había prestado, junto con los demás recuerdos, estaban poniendo rostros a muchos de los nombres. Se descubrió yendo de un lado a otro, entre referencias a personas y las páginas del álbum.

Había encontrado un retrato de grupo con los nombres de los fotografiados escritos detrás. Se había ido borrando con los años, y era demasiado pequeño para ver las caras con claridad, de modo que pensaba preguntar a los policías que vendrían más tarde si el laboratorio podía hacer una ampliación.

Era un grupo numeroso. Las tres víctimas, Madeline, Letitia y Ellen, constaban en la lista del reverso, así como Douglas y Alan Carter, y algunos de sus progenitores, incluido Richard Carter.

La parte trasera de su casa daba a la de la casa donde Alan Carter había vivido en la época de los asesinatos. El acebo que había

1. Internal Revenue Service, Superintendencia de Contribuciones. *(N. del T.)*

ocultado la tumba se encontraba prácticamente en la divisoria entre ambas propiedades.

Douglas Carter había vivido en la acera opuesta de Hayes Avenue.

Al repasar lo que había averiguado sobre Letitia Gregg, decidió que era muy posible que la joven pensara ir a darse un chapuzón cuando desapareció. No encontraron su bañador. Su casa se hallaba en Hayes Avenue, entre la Segunda y la Tercera. Para llegar a la playa habría tenido que pasar ante las casas de Alan y Douglas Carter. ¿La habrían abordado durante el trayecto?

Pero Douglas Carter se suicidó antes de que Letitia desapareciera.

Más adelante, la familia de Alan Carter compró la propiedad donde estaba enterrado el cadáver de Letitia. Al parecer existían muchas conexiones.

Sin embargo, Ellen Swain no encajaba en ese esquema. Vivía en una de las casas que daban al lago.

Emily aún estaba meditando sobre el plano cuando el detective Duggan y Walsh llegaron. Les dio el retrato de grupo, del que prometieron ocuparse.

—Nuestros chicos son buenos —dijo Tommy Duggan—. Ampliarán y limpiarán la foto.

Walsh estaba estudiando el plano de cartulina.

—Buen trabajo —dijo en tono de admiración—. ¿Va a sacar algo en claro de esto?

—Puede —dijo Emily.

—¿Podemos ayudarla, señora Graham? —preguntó Tommy Duggan—. Se lo diré de otra forma. ¿Puede ayudarnos? ¿Algo de lo que ha descubierto nos sirve de algo?

—No —contestó Emily—. Aún no. Pero gracias por traer las copias de los informes antiguos.

—Creo que al jefe no le hizo demasiada gracia —dijo Pete—, de modo que ojalá sean útiles. Tengo la sensación de que aún nos va a caer un buen rapapolvo por pasárselos.

Cuando los detectives se marcharon, Emily preparó un bocadillo y una taza de té, los puso en una bandeja y se los llevó al estudio. Dejó la bandeja sobre el sofá, se acomodó en una butaca confortable y empezó a leer los informes de la policía, empezando por la primera página del expediente de Madeline Shapley.

«7 de septiembre de 1891: llamada telefónica del señor Louis Shapley, Hayes Avenue, 100, Spring Lake, a las 19.30 horas, informando de que su hija de diecinueve años, Madeline, ha desaparecido. La señorita Shapley estaba en el porche de la casa familiar, esperando a que su prometido, el señor Douglas Carter, Hayes Avenue, 101, regresara de Nueva York.»

«8 de septiembre de 1891: se sospecha de una mano criminal tras la desaparición de Madeline Shapley... La familia interrogada con minuciosidad... La madre y la hermana menor estaban en casa... Bajo la supervisión de la señora Kathleen Shapley, Catherine Shapley, de once años, estaba tomando una clase de piano con su profesora, la señorita Johanna Story. Declararon que el sonido del piano habría podido ahogar cualquier grito que la señorita Madeline Shapley hubiera podido emitir.»

«22 de septiembre de 1891: el señor Douglas Carter fue interrogado de nuevo acerca de la desaparición de su prometida, la señorita Madeline Shapley, el 7 de septiembre pasado. El señor Carter se reafirma en que perdió por escasos momentos el tren que salía de Manhattan y tuvo que esperar dos horas al siguiente.

»Su respuesta a la declaración de un testigo, quien dice que habló con él en la estación muy poco antes de que arribara el primer tren a la estación, es que se encontraba muy nervioso porque pensaba entregar el anillo de compromiso aquel día a la señorita Shapley, y de repente sintió náuseas. Tuvo que correr al lavabo de caballeros un momento, y cuando salió vio que el tren ya abandonaba la estación.

»El tren siguiente iba muy lleno, y el señor Douglas declara que no reconoció a nadie a bordo. Ni el revisor del tren anterior ni el del posterior recuerdan haber picado su billete.»

No me extraña que resultara sospechoso, pensó Emily. ¿Es posible que estuviera nervioso porque no quisiera seguir adelante con el compromiso? ¡Y yo que pensaba que era un matrimonio por amor!

Por un instante, recreó una imagen mental de la fiesta de su boda, y del primer baile con Gary. Ese día, él también parecía muy enamorado.

Y yo pensaba que también, se dijo Emily. No obstante, cuando pienso en ello, siempre supe que algo fallaba.

Un marido que renunciara a todas las demás mujeres, por ejemplo.

El timbre del teléfono interrumpió aquellos lúgubres pensamientos. Era Will Stafford.

—Quería llamarte hace días, pero ha sido una semana muy ajetreada —dijo—. Ya sé que no he podido avisarte, pero ¿te apetece cenar esta noche? Whispers es un buen restaurante, aquí en la ciudad.

—Con mucho gusto —dijo Emily con sinceridad—. Creo que ha llegado el momento de tomarme un descanso y volver al mundo real. He vivido en la década de 1890 toda la semana.

—¿Cómo se está allí?

—En muchos aspectos, me encanta.

—Ya te imagino con miriñaque.

—Te has pasado unos cuarenta años. Los miriñaques estuvieron de moda durante la guerra civil.

—Yo qué sé. Ayudo a la gente a comprar o vender casas. ¿Te va bien a las siete?

—Estupendo.

—Hasta luego.

Emily colgó el teléfono, y después, entumecida de estar sentada tanto rato, hizo unas cuantas flexiones para mover los músculos.

La cámara grabó hasta el último de sus movimientos sin hacer el menor ruido.

62

Joan Hodges había dedicado los cuatro últimos días a intentar ordenar los historiales de los pacientes. Para ella, era una labor de amor. En la medida de sus fuerzas, estaba decidida a ocuparse de que los pacientes de la doctora Madden, que aún no se habían recuperado de la impresión causada por su muerte, no sufrieran por el extravío de sus historiales.

Era una tarea tediosa. El asesino se había tomado el trabajo de desordenar todo, notas, observaciones, expedientes. En algunos momentos, Joan se sentía abrumada y desesperada. En tales ocasiones iba a caminar por el paseo media hora, y después volvía a su trabajo algo más animada.

Se había llegado al acuerdo de que el doctor Wallace Coleman, colega y amigo íntimo de la doctora Madden, pasaría a ocupar su consulta. Todo el tiempo libre que le dejaban las visitas lo destinaba a ayudar a Joan en su tarea.

El jueves, un técnico de la policía volvió con el ordenador reconstruido.

—El tipo hizo lo que pudo por destruirlo —dijo—, pero tuvo usted suerte. No afectó al disco duro.

—¿Eso significa que puedo recuperar los archivos? —preguntó Joan.

—Sí. El detective Duggan quiere que busque un nombre, el doctor Clayton Wilcox. ¿Le suena?

—¿No es ese del que hablan los diarios? El pañuelo de su mujer...

—Ese es Wilcox.

—Quizá me suene por eso. No llego a conocer... —Joan hizo una pausa—. No llegaba a conocer a todos los pacientes de la doctora Madden, sobre todo los que venían por la noche. Ella me dejaba la información sobre el escritorio.

Joan se sentó ante el ordenador y sus dedos volaron. Si la policía le pedía que buscara un nombre, debía de ser porque esa persona era sospechosa. Deseaba con toda su alma que el asesino de la doctora Madden fuera detenido y castigado. Ojalá fuera miembro del jurado cuando se celebrara el juicio, pensó.

Doctor Clayton Wilcox.

Su expediente estaba en la pantalla. Joan empezó a pulsar el ratón para recuperar el contenido del expediente.

—Fue paciente durante un breve período —anunció con aire triunfal—, en septiembre de hace cuatro años y medio, y otra vez en agosto, hace dos años y medio. Venía por las noches, por eso no llegué a conocerle.

El técnico de la policía habló por su móvil.

—He de ponerme en contacto ahora mismo con Duggan —dijo—. Tengo una información que ha de recibir cuanto antes.

63

Reba Ashby sabía que cuando su artículo apareciera el viernes en el *National Daily*, se armaría un gran revuelo. «Testigo ocular del robo del pañuelo asesino duda de presentarse a la policía.»

En el artículo de primera plana que estaba escribiendo, Reba describía su encuentro en el hotel The Breakers, en Ocean Avenue, Spring Lake, con «Bernice Joyce, la anciana y frágil viuda que tildó de "llamativo" el pañuelo, y después confió a esta cronista que tenía un problema ético: "Estoy segura de que vi cómo robaban el pañuelo de la mesa. Estoy casi segura".

»*¡Que la policía tome nota!*

»Alguien que asistió a la fiesta de los Lawrence aquella noche fatal robó el pañuelo, y al día siguiente lo utilizó para acabar con la vida de Martha Lawrence. ¿Quién es?

»Tal como Bernice Joyce los describió, estas son las posibilidades:

»Varias parejas de edad avanzada que eran vecinas de los Lawrence.

»El doctor Clayton Wilcox y su formidable esposa, Rachel. Él es rector de una universidad, jubilado. Ella es la persona que llevó el pañuelo en la fiesta. Rachel está al frente de muchos comités, es eficaz, pero no cae demasiado bien. Dice que pidió a su tiranizado maridito que le guardara el pañuelo en el bolsillo.

»Bob y Natalie Frieze. Bernice Joyce siente mucho cariño por Susan, la primera señora Frieze, pero ninguno por la atractiva segunda mujer.

»Will Stafford, abogado de bienes raíces. Apuesto, uno de los escasos solteros de Spring Lake. Vigila, Will. Bernice Joyce piensa que eres un bombón.»

De momento, el artículo terminaba ahí. Quería echar un vistazo a Will Stafford y formarse una primera impresión de él. Después iría a The Seasoner, a ver si encontraba a Bob Frieze.

Localizó la oficina de Will Stafford en la Tercera Avenida, en el centro de la ciudad. Cuando Reba abrió la puerta de la oficina exterior, vio a la recepcionista y rezó en silencio para que Stafford estuviera fuera u ocupado.

Había salido, le dijo Pat Glynn, pero no tardaría en volver. ¿A la señorita Ashby le importaba esperar?

Ya lo creo que no, nena, pensó Reba.

Se sentó en la silla más cercana al escritorio de la recepcionista y se volvió hacia Glynn, con aire simpático y confiado.

—Háblame de tu jefe, Will Stafford.

El revelador rubor en las mejillas de Glynn, y el súbito brillo que apareció en sus ojos, revelaron a Reba lo que casi sospechaba ya. La recepcionista-secretaria estaba cautivada por su jefe.

—Es la persona más buena del mundo —dijo Pat Glynn con vehemencia—. Todo el mundo le pide ayuda. Es una persona justa. Dice a la gente que no se apresure a comprar una casa, o si se da cuenta de que no están muy convencidos, a pesar de que hayan depositado una paga y señal, hace lo imposible para que recuperen el dinero. Además...

En opinión de Reba, la frase clave era «todo el mundo le pide ayuda». Sabía que el artículo giraría en torno a eso.

—Supongo que estás diciendo que es un paño de lágrimas —insinuó—, o el típico individuo que te presta unos pavos al instante si estás apurada, o recorta sus honorarios para...

—Oh, ya lo creo que es un paño de lágrimas —dijo Pat Glynn con una sonrisa vaga. Su sonrisa se desvaneció—. La gente se aprovecha de eso.

—Lo sé —dijo Reba con aire solidario—. ¿Hay alguien que saque tajada últimamente?

—Natalie Frieze, sin lugar a dudas.

Natalie Frieze, la mujer de Bob Frieze, el propietario de The Seasoner, recordó Reba. Habían estado en la fiesta celebrada en casa de los Lawrence la noche antes de que Martha desapareciera.

Pat Glynn abundó en el tema. Durante las últimas veinticuatro horas, desde que había visto a Natalie Frieze besar con tanto entusiasmo a Will Stafford, para luego ir a comer con él por segunda vez en una semana, el estado de ánimo de Pat había basculado entre la furia y la desdicha.

Enamorada totalmente de su jefe, su anterior admiración por Natalie Frieze se había transformado en una intensa antipatía.

—No le cae bien a nadie de aquí. Siempre va exhibiéndose, vestida de punta en blanco todo el día, como si se dirigiera a Le Cirque 2000. Ayer montó un numerito para el señor Stafford, con el fin de conseguir su compasión. Le explicó que su marido le había contusionado la muñeca.

—¿A propósito?

—No lo sé. Tal vez. Estaba hinchada y amoratada. Me dijo que le hacía mucho daño. —Mirar los ojos compasivos de Reba era como ir al confesonario. Pat Glynn respiró hondo y se lanzó de cabeza—. Ayer, cuando se iban de aquí, el señor Stafford me dijo que volvería dentro de una hora. Natalie Frieze sonrió y dijo:

«Que sea hora y media». Y eso que él estaba muy ocupado. Tenía un montón de trabajo sobre la mesa.

—¿Tiene novia? —preguntó Reba.

—Oh, no. Está divorciado. Se casó en cuanto acabó la carrera de derecho en California. Su madre murió en esa época. Tiene una fotografía de ella sobre el escritorio. Yo creía que su padre también había muerto, pero apareció aquí la semana pasada, y el señor Stafford se enfadó muchísimo...

Pat enmudeció.

Que no entre nadie, rezó Reba. No pares, nena.

—Tal vez su padre abandonó a su madre, y no se lo ha perdonado —sugirió Reba, con la esperanza de continuar la conversación. Observó que Pat Glynn empezaba a parecer incómoda, al intuir que se había ido demasiado de la lengua.

Era la misma expresión que Reba había visto en la cara de Bernice Joyce.

Pero Pat superó sus dudas y picó el anzuelo.

—No; era un pique entre ellos. El señor Stafford echó a su padre del despacho. En los dos años que llevo aquí, nunca le había oído alzar la voz, pero gritó a su padre. Le dijo que subiera al coche, volviera a Princeton y se quedara allí. Dijo: «No me creíste, me repudiaste, tu único hijo, habrías podido pagar para conseguirme una buena defensa». El padre estaba llorando cuando salió, y se nota que está muy enfermo, pero no sentí pena por él. Es evidente que se portó muy mal con Stafford cuando era joven.

Pat Glynn hizo una pausa para tomar aliento, y después miró a Reba.

—Es fácil hablar con usted, porque es muy amable. No debería contarle todo esto. Que quede entre nosotras, ¿de acuerdo?

Reba se levantó.

—Por supuesto —contestó con firmeza—. Creo que ya no puedo esperar más. Telefonearé para conseguir una cita. Encantada de conocerte, Pat.

Salió y echó a caminar a toda prisa por la calle. Lo último que deseaba era encontrarse con Will Stafford. Si la veía y descubría quién era, obligaría a su chismosa secretaria a confesar lo que había dicho.

La primera plana del periódico de mañana contendría el artículo sobre Bernice Joyce.

Al día siguiente, sábado, su artículo se concentraría en Natalie

Frieze, una esposa maltratada que se consolaba en brazos de Will Stafford, uno de los posibles sospechosos de los asesinatos de Martha Lawrence y Carla Harper.

El domingo, si el equipo de investigación del *National Daily* se daba prisa, se centraría en por qué Will Stafford, el popular y apuesto abogado de bienes raíces de Spring Lake, había sido repudiado por su acaudalado padre, quien no pagó para que un abogado le defendiera ante los tribunales.

Reba solo estaba haciendo conjeturas. Aún no sabía si el padre era rico, pero era de Princeton, un lugar distinguido. Además, quedaría bien en negro sobre blanco.

64

Después de dejar a Emily, Tommy Duggan y Pete Walsh fueron a la residencia del doctor Clayton Wilcox. Su interrogatorio fue frustrante e insatisfactorio.

Wilcox se ciñó a su historia de que había dejado el pañuelo bajo el bolso de su mujer. Cuando le preguntaron sobre la doctora Lillian Madden, recordó que, hacía unos años, se había sentido algo deprimido y tal vez hubiese consultado con ella.

—O con alguien de nombre parecido.

—¿Cuánto hace de eso, doctor Wilcox? —preguntó Tommy Duggan.

—Mucho tiempo. No estoy seguro.

—¿Cinco años? ¿Tres?

—No puedo acordarme.

—Haga un esfuerzo, doctor —pidió Pete Walsh.

La única satisfacción que los policías habían extraído de la visita era el hecho de que Wilcox se estaba desmoronando. Tenía los ojos hundidos. Cuando hablaba, no paraba de enlazar y desenlazar las manos. Gotas de sudor se formaban en su frente, aunque la temperatura en su estudio era fría, hasta extremos desagradables.

—Al menos se está poniendo nervioso —dijo Tommy a Pete.

Después, a las cuatro de la tarde, sucedieron dos cosas casi al mismo tiempo. El técnico llamó desde la consulta de la doctora Madden y les dijo las fechas en que el doctor Clayton Wilcox había visitado a la psicóloga.

—La vio cuatro semanas después de que Martha Lawrence desapareciera, y tres semanas después de que Carla Harper desapareciera —repitió Tommy Duggan, en tono incrédulo y exaltado a la vez—. ¡Y dice que no se acuerda! Ese tipo es un mentiroso de tomo y lomo.

—Nos dijo que fue a verla porque estaba un poco deprimido. Si estranguló a esas chicas, no me extraña que estuviera deprimido —dijo con sarcasmo Pete Walsh.

—La secretaria, Joan Hodges, me dice que aún no han encontrado el expediente privado con las notas de la doctora sobre Wilcox, pero aunque consigan recuperarlo, necesitaremos una orden judicial para verlo. —La boca de Tommy Duggan se convirtió en una línea delgada e iracunda—. Sea como sea, nos haremos con ese expediente.

La segunda ración de maná caído del cielo llegó en forma de llamada telefónica del investigador desde Ohio.

—Tengo un contacto en la correduría donde Wilcox tiene su cartera de valores. Si llegara a saberse, le costaría el empleo, pero miró el expediente de Wilcox. Hace doce años, cuando Wilcox se jubiló, pidió un préstamo de cien mil dólares por sus acciones. Lo retiró en forma de talón extendido a su nombre, pero el talón fue depositado en un banco de Ann Arbor, Michigan, en una cuenta nueva abierta por una tal Gina Fielding. En la parte inferior izquierda del talón, alguien escribió: «Escritorio y buró antiguos».

—¿Gina Fielding es marchante de antigüedades?

A juzgar por la sonrisa que iluminó el rostro de Duggan mientras escuchaba, Pete Walsh comprendió que las noticias eran buenas.

—Te va a encantar, Duggan. Gina Fielding era estudiante de penúltimo año en el Enoch College, y abandonó la universidad de la noche a la mañana, justo antes de que Wilcox dimitiera.

—¿Dónde vive ahora?

—Estamos siguiendo su rastro. Se mudó a Chicago, se casó, después se divorció. La localizaremos en uno o dos días.

Cuando Tommy Duggan colgó, miró a Pete Walsh con sombría satisfacción.

—Puede que tengamos la prueba definitiva —dijo—. Por la mañana visitaremos de nuevo al eminente ex rector del Enoch College. No me sorprendería que, antes de que terminemos, hayan retirado su nombre del edificio que le dedicaron.

VIERNES, 30 DE MARZO

65

Ha sido una mañana muy angustiosa. Justo cuando mi plan definitivo se iba desarrollando de una manera tan hermosa, tuve que tomar una decisión radical y fatal.

He estado comprando el *National Daily* cada mañana. Esa insidiosa columnista, Reba Ashby, se ha hospedado en The Breakers toda la semana y está por todas partes en la comunidad, recogiendo chismorreos.

Esta mañana me he dado cuenta de que sus conversaciones con Bernice Joyce iban a ser mi perdición o mi salvación.

La señora Joyce confesó a la Ashby que estaba prácticamente segura de saber quién había quitado el pañuelo de debajo del bolso aquella noche.

Si lo hubiera dicho a la policía, le habrían sacado mi nombre. En ese momento habrían empezado a investigar todos los detalles de mi vida. Ya no aceptarían mi deslabazada explicación de dónde estaba y qué estaba haciendo cuando Martha desapareció.

Habrían descubierto la verdad, y la vida que he elegido hubiese terminado.

Tuve que correr el peligro. Me senté en un banco del paseo cerca de The Breakers, fingiendo estar abstraído en la lectura del periódico, mientras intentaba decidir cómo entrar en el hotel y localizar la habitación de la señora Joyce sin que nadie me viera y reconociera. Bajo la capucha llevaba una peluca, de modo que, en el caso de que me describieran, hablarían de alguien canoso, con el pelo caído sobre la frente. También llevaba gafas oscuras.

Era un disfraz bastante lamentable, pero sabía que si la policía tenía la oportunidad de interrogar a la señora Joyce, revelaría mi nombre.

Y entonces apareció la oportunidad.

Hace un bonito día, soleado y de temperatura agradable.

A las siete y media, la señora Joyce salió de The Breakers a dar un paseo matutino. Estaba sola, y la seguí a distancia, mientras pensaba en cómo podría alejarla de los demás peatones y corredores. Por suerte, los más madrugadores ya se habían ido, y todavía era demasiado temprano para la gente que pasea después de desayunar.

Tras recorrer varias manzanas, la señora Joyce se sentó en un banco de una de las extensiones del paseo dedicadas a los que desean contemplar el mar a sus anchas, sin gente que pase cada dos por tres por delante de ellos.

¡Un lugar perfecto para mis propósitos!

Estaba a punto de dirigirme hacia ella cuando el doctor Dermot O'Herlihy, un médico jubilado que cada día sale a pasear, vio a la señora Joyce y se paró a hablar con ella. Por suerte, solo se quedó unos minutos, y después continuó su camino. Sé que no me prestó la menor atención cuando pasó ante el banco donde yo estaba sentado.

Venía gente de ambas direcciones, pero no había nadie a menos de una manzana de distancia. Me senté con sigilo al lado de la señora Joyce, con la cuerda en la mano. La anciana disfrutaba del sol de la mañana con los ojos cerrados.

Los abrió cuando sintió el tirón en su cuello, volvió la cabeza, asustada y sorprendida, al tiempo que yo apretaba la cuerda, y comprendió lo que estaba pasando.

Me reconoció. Sus ojos se abrieron de par en par.

Sus últimas palabras antes de morir fueron: «Me equivoqué. No pensaba que fuera usted».

66

—Esta noche no has dormido exactamente como un bebé —dijo Janey Browski a Marty, mientras depositaba delante de él un cuenco humeante de gachas.

—Y no me siento como si hubiera dormido como un bebé —contestó Browski—. No paro de soñar. Ya sabes, esa clase de sueños que te hacen sentir fatal pero que no recuerdas al despertar. Los sueños desaparecen pero la sensación perdura.

—Tu subconsciente intenta decirte algo. Si pudieras recordar algún fragmento del sueño, podría ayudarte a analizarlo.

Ella sirvió café en las dos tazas, se sentó a la mesa y empezó a untar una tostada con mermelada de fresa.

—¿Estás aprendiendo a analizar sueños en tu curso de psicología? —preguntó Marty con una leve sonrisa.

—Hablamos de cómo pueden ayudarnos.

—Bien, si esta noche sueño, te despertaré, te lo contaré y ya puedes empezar a analizar.

—Deja una libreta en tu mesita de noche y apunta todos los detalles, pero no enciendas la luz cuando lo hagas. —Janey habló en tono serio—. ¿Qué pasa, Marty? ¿Algo especial, o solo la preocupación general por el acosador?

—Anoche estabas haciendo de niñera, y yo me fui a la cama temprano, así que no tuve oportunidad de hablar contigo. Ayer vi a Eric Bailey.

Marty describió el encuentro y su súbita sospecha de que Bailey podía ser el acosador.

—La verdad, creo que te estás pasando —dijo Janey—, pero entiendo que no hay otra manera de investigarle.

—Janey, el sentido común dice que no asistió a la misa celebrada en la iglesia de St. Catherine el sábado pasado por la mañana, sentado no lejos del banco donde estaba Emily. Todo habría terminado si ella le hubiera visto. Como ya sabes, a un hombre le cuesta más disfrazarse que a una mujer.

Consultó el reloj y terminó de desayunar.

—Me voy. No aprendas demasiado. Detestaría ser intelectualmente inferior a ti. —Hizo una pausa—. Y no te atrevas a decirme que ya lo soy —le advirtió mientras la besaba en la cabeza.

«A un hombre le cuesta más disfrazarse que a una mujer.» Como los sueños inquietantes que no podía recordar, la frase perduró en el subconsciente de Marty todo el día.

Llegó incluso a conseguir el número de matrícula de la furgoneta y el Mercedes descapotable de Eric Bailey, y a consultar los registros del servicio de Teletac.

Olvídalo, se dijo Marty, pero como una muela cariada, la sospecha de que Eric Bailey era el acosador no remitió.

67

Cuando Emily despertó el viernes por la mañana y consultó el reloj, se quedó sorprendida al ver que ya eran las ocho y cuarto. Eso demuestra el poder relajante de un par de copas de vino, pensó mientras apartaba las mantas.

Sin embargo, gracias al largo sueño sin pesadillas se sentía más despejada que en toda la semana. Había sido una velada muy agradable, reflexionó durante el ritual matutino de preparar café y subirlo a su habitación, para beber mientras se duchaba y vestía.

Will Stafford es un chico agradable, pensó, mientras abría las puertas del ropero empotrado y trataba de decidir qué ponerse. Eligió tejanos blancos y una camisa de algodón a cuadros rojos y blancos de manga larga, dos de sus prendas favoritas.

La noche anterior se había puesto un traje azul marino de seda, con sutiles plisados alrededor de las mangas y los puños. Will Stafford lo había elogiado en varias ocasiones.

Había llegado a recogerla con casi media hora de antelación. Me abotoné la chaqueta del traje mientras bajaba, pensó Emily. Aún no me había pintado los labios ni puesto las joyas.

Le había dejado en el estudio, viendo las noticias, y se alegró de haber cerrado ya las puertas del comedor. No quería que nadie más examinara su plano.

Esta mañana, mientras se ponía los tejanos, la blusa y los zapatos, pensó que la impresión que tiene un extraño de las vidas ajenas puede ser muy diferente de la verdad que encierran.

Como Will Stafford, pensó Emily, mientras empezaba a hacer la cama. Por lo que me dijo el día que cerramos el trato, había pensado que su vida iba viento en popa, sin el menor problema.

Sin embargo, durante la cena, Will se había sincerado, y una imagen muy diferente había surgido.

—Como sabes, soy hijo único —empezó—, criado en Princeton, y me mudé con mi madre a Denver después de que mis padres se separaran, cuando tenía doce años. Creo haberte dicho también que veníamos a Spring Lake cada verano a pasar dos semanas, y que nos alojábamos en el Essex-Sussex.

»Pero eso no es todo —añadió.

Al cabo de un año de ser nombrado presidente de su empresa, su padre se divorció de su madre y contrajo matrimonio con su secretaria, la primera de tres esposas sucesivas.

—Mi madre quedó destrozada —dijo, con los ojos llenos de tristeza—. Nunca volvió a ser la misma. Amargó su carácter.

»Emily —dijo tras un instante de vacilación—, voy a decirte algo que no sabe nadie en esta ciudad. No es una historia bonita.

Intenté detenerle, recordó Emily, pero no me escuchó. Me dijo que después de la fiesta final de su penúltimo año de facultad en Denver, él y un amigo cogieron el coche. Los dos habían bebido mucha cerveza. Hubo un accidente, y el coche quedó destrozado. El amigo, que era quien conducía, tenía dieciocho años y le suplicó que cambiara de asiento con él. «Tú aún no has cumplido los dieciséis —arguyó— No se ensañarán contigo.»

—Estaba tan desconcertado, Emily, que accedí. Lo que no sabía era que no se trataba de un simple accidente. En mi estado de confusión, no me había dado cuenta de que había arrollado y matado a un peatón, una chica de quince años. Cuando intenté explicar a la policía lo sucedido en realidad, no me creyeron. Mi amigo mintió en el estrado de los testigos. Mi madre me apoyó en todo momento. Sabía que estaba diciendo la verdad. Mi padre se lavó las manos, y pasé un año en un centro de reclusión de menores.

Se transparentaba tanto dolor al desnudo cuando hablaba de esa época..., pensó Emily. Luego, Will se encogió de hombros y continuó:

—Eso es todo. No hay alma en esta ciudad que sepa lo que acabo de contarte. Lo he sacado a colación porque voy a pedirte que salgamos a cenar de nuevo dentro de una o dos semanas, y si la historia te preocupa, es mejor que lo sepas cuanto antes. De una cosa estoy seguro: puedo confiar en que no se lo dirás a nadie.

Yo le tranquilicé al respecto, pensó Emily, pero también le dije que esperara un poco antes de invitarme a cenar otra vez. No quiero que piensen que salgo de manera regular con alguien, ni en Spring Lake ni en ningún sitio.

Empezó a bajar la escalera, pero se detuvo a admirar la forma en que la luz del sol entraba a chorros por el vitral del rellano.

La próxima vez que salga en serio con alguien, si es que hay próxima vez, voy a asegurarme muy bien de que no estoy cometiendo otra equivocación.

Algo positivo, pensó con ironía, mientras se dirigía a la cocina, es que no he de preocuparme por enamorarme en el penúltimo año de universidad. ¡Eso solo pasa una vez en la vida, gracias a Dios!

Cómo ha cambiado mi vida, meditó. Al casarme con Gary nada más salir de la facultad, terminé viviendo en Albany porque él iba a entrar en el negocio familiar. Si no me hubiera casado con Gary, habría empezado a practicar la abogacía en Manhattan.

Pero si no hubiera vivido en Albany, no habría defendido a Eric en aquella demanda, y no habría ganado diez millones de dólares cuando vendí las acciones que me regaló.

Y desde luego no estaría en esta casa, concluyó, mientras iba al comedor para coger un libro de la colección de recuerdos de los Lawrence. Era el diario escrito por Julia Gordon Lawrence después de casarse. Emily estaba ansiosa por saber lo que revelaría. Mientras comía una tostada y un pomelo, empezó a leer.

En una de las primeras entradas, Julia escribía: «La pobre señora Carter continúa su declive. Nunca se recuperará de la pérdida de Douglas. Todos la visitamos con frecuencia y le llevamos flores para alegrar su habitación, o un dulce para tentar su apetito, pero parece que no sirve de nada. Habla constantemente de Douglas. "Mi único hijo", solloza cuando intentamos consolarla.

»Mi suegra y yo hablamos de ello, y estamos de acuerdo en que la vida se ha vuelto muy triste para la señora Carter. Fue bendecida con una gran belleza y una enorme fortuna, pero empezó a padecer reuma después del nacimiento de Douglas. Ha sido una semiinválida durante años, y ahora ya no se levanta de la cama.

»Mi suegra cree que durante mucho tiempo, en un intento de aliviar su dolor, los médicos le han estado prescribiendo dosis diarias de láudano demasiado fuertes. Ahora la señora Carter se halla en un estado de sedación que no le concede la menor oportunidad de interesarse por la vida, y con el paso del tiempo tal vez encontrar un consuelo en otras actividades. En cambio, el único desahogo de su dolor es verter copiosas lágrimas».

Emily cerró el libro. La señora Carter estaba en casa el día que Madeline desapareció, recordó. Pero supongamos que Douglas sí cogió el primer tren, llegó a casa y Madeline cruzó corriendo la calle para recibirle.

Si ocurrió algo entre Madeline y Douglas, ¿se habría enterado de la tragedia la señora Carter desde su habitación, sedada por el láudano?

O tal vez Madeline había abandonado el porche, entrado en su patio trasero y encontrado a Alan Carter en el patio de él. El joven estaba enamorado de ella, y tal vez sabía que su primo le iba a regalar el anillo de compromiso. Tal vez se le insinuó, reflexionó Emily, y se enfureció cuando ella le rechazó.

Ambas posibilidades eran intrigantes. Creo sin la menor duda, pensó, que Madeline murió aquella tarde, tan cerca de esta casa, y que Douglas o Alan Carter estuvieron implicados en su muerte.

Si Douglas era inocente de la muerte de Madeline, Alan se convierte en el sospechoso más verosímil, pensó.

Desde un punto de vista geográfico, vivía cerca de Madeline. Letitia tenía que pasar por delante de su casa para ir a la playa. En el diario, Julia había escrito que ella y sus amigas visitaban con regularidad a la madre inválida de Douglas. ¿Visitó Ellen Swain a la señora Carter el día que desapareció? Los antiguos informes de la policía tal vez proporcionarían alguna información sobre ese punto.

Mientras Emily devolvía el diario a la colección de recuerdos de los Lawrence, se le ocurrió una nueva posibilidad: ¿se suicidó Douglas Carter, o fue asesinado porque empezaba a sospechar la verdad?

68

El viernes por la mañana, el teléfono de la mesita de noche despertó a Bob Frieze. Abrió los ojos y tanteó en busca del auricular. Su saludo fue brusco y desabrido.

—Bob, soy Connie. Esperaba que Natalie apareciera ayer a la hora de cenar. Ni llamó ni apareció. ¿Está ahí? ¿Todo va bien?

Bob Frieze se incorporó. Estaba tumbado en la cama. Natalie, pensó, con la mente todavía turbia. Estábamos en el restaurante. Dijo que no quería comer y se marchó, como quien dice, corriendo.

—Bob, ¿qué pasa?

Había irritación en la voz de Connie, pero también detectó algo más. Miedo. ¿*Miedo*? Natalie debía de haber contado a Connie su trifulca. Estaba seguro. ¿Le habría hablado también de la muñeca contusionada?

Intentó pensar. Natalie me dijo que se marchaba. Iba a casa a hacer las maletas. Iba a quedarse en el apartamento de Connie en Nueva York. ¿No se fue?

Había amanecido, y Connie le estaba diciendo que Natalie tendría que haber llegado ayer por la noche.

He perdido casi un día, pensó Bob Frieze. ¿Cuánto tiempo he estado ausente?

Puso la mano sobre el auricular y carraspeó.

—Connie, vi a Natalie ayer a la hora de comer. Me dijo que iba a casa a hacer las maletas, y que pensaba ir a tu apartamento de Nueva York. No la he visto desde entonces.

—¿Hizo las maletas, o siguen ahí? ¿Y su coche?

—Espera un momento.

Bob Frieze se puso penosamente en pie, y comprendió que tenía una resaca monumental. No suelo beber mucho, pensó. ¿Cómo ha pasado esto?

Había comprado y ocupado esa casa mientras esperaba que los trámites del divorcio con Susan terminaran. Natalie se había tomado mucho interés en decorarla y había insistido en alguna renovación. Entretanto, la pequeña habitación contigua a la de ellos había sido convertida en dos roperos. Abrió el de ella.

Había un solo estante alto en un extremo del ropero, para hacer maletas. La maleta más grande de Natalie estaba abierta sobre él, a medio llenar.

Temeroso de lo que podía encontrar, entró dando tumbos en el cuarto de invitados, al recordar que era donde Natalie había pasado la noche. La cama estaba hecha, pero cuando miró en el cuarto de baño, vio que sus cosméticos seguían sobre el tocador.

Tenía que hacer una última cosa antes de imaginar qué debía decir a Connie. Corrió escaleras abajo, entró en la cocina y abrió la puerta que daba al garaje. El coche de Natalie estaba aparcado en el interior.

¿Dónde está?, se preguntó. ¿Qué le ha pasado? Algo había sucedido, no cabía duda.

Pero ¿por qué estaba seguro?

De vuelta en el dormitorio, cogió el auricular.

—Parece que Natalie cambió de opinión, Connie. Todas sus cosas están aquí.

—¿Dónde está Natalie, pues?

—No sé dónde está. El miércoles por la noche discutimos. Ha estado durmiendo en el cuarto de invitados. Esta noche llegué tarde a casa, como de costumbre, y me fui directo a la cama. No miré si estaba. Estoy seguro de que no pasa nada. Natalie no se preocupa de llamar a la gente cuando cambia de planes repentinamente.

Oyó un clic, y Bob comprendió que la mejor amiga de su mujer le había colgado.

Iba a llamar a la policía. La certidumbre le golpeó como un disparo a bocajarro. ¿Qué debía hacer?

Actuar con normalidad, decidió. Apartó el cubrecama, arrugó las mantas y se tumbó un minuto entre las sábanas para dar la impresión de que había dormido allí.

¿Dónde he estado desde ayer a mediodía?, se preguntó, mientras se esforzaba por recordar. ¿Qué he estado haciendo? Tenía la mente en blanco. Se masajeó la cara y notó la barba crecida.

Dúchate, pensó. Aféitate. Vístete. Cuando la policía llegue, actúa con normalidad. Tú y tu mujer tuvisteis una desavenencia. Cuando llegaste a casa por la noche, no miraste si estaba. Era evidente que había cambiado de opinión sobre lo de ir a Nueva York.

Cuando un policía llamó al timbre de la puerta, media hora después, Bob Frieze estaba preparado. Mantenía la calma, pero explicó que empezaba a sentirse preocupado.

—Con todo lo que ha pasado en la ciudad durante esta última semana, empiezo a estar muy preocupado por la desaparición de mi mujer. —Había compuesto una expresión de angustia—. No soporto la idea de que algo le haya pasado —añadió. Incluso a sus propios oídos, la afirmación le sonó a falsa.

69

Pete Walsh había ido a un supermercado para comprar leche a las ocho, antes de ir a trabajar. Ante la insistencia de su esposa, había comprado un ejemplar del *National Daily* para ella. Mientras esperaba el cambio, echó un vistazo a los titulares. Menos de un minuto después estaba hablando por teléfono con la comisaría de Spring Lake.

—Que alguien vaya a The Breakers —dijo—. Díganle que no abandone ni un momento a una anciana, Bernice Joyce, que se aloja en el hotel. Se afirma de ella que fue testigo ocular del robo del pañuelo en el caso del asesinato de Martha Lawrence. Puede que su vida esté en peligro.

Olvidada la leche, salió corriendo del supermercado en dirección a su coche. Camino de la oficina del fiscal, se puso en contacto con Duggan, que iba a trabajar.

Diez minutos después se habían reunido en su vehículo equipado especialmente y se dirigían a Spring Lake.

Tommy Duggan llamó a la recepción de The Breakers. Habían visto a la señora Joyce salir en dirección al paseo, le dijeron. La policía ya la estaba buscando.

El doctor Dermot O'Herlihy caminó hacia la oficina de correos, y después decidió volver a casa por el paseo marítimo. Le sorprendió ver a Bernice Joyce todavía sentada en el banco. Le daba la espalda, de modo que no podía verle la cara. Se habrá dormido, decidió. No obstante, la forma en que la cabeza estaba inclinada sobre el pecho le impulsó a acelerar el paso y acercarse.

Rodeó el banco, la miró y vio la cuerda tensada alrededor de su cuello. Se agachó delante de ella, examinó los ojos saltones, la boca abierta, las gotas de sangre seca en sus labios.

Hacía más de cincuenta años que conocía a Bernice Joyce, desde que ella y Charlie Joyce, y él y su esposa Mary iban todos los veranos a Spring Lake con sus hijos.

—Ay, Bernice, querida mía, ¿quién te ha hecho esto? —susurró.

El sonido de pies que corrían le hizo alzar la vista. Chris Dowling, el policía más novato de la comisaría, se acercaba corriendo por la extensión del paseo. Se plantó en el banco al cabo de pocos momentos, se acuclilló al lado de Dermot y contempló el cuerpo sin vida.

—Llegas demasiado tarde, muchacho —le dijo Dermot mientras se erguía—. Hace una hora, como mínimo, que está muerta.

70

Aunque Stafford no le había dicho nada, Pat Glynn sabía que estaba enfadado con ella. Lo leía en sus ojos y lo presintió por la forma en que el viernes entró en la oficina y pasó ante su escritorio sin apenas saludarla.

El día anterior por la tarde, cuando había vuelto a la oficina, le dijo que una tal señora Ashby había ido a verle.

—¿La señora Ashby? ¿La columnista chismosa de ese tabloide? Espero que no te haya tirado de la lengua con respecto a mí, Pat. Esa mujer es mala.

Pat había recordado, con el corazón en un puño, hasta la última palabra que había dicho a Ashby.

—Solo le dije que era usted una persona maravillosa, señor Stafford —dijo.

—Pat, cada palabra que le dijiste será deformada y manipulada. Me ayudarás si recuerdas todo lo que le dijiste. No me enfadaré, te lo prometo, pero he de estar preparado. ¿Lees el *National Daily*?

La joven admitió que a veces lo leía.

—Bien, si lo lees esta semana, te darás cuenta de lo que esa tal Ashby ha estado haciendo al doctor Wilcox. Es lo mismo que va a hacer conmigo. ¿Qué clase de preguntas te hizo, y qué le dijiste tú?

A Pat le costaba concentrarse en su trabajo. Tuvo que resistir el impulso de correr al despacho de Stafford y repetirle una vez más cuánto lo sentía. Después, una llamada telefónica de su madre la sacó de su abatimiento.

—Pat, se ha producido otro asesinato en la ciudad. Una anciana, Bernice Joyce, una de las personas que asistió a la fiesta de los Lawrence la noche antes de la desaparición de Martha, ha sido encontrada estrangulada en un banco del paseo marítimo. Contó a la columnista del *National Daily* que creía poder identificar a la persona que robó el pañuelo con el que mataron a Martha, y la columnista lo publicó, y ahora la señora Joyce está muerta. Es increíble, ¿no?

—Luego te llamo, mamá. —Pat colgó, recorrió el pasillo como un robot y abrió la puerta del despacho de Stafford sin llamar—. Señor Stafford, la señora Joyce ha muerto. Sé que usted la conocía. Dijo a la columnista que creía haber visto a alguien coger el pañuelo en la fiesta, y la columnista lo publicó. Estoy segura de que no conté a nada a la señorita Ashby que pueda causar la muerte de otra persona, señor Stafford. —Su voz se quebró, entre un torrente de lágrimas—. Me siento fatal.

Will se levantó y apoyó las manos en sus hombros.

—No pasa nada, Pat. Claro que no dijiste nada a la Ashby que pueda causar la muerte de alguien. Bien, ¿qué me estás contando? ¿Qué le ha pasado a la señora Joyce?

Pat era consciente de las manos fuertes y cálidas que aferraban sus hombros. Se calmó y repitió lo que su madre le había dicho.

—Lo siento muchísimo —dijo Will en voz baja—. Bernice Joyce era una mujer bondadosa y elegante.

Estamos hablando como amigos de nuevo, pensó Pat.

—Señor Stafford —preguntó, ansiosa por prolongar la intimidad del momento—, ¿cree que el señor Wilcox habrá hecho esto a la señora Joyce? Según los periódicos, su mujer dijo que le había dado el pañuelo para que lo guardara.

—Supongo que le estarán interrogando con detenimiento —contestó Will con brusquedad.

Pat captó el cambio de tono. El momento de intimidad había pasado. Tenía que volver a su escritorio.

—Tendré preparadas esas cartas para que las firme a mediodía —prometió—. ¿Saldrá a comer?

—No. Encarga algo para los dos.

Tenía que aprovechar la oportunidad.

—Esperaré hasta más tarde, por si cambia de opinión. Quizá la señora Frieze se pase por aquí, como el otro día.

—La señora Frieze se ha trasladado a Nueva York, de manera permanente.

Pat Glynn regresó a su escritorio como flotando entre nubes.

Will Stafford llamó desde su despacho a la agencia de empleo que le había proporcionado a Pat Glynn, dos años antes.

—Y por el amor de Dios, envíenme a una persona sensata y madura, que no sea chismosa ni vaya buscando marido —imploró.

—Tenemos a alguien que acaba de entregar la solicitud esta misma mañana. Ha dejado su antiguo empleo. Se llama Joan Hodges y trabajaba con la psicóloga que fue asesinada la semana pasada. Es muy eficiente, inteligente y una buena persona. Creo que le satisfará plenamente, señor Stafford.

—Envíeme el currículum en un sobre rotulado como personal.

—Por supuesto.

Cuando Will colgó, Pat anunció otra llamada. Era del detective Duggan, que solicitaba una cita con él lo antes posible.

71

El jueves por la tarde, como Reba Ashby no quería encontrarse de nuevo con la señora Bernice Joyce, liquidó su cuenta en el hotel The Breakers y se trasladó al Inn at the Shore de Belmar, a escasos kilómetros de Spring Lake. Esperaba que su artículo sobre Joyce causara sensación cuando llegara a los quioscos el viernes por la mañana, pero se quedó de una pieza cuando se enteró por la radio de la muerte de la mujer.

Después, su instinto de autoprotección tomó el control. Bernice tendría que haber acudido a la policía, se dijo Reba. Era culpa suya. Solo Dios sabe a cuánta gente, además de mí, habrá contado que vio a alguien coger el pañuelo. Nadie se confía a una sola persona. En cualquier caso, si no lo callan, tampoco deberían esperar que los demás guarden el secreto.

Por lo que sé, igual le preguntó al asesino si había cogido el pañuelo para admirarlo. Era lo bastante ingenua para hacerlo.

De todos modos, Reba llamó enseguida a Álvaro Martínez-Fonts, el director del periódico, para ponerse de acuerdo sobre cómo responder a cualquier acusación de la policía. Le contó que había ido a cenar a The Seasoner el jueves por la noche pero no había visto a Bob Frieze.

—Soborné al jefe de comedor con cincuenta pavos, Álvaro —dijo—. Eso refrescó su memoria. Según él, hace mucho tiempo que Frieze se comporta de una manera rara. Cree que está al borde de un colapso nervioso, o algo por el estilo. Ayer Natalie Frieze fue al restaurante, pero no se quedó mucho rato. Bob y ella se las tuvieron en la mesa, y el jefe de comedor oyó decir a Natalie que tenía miedo de él.

—Eso concuerda con la historia de la mujer maltratada.

—Hay más. Un camarero que estaba sirviendo en la mesa de al lado los oyó hablar de que iban a separarse, y tiene ganas de hablar, pero quiere mucha pasta.

—Págale y escribe un artículo —ordenó Álvaro.

—Hoy iré a ver a Natalie Frieze.

—Tírale de la lengua. Robert Frieze era un crack de Wall Street. Se merece algunos titulares, aunque no esté relacionado con el asesinato.

—Bien, ya no es un crack en el negocio de la restauración. La comida es mediocre. La decoración, recargada e incómoda. El lugar carece de todo carisma. Confía en mí. Nunca será el «Elaine» del condado de Monmouth.

—Continúa así, Reba.

—Confía en mí. ¿Cómo te va con Stafford?

—De momento nada, pero si hay mierda, la desenterraremos.

72

—No podemos permitir que siga en su estudio dirigiendo el espectáculo —dijo Tommy Duggan a Pete Walsh cuando abandonaron el lugar de los hechos—. Hemos de obligarle a salir a la luz, y cuanto antes mejor.

Se habían llevado el cadáver de Bernice Joyce. El equipo forense había hecho su trabajo. «Con la brisa del mar —había dicho a Tommy el jefe del equipo—, no existe la menor posibilidad de que encontremos algo útil. Hemos buscado huellas dactilares, pero todos sabemos que el asesino tenía que utilizar guantes. Es un profesional.»

—Es un profesional de tomo y lomo —dijo Tommy a Pete cuando subieron al coche. El rostro de Bernice Joyce ocupaba su mente, tal como la había visto una semana antes, cuando la había interrogado en casa de Will Stafford.

No vaciló cuando él le preguntó si se había fijado en el pañuelo, recordó Tommy. Sabía que Rachel Wilcox lo llevaba. Pero ¿recordaba haber visto a alguien cogerlo?, se preguntó Tommy. No creo, decidió. Tal vez le vino a la memoria después.

Me dijo que el lunes volvía a Palm Beach, pero aunque hubiera sabido que iba a quedarse, no se me habría ocurrido hablar con ella otra vez.

Se sentía disgustado e irritado consigo mismo. El asesino leyó el artículo del periódico y se asustó, pensó, hasta el punto de que corrió el riesgo de asesinar a la señora Joyce a plena luz del día. Y si aún se ceñía al plan preconcebido, mañana habría otra víctima, se recordó Tommy. Pero esta vez sería una joven.

—¿Adónde vamos? —preguntó Pete.

—¿Has llamado a Stafford?

—Sí. Dijo que podemos pasar cuando nos vaya bien. Estará en el despacho todo el día.

—Empecemos con él. Llama primero a la oficina.

Fue cuando se enteraron de que Natalie Frieze había desaparecido.

—Olvídate de Stafford —dijo Tommy—. La policía local está hablando con Frieze. Quiero estar presente.

Se acurrucó en el asiento, mientras reflexionaba sobre la terrible posibilidad de que el asesino múltiple ya hubiera elegido a su siguiente víctima: Natalie Frieze.

73

Nick Todd telefoneó a Emily en cuanto se enteró del asesinato de Bernice Joyce.

—¿Conocías a esa mujer, Emily? —preguntó.

—No.

—¿Crees que el artículo aparecido en ese periodicucho ha sido el causante del asesinato?

—No tengo ni idea. No he leído el artículo, pero creo que es terrible.

—Fue la sentencia de muerte de esa pobre mujer. Estas cosas todavía me despiertan más deseos de entrar en la oficina del secretario de Justicia.

—¿Cómo va eso?

—He sondeado a algunos de sus funcionarios más importantes. Gané un caso importante contra ellos el año pasado, lo cual podría beneficiarme o perjudicarme, vete a saber. —Se produjo un sutil cambio en su voz—. Anoche llamé, pero supongo que habías salido.

—Fui a cenar. No dejaste mensaje.

—No. ¿Cómo va la investigación?

—Puede que me esté engañando, pero empiezo a ver una pauta en todas esas muertes, y es espantosa. ¿Recuerdas que te dije que Douglas Carter, el joven con que estaba prometida Madeline, se suicidó?

—Sí, me lo contaste.

—Nick, lo encontraron con una escopeta a su lado. La desaparición de Madeline le deprimió terriblemente, pero también era joven, guapo, adinerado y con un futuro prometedor en Wall Street. Todo lo que he encontrado escrito sobre él en diarios y otros materiales es positivo, y nada insinúa que tuviera tendencias suicidas. Otra cosa: su madre estaba muy enferma, y por lo visto estaba muy unido a ella. Debía de ser consciente de que su muerte la destruiría. Dime una cosa, ¿cómo se sentiría tu madre si te pasara algo?

—Nunca me lo perdonaría —contestó con ironía Nick—. ¿Cómo se sentiría tu madre si te pasara algo?

—No le haría ninguna gracia, por supuesto.

—Entonces hasta que tu acosador y este asesino múltiple al que intentas identificar no sean detenidos, haz el favor de cerrar con llave todas las puertas y tener la alarma conectada, sobre todo cuando estés sola. Oye, tengo una llamada. Nos veremos el domingo, si no hablamos antes.

¿Por qué Nick se siente obligado a ser mi santo protector?, se preguntó Emily mientras colgaba. Eran las once y media. Durante las dos últimas horas y media se había dividido entre los informes de la policía y los recuerdos de la familia Lawrence.

También había llamado a sus padres a Chicago, y a su abuela a Albany, y les había contado cuánto le gustaba la casa.

Lo cual es cierto, se dijo, mientras pensaba en todo lo que les estaba ocultando.

Julia Gordon Lawrence había llevado un diario durante años. No escribía cada día, pero sí con frecuencia. Me gustaría leer cada palabra, pensó Emily, y lo haré si los Lawrence me dejan conservarlos lo suficiente. De momento, necesito encontrar en ellos información relacionada con las desapariciones y la muerte de Douglas. Sobresaltada, se dio cuenta de que ya no consideraba su muerte un suicidio, sino que pensaba en él como una víctima del asesino de las tres jóvenes.

Ellen Swain desapareció el 31 de marzo de 1896.

Pues claro, pensó Emily. Julia debía de haber escrito algo al respecto. Repasó los diarios y encontró el de ese año.

No obstante, antes de empezar a leer, quería hacer otra cosa. Abrió la puerta del estudio que daba al porche, salió y miró al otro lado de la calle. Los registros municipales daban fe de que la antigua casa de los Carter había resultado destruida por un incendio en 1950, y sustituida por la que había ahora, una copia minuciosa de una casa victoriana de principios de siglo, con porche circular incluido.

Si Madeline estaba sentada aquí, y Douglas, o Alan, la llamó...

Emily quería verificar mentalmente que la teoría construida el día anterior era posible. Siguió el porche hasta la parte posterior de la casa y bajó los escalones que conducían al patio trasero. El constructor había aplanado la tierra, pero el barro se adhirió de inmediato a sus zapatos mientras caminaba hacia la cerca de boj que marcaba los límites de su propiedad.

Se dirigió a propósito hasta el lugar donde habían encontrado los restos de las dos víctimas, y se detuvo al llegar. El enorme acebo, con sus gruesas ramas, habría impedido a cualquiera de la casa saber si Alan Carter había visto salir a Madeline, y la había matado sin querer o de forma deliberada. El sonido del piano que tocaba su hermana habría ahogado los gritos.

Pero aun en el caso de que hubiese ocurrido así, se preguntó Emily, ¿qué relación tiene eso con los asesinatos actuales?

Volvió dentro, cogió el diario de 1896 y buscó las entradas posteriores al 31 de marzo.

El 1 de abril de 1896 Julia había escrito: «Mi mano tiembla mientras escribo esto. Ellen ha desaparecido. Ayer fue a ver a la señora Carter para tentar su apetito con un manjar blanco. La señora Carter ha dicho a la policía que recibió una breve pero agradable visita. Ellen parecía bastante nerviosa, dijo. La señora Carter estaba descansando junto a la ventana de su dormitorio, y vio a Ellen salir de la casa y caminar por Hayes Avenue, en dirección a su casa. Fue la última vez que la vio».

Lo cual significaba que pasó ante la casa de Alan Carter, pensó Emily.

Pasó las páginas siguientes a toda prisa, y luego se detuvo. La entrada de tres meses después decía: «La querida señora Carter ha sido llamada a su hogar celestial esta mañana. Todos estamos muy tristes, aunque pensamos que ha sido una gran bendición para ella. Se ha liberado del dolor y la pena, y ahora se ha reunido con su amado hijo Douglas. Pasó los últimos días en un estado de confusión mental. A veces, pensaba que Madeline y Douglas estaban en la habitación con ella. El señor Carter ha soportado con entereza la larga enfermedad de su esposa y la pérdida de su hijo. Todos confiamos en que el futuro sea más benigno para él».

¿Qué sabemos del esposo y padre?, se preguntó Emily. No hay mucho escrito sobre él. Por otra parte, es evidente que la señora Carter y él no asistían a las fiestas y demás acontecimientos sociales. Gracias a las escasas referencias, descubrió que se llamaba Richard.

Siguió pasando las páginas, en busca de más referencias sobre cualquiera apellidado Carter. Había muchas referencias más a Ellen Swain durante el resto de 1896, pero Emily no localizó nada sobre Alan o Richard Carter.

La primera entrada de 1897 era del 5 de enero.

«Esta tarde hemos asistido a la boda del señor Richard Carter con Lavinia Rowe. Fue una ceremonia íntima, debido al hecho de que la difunta señora Carter falleció hace menos de un año. Sin embargo, nadie echa en cara al señor Carter esta felicidad. Es un hombre muy apuesto, que no ha cumplido todavía los cincuenta años. Conoció a Lavinia cuando fue de visita a casa de Beth Dietrich, prima suya y amiga íntima mía. Lavinia es una chica muy atractiva, equilibrada y madura. A los veintitrés años, el señor Carter le dobla la edad, pero todos hemos visto romances de ese tipo, y algunos han sido muy dichosos. Dicen que venderán la casa de Hayes Avenue, que tanto dolor ha conocido, y ya han adquirido una residencia, más barata pero encantadora, en Brimeley Avenue, 20.»

Brimeley Avenue, 20, pensó Emily. ¿De qué me suena esa dirección? Y entonces recordó: había estado en esa casa la semana anterior.

Era donde vivía el doctor Wilcox.

74

Tommy Duggan y Pete Walsh llegaron a casa de los Frieze y encontraron a un Robert Frieze muy nervioso sentado en el sofá de la sala de estar, hablando con la policía local.

—Mi mujer tenía muchas ganas de mudarse a Manhattan, cosa que habíamos planeado desde hacía bastante tiempo —estaba diciendo—. Acabo de vender mi restaurante y pondré en venta esta casa de inmediato.

»Una amiga le prestó su apartamento, y ayer iba a trasladarse. No sé por qué cambió de opinión. Natalie es impulsiva. Igual cogió un avión a Palm Beach. Allí tiene docenas de amistades.

—¿Ha echado en falta su ropa de verano? —preguntó el agente.

—Mi mujer tiene más ropa que la reina de Saba. La he visto comprar el mismo traje dos veces por haberse olvidado de que ya lo tenía. Si a Natalie se le metió entre ceja y ceja ir en avión a Palm

Beach, ni debió pensar en llevarse ropa, porque lo normal en ella es plantarse en Worth Avenue nada más llegar y pasarse dos horas comprando, tarjeta de crédito en ristre.

Cuanto más hablaba Bob Frieze, más creíble se le hacía su teoría. Hacía muy poco, Natalie se había quejado del tiempo. Frío. Húmedo. Nublado. Espantoso. Eran solo algunas de las palabras que utilizaba para describir esta época del año.

—¿Le importa que echemos un vistazo, señor Frieze?

—Adelante. No tengo nada que ocultar.

Tommy sabía que Bob Frieze los había visto a él y a Walsh en cuanto entraron en la sala, pero no se había tomado la molestia de saludarlos. Tommy ocupó el asiento que el policía acababa de dejar libre.

—Pensé que no me había reconocido, señor Frieze. Nos hemos entrevistado varias veces.

—Más que varias veces, señor Duggan —replicó con sarcasmo Frieze.

Tommy asintió.

—Muy cierto. ¿Ha ido a correr esta mañana, señor Frieze?

¿Lo he hecho?, se preguntó Bob Frieze. Llevaba puesto el chandal. ¿Cuándo me lo puse? ¿Ayer por la tarde? ¿Anoche? ¿Esta mañana? ¿Seguí a Natalie cuando se fue del restaurante? ¿Volvimos a discutir?

Se levantó.

—Señor Duggan, estoy más que harto de sus modales acusadores. Hace mucho tiempo que estoy harto, cuatro años y medio, para ser preciso. No pienso aguantar más interrogatorios, ni de usted ni de nadie. Tengo la intención de empezar a telefonear a los amigos de Palm Beach para saber si alguno ha visto a mi mujer, o si se va a quedar en su casa. —Hizo una pausa—. Sin embargo, señor Duggan, antes llamaré a mi abogado. Para cualquier pregunta que desee hacerme, diríjase a él.

75

Joan Hodges estaba repasando los ficheros informáticos y confeccionando una lista de los pacientes de la doctora Madden de los últimos cinco años.

Habían enviado a un técnico de la policía para ayudarla. Dos psicólogos, ambos amigos de la doctora Madden, se habían ofrecido para reconstruir los historiales confidenciales de los pacientes, que habían quedado desparramados por la consulta.

Tommy Duggan había ordenado la aceleración de las actividades. Si el historial del doctor Clayton Wilcox no aparecía, tal circunstancia sugeriría la firme posibilidad de que él era el asesino.

Joan ya había comprobado que nadie perteneciente a la lista que Tommy Duggan le había entregado se contaba entre los pacientes.

—Pero eso no significa que no haya utilizado un nombre falso —la previno Tommy—. Hemos de saber si falta un historial que conste en el ordenador, porque en tal caso investigaremos a la persona.

Habían colocado los historiales en orden alfabético sobre largas mesas metálicas, dispuestas en la sala de estar de la doctora Madden. En algunos casos habían roto o arrancado las etiquetas con su nombre, de modo que los resultados no serían concluyentes.

—El trabajo policial es tedioso —dijo el técnico de la policía a Joan con una sonrisa.

—Ya lo veo.

Más que nada, Joan deseaba terminar la tarea y encontrar un empleo nuevo. Ya había llamado a la agencia de colocación. Varios psicólogos que conocían a la doctora Madden habían insinuado que les gustaría hablar con ella, pero Joan sabía que necesitaba un cambio radical. Continuar en un despacho con la misma atmósfera le recordaría una y otra vez la macabra visión de la doctora Madden, sentada en su silla con una cuerda ceñida al cuello.

Encontró un nombre con una dirección de Spring Lake y frunció el entrecejo. Leyó el nombre y no pudo ubicarlo, aunque sabía que no los conocía a todos. Tal vez era un paciente nocturno. No conocía a casi ninguno.

Espera un momento, pensó. ¿Es el que solo vino una vez, hace unos cuatro años?

Le vi subiendo a su coche cuando volví aquella noche para recuperar mis gafas, que había olvidado. Le recuerdo, pensó, porque parecía enfadado. La doctora dijo que se había marchado con brusquedad. Me dio un billete de cien dólares que el hombre había arrojado sobre su escritorio, pensó Joan. Le pregunté si quería que le hiciera una factura por el resto de sus honorarios, pero la doctora dijo que lo olvidara.

Será mejor que pase el nombre al detective Duggan cuanto antes, decidió mientras descolgaba el teléfono.

Douglas Carter, Hayes Avenue, 101, Spring Lake.

76

Tommy Duggan y Pete Walsh se encontraban en el despacho del fiscal, donde le habían informado acerca de sus averiguaciones sobre el asesinato de Bernice Joyce y la desaparición de Natalie Frieze.

—El marido nos dijo que debe de estar en Palm Beach, y a partir de ahora solo hablará con nosotros a través de su abogado —concluyó Tommy.

—¿Qué probabilidades hay de que aparezca en Palm Beach? —preguntó Osborne.

—Estamos investigando las líneas aéreas, para ver si voló en alguna. Creo que hay una posibilidad entre mil —le contestó Tommy.

—¿El marido os invitó a registrar la casa?

—De eso se encargó la policía de Spring Lake. No había señales de lucha o violencia. Daba la impresión de que estaba haciendo las maletas y de repente se largó.

—¿Cosméticos? ¿Bolso?

—El marido dijo que cuando la vio ayer en el restaurante, vestía una chaqueta de piel dorada, una camisa de seda a rayas marrones y doradas y pantalones de lana marrones, y llevaba un bolso marrón. En la casa no apareció ni el bolso ni la chaqueta. Admite que discutieron y que ella durmió en el cuarto de invitados la noche anterior. Eso fue el miércoles. Había suficientes cosméticos, perfumes, lociones y vaporizadores en el dormitorio principal y en el cuarto de invitados para abrir una tienda de Macy.

—Yo diría que de Elizabeth Arden —observó Osborne—. Tendremos que esperar a ver si aparece. Como persona adulta, tiene derecho a ir a donde le dé la gana. ¿Dices que su coche estaba en el garaje? Alguien debió de recogerla. ¿Algún novio?

—No que sepamos. He hablado con la empleada de hogar —dijo Walsh—. Va tres tardes a la semana. Los jueves no toca.

El fiscal enarcó las cejas.

—¿Va por las tardes? Casi todas las empleadas de hogar van por la mañana.

—Llegó cuando nos marchábamos. Explicó que la señora Frieze suele dormir hasta tarde, y no quiere que nadie la moleste con el ruido de la aspiradora o lo que sea. No me pareció que la empleada de hogar apreciara mucho a Natalie Frieze.

—De momento habrá que esperar —dijo Osborne—. ¿Qué pasa, Duggan? No pareces muy feliz.

—Lo de Natalie Frieze me huele mal —dijo Tommy—. Me pregunto si alguien se ha adelantado un par de días al treinta y uno.

Se hizo el silencio durante un largo momento.

—¿Por qué lo dices? —preguntó Osborne.

—Porque esa mujer encaja en la pauta. Tiene treinta y cuatro años, no es una jovencita de veinte o veintiuno, pero al igual que Martha Lawrence y Carla Harper, es una mujer guapa. —Duggan se encogió de hombros—. En cualquier caso, tengo un mal presentimiento acerca de Natalie Frieze, y además, el marido me cae mal. La coartada de Frieze para la desaparición de Martha Lawrence es muy endeble. Afirma que estaba en el patio trasero, trabajando en sus macizos de flores.

Walsh asintió.

—Vivió los primeros veinte años de su vida en la casa donde se encontraron los restos de Martha Lawrence y Letitia Gregg —dijo—. Y ahora su mujer ha desaparecido.

—Señor, será mejor que nos preparemos para recibir al doctor Wilcox —sugirió Tommy Duggan—. Vendrá a las tres.

—¿Qué habéis obtenido? —preguntó Osborne.

Tommy se inclinó hacia adelante en su silla con las manos enlazadas, una postura que adoptaba cuando sopesaba sus opciones con cautela.

—Se prestó de buena gana a venir. Sabe que no es preciso. Cuando llegue, subrayaremos de nuevo que puede marcharse cuando quiera. Mientras sea consciente de eso, no tendremos que leerle sus derechos, y la verdad, prefiero no hacerlo, no sea que se cierre en banda.

—¿Qué tienes contra él? —preguntó Osborne.

—Nos está ocultando muchas cosas, y sabemos que es un mentiroso. Para mí son dos datos de peso.

Clayton Wilcox llegó a las tres en punto. Duggan y Walsh le acompañaron hasta una pequeña sala de interrogatorios, donde los únicos muebles eran una mesa y varias sillas, y le invitaron a sentarse.

Los interrumpió cuando le aseguraron una vez más que no iban a detenerle y que podía marcharse cuando quisiera.

—Supongo que habrán discutido si iban a leerme o no mis derechos —dijo con un brillo de diversión en la mirada—, y han llegado a la conclusión de que hacer hincapié en mi libertad de marcharme los cubre lo suficiente en lo que a la ley concierne.

Sonrió al ver la expresión de Pete Walsh.

—Caballeros, por lo visto han olvidado que he pasado la mayor parte de mi vida en ambientes universitarios. No tienen ni idea de los debates sobre libertades civiles y el sistema judicial que he escuchado, ni de a cuántos juicios fingidos he asistido. Era rector de una universidad, ¿recuerdan?

Era la oportunidad que Tommy Duggan esperaba.

—Doctor Wilcox, al investigar su pasado me quedé sorprendido al descubrir que se había jubilado de Enoch College a la edad de cincuenta y cinco años. No obstante, acababa de firmar una renovación de su contrato por cinco años más.

—Mi salud no me permitía cumplir con mis obligaciones. Créame, el puesto de rector de una institución pequeña pero prestigiosa exige mucha energía, así como tiempo.

—¿Cuál es la naturaleza de su enfermedad, doctor Wilcox?

—De tipo cardíaco.

—¿Ha consultado con su médico?

—Por supuesto.

—¿Se hace chequeos con regularidad?

—Hace tiempo que mi salud se mantiene estable. La jubilación ha eliminado bastantes tensiones de mi vida.

—Eso no contesta a mi pregunta, doctor. ¿Se hace chequeos regulares?

—He sido un poco descuidado al respecto. No obstante, me encuentro muy bien.

—¿Cuándo fue la última vez que fue al médico?

—No estoy seguro.

—No estaba seguro de si se había visitado con la señora Madden. ¿Aún lo afirma, o ha cambiado de opinión?

—Puede que me visitara una o dos veces.

—O nueve o diez, doctor. Tenemos los historiales.

Tommy conducía el interrogatorio con cautela. Advirtió que Wilcox se estaba poniendo nervioso, pero no quería que se fuera.

—Doctor, ¿significa algo para usted el nombre de Gina Fielding?

Wilcox palideció mientras se reclinaba en la silla, y miró al techo con ceño para ganar tiempo.

—No estoy seguro.

—Le entregó un cheque de cien mil dólares hace doce años, justo cuando se jubiló. Escribió en el cheque «escritorio y buró antiguos». ¿Le refresca eso la memoria?

—Colecciono antigüedades.

—La señorita Fielding ha de ser muy lista, doctor. Tenía veinte años en aquel tiempo, y cursaba penúltimo año en el Enoch College. ¿No es así?

Una larga pausa. Clayton Wilcox miró a Tommy Duggan y luego desvió la vista hacia Pete Walsh.

—Tiene toda la razón. Hace doce años, Gina Fielding cursaba penúltimo curso en Enoch College y tenía veinte años. Muy bien aprovechados, debería añadir. Trabajaba en mi oficina y me prestaba muchas atenciones. Empecé a visitarla de vez en cuando en su apartamento. Una relación consensuada se desarrolló durante un breve período, lo cual era muy inapropiado y escandaloso en potencia. Era una estudiante becada, procedente de una familia pobre. Empecé a darle dinero para sus gastos.

Wilcox contempló la mesa durante un largo minuto, como si encontrara fascinante la superficie arañada. Alzó la vista de nuevo y extendió la mano hacia el vaso de agua que le habían ofrecido.

—Al final recobré el sentido común y le dije que nuestra relación debía terminar. Dije que le encontraría otro empleo en la administración, pero amenazó con querellarse contra mí y la universidad por acoso sexual. Estaba dispuesta a jurar que yo la había amenazado con retirarle la beca si no mantenía relaciones conmigo. El precio de su silencio fueron cien mil dólares. —Hizo una pausa y respiró hondo—. Pagué. También dimití de la rectoría porque no confiaba en ella, y si rompía su palabra y demandaba a la universidad, sabía que los medios no se interesarían tanto si yo ya no era rector.

—¿Dónde está ahora Gina Fielding, doctor?

—No tengo ni idea de dónde vive. Sé que mañana estará en la ciudad, en busca de otros cien mil dólares. No cabe duda de que ha estado siguiendo la prensa amarilla, y ha amenazado con vender su historia al mejor postor.

—Eso es extorsión, doctor. ¿Lo sabe?

—Conozco la palabra.

—¿Pensaba pagarle?

—No. No puedo vivir así el resto de mi vida. No le daré ni un centavo más, a sabiendas, por supuesto, de las consecuencias de mi decisión.

—La extorsión es un delito muy grave, doctor. Sugiero que nos deje instalar un aparato de grabación. Si conseguimos grabar a la señorita Fielding exigiendo dinero a cambio de su silencio, podremos llevarla ante los tribunales.

—Lo pensaré.

Le creo, pensó Tommy Duggan. De todos modos, eso no esclarece mis dudas. En cualquier caso, es la prueba de que le atraen las jovencitas. Además, el pañuelo de su mujer sigue siendo el arma homicida. Tampoco tiene coartada para la mañana de la desaparición de Martha Lawrence.

—Doctor, ¿dónde estaba entre las siete y las ocho de esta mañana?

—Fui a pasear.

—¿Estuvo en el paseo?

—En algún momento, sí. De hecho, empecé en el paseo, y luego di una vuelta al lago.

—¿Vio a la señora Joyce en el paseo?

—No. Lamento muchísimo su muerte. Un crimen brutal.

—¿Vio a algún conocido, doctor?

—La verdad, no presté atención. Como puede comprender, tenía mucho en que pensar. —Se levantó—. ¿Puedo irme?

Tommy y Pete asintieron.

—Avísenos si quiere que grabemos su conversación con la señorita Fielding, doctor —dijo Tommy—. Debo añadir algo, doctor: estamos investigando a fondo las muertes de la señorita Lawrence, la señorita Harper, la doctora Madden y la señora Joyce. Sus respuestas a nuestras preguntas han sido evasivas, en el mejor de los casos. Volveremos a hablar con usted.

Clayton Wilcox salió de la sala sin contestar.

Walsh miró a Tommy Duggan.

—¿Qué opinas?

—Creo que ha confesado lo de la Fielding porque no le quedaba alternativa. Es la clase de mujer que comprará su silencio y lo venderá a los tabloides. En cuanto al resto, parece que tiene la costumbre de dar largos paseos sin encontrarse con nadie que pueda corroborar su coartada.

—Y también parece sentir debilidad por las jovencitas —añadió Walsh—. Me pregunto si nos ha revelado todo lo que pasó con la Fielding.

Volvieron al despacho de Tommy, donde los esperaba el mensaje de Joan Hodges.

—Douglas Carter —exclamó Tommy—. ¡Ese tío lleva muerto más de cien años!

77

Eric Bailey pensaba ir a Spring Lake el viernes por la noche, pero cambió de opinión después de telefonear a Emily. Ella le dijo que iba a cenar con la propietaria de la fonda donde se había hospedado mientras tramitaba los documentos de compra de la casa.

Era absurdo, decidió Eric, desperdiciar el tiempo en Spring Lake si no sabía dónde estaba Emily. Para verla entrar en casa al final de la velada no valía la pena.

Iría mañana, y llegaría a media tarde. Aparcaría la furgoneta en un sitio discreto. Había muchos espacios para aparcar en Ocean Avenue, y nadie se fijaría en una RV azul marino último modelo. Se confundiría con los demás vehículos, de precios entre moderados y elevados, que entraban y salían de los aparcamientos cercanos al paseo marítimo.

Eric, enfrentado a la noche vacía que le aguardaba, se sintió impaciente. Tenía muchas cosas en la cabeza, mucho trabajo para los siguientes días. El mundo se le caía encima. La semana siguiente, las acciones de la empresa no valdrían nada. Debería vender todo cuanto poseía. De la nada a la nada en cinco años, pensó irritado.

Estaba sumergido en aquella pesadilla por culpa de Emily Graham. Era la persona que había empezado a vender las acciones de la empresa. No había invertido ni un centavo, pero había ganado diez millones gracias al genio de Eric. A continuación, había rechazado su oferta amorosa con una sonrisa despectiva. Y tenía la vida arreglada.

Comprendió que muy pronto no bastaría con asustarla.

Debía dar un paso más.

SÁBADO, 31 DE MARZO

78

Un presentimiento agorero se había apoderado de una ciudad estremecida por los acontecimientos de los últimos días.

«¿Cómo es posible que esto esté sucediendo aquí? —se preguntaban los madrugadores cuando se encontraban en la panadería—. Hoy es treinta y uno de marzo. ¿Crees que pasará algo?»

El tiempo contribuía a la sensación de inquietud. El último día de marzo estaba siendo tan caprichoso como el resto del mes. La brisa cálida y los cielos despejados del día anterior habían desaparecido. Las nubes eran gruesas y grises; el viento del océano, frío y molesto. Resultaba imposible creer que, dentro de unas semanas, los árboles volverían a estar cargados de hojas, la hierba adquiriría un verde sedoso y los arbustos en flor rodearían de nuevo los cimientos de las casas centenarias.

Después de pasar una agradable velada con Carrie Roberts, Emily pasó una noche inquieta, acosada por sueños indefinidos, no tan aterradores como tristes. Despertó de uno de ellos con lágrimas en los ojos, sin recordar qué las había provocado.

«No preguntes por quién doblan las campanas: doblan por ti.»

¿Qué me ha recordado esa frase?, se preguntó mientras apoyaba de nuevo la cabeza en la almohada, sin ganas de iniciar el día. Solo eran las siete, y confiaba en poder dormir un poco más.

Pero era difícil. Tenía demasiadas cosas en la cabeza. Albergaba la sensación de que estaba muy cerca de descubrir la relación entre el pasado y el presente, y de que conseguiría establecer la relación entre las dos series de asesinatos. También confiaba en descubrir la pista que necesitaba en algún diario de Julia Gordon Lawrence.

La letra era exquisita, pero menuda y muy fina, y por lo tanto, difícil de leer. En muchos lugares, la tinta se había borrado, y tuvo que concentrar su atención en partes enteras del diario.

El detective Duggan había llamado mientras ella estaba cenando, y dejó el mensaje de que el laboratorio de la policía tendría la ampliación a última hora del día. Emily ardía en deseos de verla.

Ver aquella foto sería como conocer a gente de la que había oído hablar mucho, pensó. Quiero ver sus caras con claridad.

La mañana nublada significaba que la habitación estaba en semipenumbra. Emily cerró los ojos.

Eran las ocho y media cuando despertó de nuevo, esta vez sin la sensación de cansancio.

Este estado de ánimo duró solo una hora. Cuando le entregaron el correo, vio un sobre sencillo con su nombre escrito con letra infantil.

Sintió un nudo en la garganta. Había visto aquella letra en la postal con los dibujos de las tumbas, recibida unos días antes.

Abrió el sobre con dedos temblorosos y sacó la postal que contenía.

Aunque había llegado en un sobre, la postal iba dirigida a ella. La volvió y vio un dibujo de dos lápidas. Los nombres escritos eran los de Natalie Frieze y Ellen Swain. Estaban colocadas en el centro de una zona boscosa contigua a una casa. La dirección escrita al pie de la postal era Seaford Avenue, 320.

Emily, cuyos temblores la obligaron a marcar dos veces el número, telefoneó a Tommy Duggan.

79

Marty Browski entró en su despacho el sábado por la tarde para intentar ordenar su escritorio, con la esperanza de trabajar unas horas sin que nadie le interrumpiera. Sin embargo, al cabo de pocos minutos decidió que lo mejor habría sido quedarse en casa. No podía abstraerse. Toda su atención estaba centrada en una sola persona: Eric Bailey.

La página económica del diario de la mañana afirmaba sin ambages que la empresa de Bailey iba directa a la bancarrota, y que las declaraciones engañosas de su fundador acerca del desarrollo de nuevos productos causaban una gran preocupación al director de la Bolsa de Nueva York. El artículo insinuaba que podía acabar en los tribunales.

Encaja tan bien con el perfil del acosador como si hubiera posado a propósito, pensó Browski. Había repasado de nuevo los registros del servicio de Teletac, pero no existían pruebas de que ningún vehículo de Eric Bailey hubiera circulado al sur de Albany.

No tenía otro coche a su nombre, y era improbable que hubiera alquilado un vehículo, con el riesgo de dejar una pista. Pero ¿y un coche a nombre de la empresa?

Browski lo pensó cuando estaba a punto de desechar la posibilidad y volver a casa. Diré a los chicos que lo investiguen, decidió. Me llamarán a casa si descubren algo.

Existía otra posibilidad: la secretaria de Bailey. ¿Cómo se llamaba? Marty Browski contempló el techo, como si esperara que una voz celestial le respondiera. Louise Cauldwell. El nombre le vino como por ensalmo.

Constaba en el listín telefónico. Su contestador automático estaba conectado. «Lo siento, ahora no puedo contestar. Haga el favor de dejar un mensaje. Le llamaré en cuanto pueda.»

Puede que haya salido, o puede que no, pensó Marty, irritado, mientras se identificaba y le dejaba su número de teléfono. Solo la señorita Cauldwell podía saber si Bailey poseía otros medios de transporte, aparte de los dos vehículos registrados a su nombre.

80

Por tercera vez en dos días, cintas marcadas con las palabras «escena de crimen» aparecieron en la propiedad de un habitante de Spring Lake.

La residencia, una de las más antiguas de la ciudad, había sido una granja, y todavía conservaba las líneas sencillas del diseño decimonónico.

La espaciosa propiedad se componía de dos parcelas. La casa y el jardín estaban a la izquierda, en tanto la zona de la derecha seguía en su estado boscoso natural.

Fue allí, a la sombra de un grupo de plátanos, donde encontraron el cadáver de Natalie Frieze, envuelta en plástico grueso.

Los acontecimientos posteriores provocaron una sensación de *déjà vu* a los residentes de la zona. Los medios de comunicación invadieron el lugar con furgonetas provistas de antenas. Varios helicópteros sobrevolaban los edificios. En contraste, los vecinos se congregaron en silencio en la acera y la calle acordonada.

Después de recibir la llamada telefónica de Emily, Tommy Duggan y Pete Walsh pusieron en alerta a la policía de Spring Lake sobre el mensaje de la postal. Antes de llegar a casa de Emily, recibieron la confirmación de que la postal no era un engaño. La diferencia consistía en que, esta vez, no habían enterrado los restos.

—Me pregunto por qué no la enterró —murmuró Pete Walsh, mientras veía una vez más al equipo forense llevar a cabo la tétrica tarea de examinar y fotografiar a la víctima y los alrededores.

Antes de que Tommy pudiera contestar, un coche patrulla apareció. Un pálido y estremecido Bob Frieze salió del asiento trasero, vio a Duggan y corrió hacia él.

—¿Es Natalie? —preguntó—. ¿Es mi mujer?

Duggan asintió en silencio. No tenía la menor intención de ofrecer una pizca de compasión al hombre que tal vez era el asesino.

A pocos pasos de distancia, Reba Ashby, camuflada tras unas grandes gafas de sol y un pañuelo que cubría su cabeza y ocultaba su cara, garrapateaba en su libreta: «Asesino múltiple reencarnado se cobra su tercera víctima».

Cerca, Lucy Yang, una reportera del Canal 7 de Nueva York, hablaba a la cámara en voz baja:

—La siniestra repetición de los crímenes del siglo diecinueve se ha cobrado su tercera y quizá última víctima. El cadáver de Natalie Frieze, de treinta y cuatro años, esposa del restaurador y ex ejecutivo de Wall Street Robert Frieze, ha sido encontrado hoy...

Duggan y Walsh siguieron al coche fúnebre que transportaba los restos mortales de Natalie hasta la oficina del forense.

—Lleva muerta entre treinta y seis y cuarenta horas —les dijo el doctor O'Brien—. Seré más concreto después de la autopsia. La causa de la muerte parece ser la misma que las demás: estrangulación. —Miró a Duggan—. ¿Vais a buscar los restos de la víctima del treinta y uno de marzo de 1896?

Tommy asintió.

—Es preciso. Es muy probable que los encontremos ahí. El asesino imita al pie de la letra los asesinatos del siglo diecinueve.

—¿Por qué crees que no esperó hasta el treinta y uno para asesinarla? —preguntó el médico—. No concuerda con la pauta de hacer coincidir las fechas.

—Creo que, debido a la vigilancia policial, quiso asegurarse de que no surgirían problemas, y por eso no corrió el riesgo de enterrarla. Supongo que su intención era que la encontráramos hoy, treinta y uno de marzo —contestó Tommy.

—Has de pensar en otra circunstancia —dijo el médico—. Natalie Frieze fue estrangulada con el mismo tipo de cuerda que el asesino utilizó con Bernice Joyce. El tercer trozo del pañuelo utilizado con las otras dos chicas todavía no ha aparecido.

—En tal caso —dijo Tommy— puede que la pesadilla aún no haya terminado.

81

Cuando Emily contestó el teléfono, no lamentó oír la voz de Nich Todd.

—He estado escuchando la radio —dijo él.

—Es horroroso —contestó Emily—. Hace apenas unos días que la vi en el refrigerio de los Lawrence, después de la misa.

—¿Cómo era?

—Guapísima. De las que dan envidia a las demás mujeres.

—¿Qué clase de persona era?

—Seré sincera: no la habría escogido como amiga. Tenía muy mal carácter. Me resulta imposible pensar que hace una semana estaba sentada delante de ella, y ahora está muerta... ¡asesinada!

Nick advirtió la desazón en la voz de Emily. Estaba en su apartamento de SoHo y pensaba ir al cine, y luego cenar en su restaurante italiano favorito del Village.

—¿Qué vas a hacer esta noche? —preguntó en tono indiferente.

—Nada. Quiero terminar de leer los antiguos diarios que me han prestado, y después reintegrarme al siglo veintiuno. Algo en mi interior me dice que ya es hora.

Después, Nick se preguntó por qué no había sugerido que cenaran juntos. En cambio, confirmó que la recogería el domingo a las doce y media para ir a comer.

Pero cuando colgó, descubrió que estaba demasiado nervioso para ir al cine. Cenó pronto, reservó una mesa por teléfono en The Breakers, y a las siete subió a su coche y se dirigió hacia Spring Lake.

82

Marty estaba terminando de cenar cuando sonó el teléfono. Louise Cauldwell, la secretaria de Eric Bailey, acababa de llegar a casa y había escuchado el mensaje. Marty no se anduvo por las ramas.

—He de preguntarle algo, señora Cauldwell. ¿Sabe si Eric Bailey conduce otro coche, aparte de los dos matriculados a su nombre?

—Creo que no. He estado con él desde que fundó la empresa, y solo le he visto en el descapotable o en la furgoneta. Los cambia cada año, pero siempre por el último modelo.

—Entiendo. ¿Sabe si el señor Bailey piensa irse este fin de semana?

—Sí, a Vermont a esquiar. Lo hace con frecuencia.

—Gracias, señora Cauldwell.

—¿Ocurre algo, señor Browski?

—Pensaba que sí, pero veo que me he equivocado.

Marty se acomodó en su estudio para pasar la noche viendo la televisión, pero al cabo de una hora se dio cuenta de que no tenía ni idea de lo que estaba viendo.

—Se me acaba de ocurrir una cosa —anunció a las nueve a Janey, y se precipitó hacia el teléfono.

El servicio de Teletac confirmó su corazonada. Ninguno de los vehículos de Eric Bailey había mostrado actividad durante aquel día.

—Conduce un tercer coche —masculló Marty—. Ha de tener un tercer coche.

Habrá salido, pensó, mientras marcaba de nuevo el número de Louise Cauldwell. Es sábado por la noche, es una mujer atractiva, recordó. Pero Louise Cauldwell descolgó a la primera.

—Señora Cauldwell, ¿Eric Bailey podría utilizar otro coche de la empresa?

La mujer vaciló.

—Tenemos coches de la empresa alquilados a nombre de nuestros ejecutivos. Algunos se han marchado hace poco.

—¿Dónde están los coches que utilizan?

—Hay un par en el aparcamiento. Los alquileres son inamovibles. Es posible que el señor Bailey haya utilizado alguno, aunque no imagino por qué.

—¿Sabe a qué nombres están matriculados? Es muy importante.

—¿El señor Bailey se ha metido en algún lío? Quiero decir, últimamente está sometido a una gran presión... Me tiene muy preocupada.

—¿Es su comportamiento lo que la preocupa, señora Cauldwell? —preguntó Marty—. No piense en la confidencialidad ahora, se lo ruego. No le hará ningún favor a Eric Bailey si no colabora.

Hubo un momento de vacilación.

—La empresa se está yendo a pique, y él se ha venido abajo —dijo por fin la mujer, con voz emocionada—. El otro día entré en su despacho y estaba llorando.

—Parecía en plena forma cuando le vi el otro día.

—Sabe disimular bien.

—¿Le ha oído mencionar el nombre de Emily Graham?

—Sí, ayer. Parecía enfadado, después de que usted se marchó. Me dijo que culpa a la señora Graham de la ruina de la empresa. Dijo que cuando ella vendió las acciones, otras personas se pusieron nerviosas y siguieron su ejemplo.

—Eso no es verdad. Las acciones subieron cincuenta puntos más después de que ella vendiera.

—Temo que lo ha olvidado.

—Señora Cauldwell, no puedo esperar hasta el lunes para saber la matrícula del coche que está conduciendo. Ha de ayudarme.

Media hora después, Marty Browski se encontró con Louise Cauldwell en las oficinas de la empresa de Bailey. La mujer desconectó la alarma y subieron a la oficina de contabilidad. Al cabo de pocos minutos tenía las matrículas de los coches alquilados y los nombres de los ejecutivos que los conducían. Dos de los coches estaban en el aparcamiento. Marty consultó el tercero con el servicio Teletac. Había circulado por la Garden State Parkway, y a las cinco de la tarde se había desviado por la salida 98.

—Está en Spring Lake —dijo Marty, mientras descolgaba el teléfono y llamaba a la policía de la localidad.

—Vigilaremos su casa —prometió el sargento de guardia—. La ciudad está invadida por la prensa y los curiosos, pero le prometo que si el coche está aquí, lo encontraremos.

83

El placer que sintió Emily al oír la voz de Marty Browski se tornó en sobresalto cuando supo el motivo de su llamada.

—Eso es imposible —replicó.

—No, Emily —dijo Marty con firmeza—. Escucha, la policía local mantendrá la casa bajo vigilancia.

—¿Cómo van a hacerlo?

—Pasarán ante tu casa cada quince minutos. Si Eric llama para verte, dale largas. Dile que tienes jaqueca y te vas a acostar temprano. Pero no le abras la puerta. Quiero que tengas conectada la alarma. La policía de Spring Lake está buscando a Bailey. Saben qué vehículo conduce. ¡Comprueba esas cerraduras, ahora!

—Lo haré.

Cuando Emily colgó, fue de habitación en habitación para comprobar las puertas que daban al porche, y después las de delante y atrás. Conectó la alarma y vio que la señal luminosa de la caja cambiaba de verde a rojo.

Eric, pensó. Amigo, camarada, hermano pequeño. Estuvo aquí el lunes, instalando las cámaras, como si estuviera muy preocupado por mí, cuando en realidad...

Traición. Hipocresía. Instalaba cámaras de seguridad y se reía de mí mientras tanto. Emily pensó en todas las noches del año anterior, cuando se había despertado, sobresaltada, convencida de que había alguien en la casa. Pensó en todas las veces que le había costado concentrarse en la defensa de un cliente, por culpa de una foto de ella que Eric había tomado y deslizado bajo su puerta, o dejado en el parabrisas.

—Espero que cuando encuentren a ese chiflado, recaiga sobre él todo el peso de la ley —dijo en voz alta, sin saber que en ese preciso momento estaba mirando a una cámara, ni que Eric Bailey estaba en su furgoneta, aparcada a seis manzanas de distancia, viéndola en la pantalla de un monitor.

—Pero cuando todo el peso de la ley recaiga sobre mí, tú ya no estarás —contestó en voz alta Eric.

Bailey estaba estupefacto de que le hubiesen identificado como el acosador de Emily. He sido tan precavido, pensó mientras contemplaba la caja de cartón que contenía el abrigo, el vestido y la peluca de mujer que había utilizado en St. Catherine el sábado, convencido de que todos los disfraces empleados para acercarse a Emily en el pasado no habían sido detectados.

Y ahora la policía le andaba buscando; no cabía duda de que pronto le detendrían y le enviarían a la cárcel. Su empresa se arruinaría. La gente que le había alabado con tanto servilismo se lanzaría sobre él como perros de presa.

Volvió a concentrarse en la pantalla y se inclinó con los ojos abiertos de par en par, muy interesado.

Emily había vuelto al comedor y estaba de rodillas, examinando la caja de libros. Era evidente que buscaba algo concreto.

Pero en la pantalla dividida vio que el pomo de la puerta que comunicaba el porche con el estudio estaba girando. La alarma está conectada, pensó. ¡Alguien la ha manipulado!

Una figura vestida con pasamontañas y chándal oscuro entró con sigilo en el estudio. El intruso, con un veloz y furtivo movimiento, se acuclilló detrás de la butaca donde Emily siempre se sentaba. Mientras Eric miraba, el hombre del pasamontañas extrajo un trozo de tela del bolsillo y lo tensó con ambas manos como si lo estuviera probando.

Emily volvió al estudio con un libro, se acomodó en la butaca y empezó a leer.

El intruso no se movió.

—El tío se lo está pasando en grande —susurró Eric para sí—. Quiere que la cosa se prolongue. Lo comprendo. Vaya si lo comprendo.

85

Tommy Duggan y Pete Walsh seguían en el despacho a las ocho y media de la noche del sábado. Bob Frieze se había negado a contestar a cualquier pregunta acerca de su paradero el jueves por la tarde y la noche, y ahora, alegando un fuerte dolor en el pecho, había sido ingresado en el hospital de Monmouth para ser reconocido.

—Está ganando tiempo hasta imaginar una historia que se sostenga en el tribunal —dijo Tommy a Pete—. Hay dos posibilidades: una, Frieze es el asesino múltiple, responsable de las muertes de Martha Lawrence, Carla Harper, la doctora Madden, la señora Joyce y su mujer, Natalie. Dos, puede que haya matado a su esposa, pero no a las demás. Y, por supuesto, existe una tercera posibilidad: que sea inocente de todas las muertes.

—Te preocupa que aún no haya aparecido el tercer trozo de pañuelo —dijo Pete.

—Desde luego. ¿Por qué tengo la sensación de que el asesinato de Natalie Frieze fue un truco para hacernos pensar que el asesino había completado el ciclo?

—A menos que el asesinato de Natalie Frieze fuera el resultado de una discusión entre marido y mujer, disfrazado como obra del asesino múltiple. Eso apuntaría a Bob Frieze como sospechoso, pero le descartaría como asesino múltiple.

—Lo cual significa también que quizá otra joven muera en Spring Lake esta noche. Pero ¿quién? Lo he comprobado hace poco: no ha desaparecido ninguna. Acabemos de una vez. Se está haciendo tarde y aquí ya no podemos hacer nada más —le dijo Tommy.

—Bien, algo sí hemos conseguido. Mientras estábamos en el lugar de los hechos, Wilcox llamó y permitió que nuestros chicos instalaran escuchas. Hemos grabado a Gina Fielding intentando chantajearle.

—Y ahora su secreto se publicará a toda página en el *National Daily* pasado mañana. Aún creo que pretendió adelantársenos cuando accedió a implicarla. En cierta manera me da pena, pero no confío en él. Sigue siendo un sospechoso de primer orden.

—Espera un momento —dijo Pete cuando ya se disponían a salir. Señaló el sobre que descansaba sobre el escritorio de Tommy—. Aún no hemos ampliado la foto que Emily Graham nos dio, y se lo prometimos.

—Llévatela y hazlo mañana.

Cuando Pete cogió el sobre, el teléfono sonó. Era la policía de Spring Lake, para comunicar que el acosador de Emily Graham había sido identificado y se creía que estaba en la ciudad.

—Pensándolo bien —dijo Tommy—, sería mejor entregar la foto esta noche.

Emily llevaba el teléfono móvil en el bolsillo, una costumbre adoptada desde que el pasado domingo habían pasado por debajo de su puerta una foto de ella en la iglesia. Lo sacó, con la esperanza de que su abuela no se hubiera acostado temprano y desconectado el teléfono. Había estado leyendo el último diario de Julia Gordon Lawrence, incluido en el material que los Lawrence le habían prestado, y pensaba que su abuela podría contestar a una pregunta.

Había leído que la segunda esposa de Richard Carter dio a luz una niña en 1900. En relación con esa circunstancia, una entrada de 1911 la dejó perpleja. Julia había escrito: «He tenido noticias de Lavinia. Escribe que está muy feliz de haber vuelto a Denver. Al cabo de un año, su hija se ha recuperado de la pérdida de su padre. Lavinia reconoce que siente un inmenso alivio. De hecho, fue tremendamente sincera cuando tomó la pluma. Escribe que Douglas era muy frío, y que a veces estaba muy asustada de él. Considera una bendición que su muerte la liberara del matrimonio, lo cual ha proporcionado a su hija la oportunidad de crecer en una atmósfera más alegre y cálida».

Emily dejó el diario y abrió el móvil. Su abuela respondió al cabo de pocos segundos, señal de que estaba viendo la televisión y no la entusiasmaba recibir una llamada.

—Abuela —dijo Emily—, quiero leerte algo, porque no le encuentro el sentido.

—Muy bien, querida.

Emily le leyó el texto y preguntó:

—¿Por qué le llama Douglas, cuando se llamaba Richard?

—Ah, voy a decírtelo. Se llamaba Douglas Richard, pero en aquellos tiempos lo normal era llamar a alguien por su segundo nombre, si era el mismo del padre. De hecho, el prometido de Madeline era Douglas Richard III. Tengo entendido que el padre era un hombre muy guapo.

—Era un hombre guapo, con una esposa inválida y adinerada. Abuela, me has sido de gran ayuda. Sé que estabas viendo la televisión, así que no te molesto más. Te llamaré mañana.

Emily desconectó el teléfono.

—El asesino no fue el joven Douglas —dijo en voz alta—. Tampoco fue su primo, Alan Carter. Fue su padre. Y cuando murió, su esposa y su hija se fueron a vivir a Denver.

¡Denver! De pronto vio la relación.

—¡Will Stafford se crió en Denver! ¡Su madre vivía en Denver! —exclamó en voz alta.

De pronto, Emily sintió que una presencia invisible se cernía sobre ella, y se quedó petrificada cuando oyó una voz susurrar en su oído.

—Exacto, Emily —dijo Will Stafford—. Me crié en Denver.

Antes de que pudiera hacer el menor movimiento, Emily sintió los brazos sujetos a sus costados. Intentó ponerse en pie, pero una cuerda alrededor del pecho la sujetó al respaldo de la butaca.

Stafford se arrodilló delante de ella a la velocidad del rayo y le ató pies y piernas.

Emily se obligó a no chillar. Sería inútil, comprendió, y tal vez Stafford decidiera amordazarla. Oblígale a hablar contigo, le susurró una voz interior, hazle hablar. La policía tiene la casa vigilada. Quizá llamarán al timbre de la puerta, pensó, y si no obtienen respuesta entrarán por la fuerza.

Stafford se levantó. Se quitó el pasamontañas. Se bajó la cremallera de la chaqueta y se quitó los pantalones de esquiar. Debajo llevaba una camisa de cuello alto muy anticuada y una pajarita. Las anchas solapas de su traje azul oscuro de principios de siglo destacaban su camisa blanca almidonada. Llevaba el pelo con la raya a un lado y peinado hacia atrás. Era de un tono más oscuro que su color natural, así como sus cejas.

Emily reparó sobresaltada en que se había pintado un bigotito sobre el labio superior.

—¿Puedo presentarme, señorita Graham? —preguntó con una breve reverencia—. Soy Douglas Richard Carter.

No te entregues al pánico, se advirtió Emily. Cuanto más rato prolongues tu vida, más posibilidades hay de que la policía venga a comprobar si todo va bien.

—Encantada de conocerle —dijo con un supremo esfuerzo por disimular su terror, aunque sus labios estaban resecos.

—Sabes que has de morir, ¿verdad? Ellen Swain te está esperando en su tumba.

Su voz también era diferente, pensó Emily. Las palabras eran más precisas, casi cortantes. Es como si tuviera un leve acento inglés. Razona con él, se ordenó.

—Pero Natalie Frieze está con Ellen —consiguió articular—. El ciclo ha terminado.

—Natalie no debía estar con Ellen. —El tono de Stafford era de impaciencia—. Siempre fuiste tú. Ellen está enterrada cerca del lago. El dibujo que envié con la lápida de Natalie al lado de Ellen era para despistar. No están juntas. Pero tú dormirás muy pronto con Ellen.

Se inclinó y acarició las mejillas de Emily.

—Me recuerdas a Madeline —susurró—. Tú, con tu belleza, juventud y vitalidad. ¿Sabes lo que sentía cuando miraba al otro lado de la calle y veía a mi hijo contigo, a sabiendas de que estaba condenado a vivir con una mujer enferma cuya belleza se había marchitado, cuyo solo atractivo radicaba en su riqueza?

—Pero debías querer a tu hijo y desear que fuera feliz.

—No podía permitir que un ser tan exquisito como Madeline estuviera en sus brazos, mientras yo languidecía al lado de una inválida decrépita.

Vieron el destello de la luz de un coche patrulla.

—Nuestra policía de Spring Lake hace todo lo posible por preservar tu seguridad —dijo Will Stafford mientras introducía la mano en el bolsillo y sacaba un pedazo de tela plateada con cuentas metálicas—. Como acaban de pasar ante la casa, nos quedan unos minutos de tiempo. ¿Quieres que te explique algo más?

87

El coche patrulla de Spring Lake se desvió por Ocean Avenue.

—¡Allí está! —dijo el agente Reap y señaló una furgoneta azul oscuro aparcada en uno de los espacios encarados al paseo marítimo.

Se detuvieron a su lado y golpearon con los nudillos la ventanilla delantera.

—Hay luz en la parte de atrás —dijo Phil. Volvió a llamar de nuevo, esta vez con más fuerza.

—¡Policía, abran! —gritó.

Eric estaba viendo la televisión, fascinado, y no tenía la menor intención de que le interrumpieran. La llave de la furgoneta estaba en su bolsillo. La sacó y apretó el mando a distancia que desbloqueaba las puertas.

—Entren —dijo—. Estoy aquí. Los estaba esperando, pero déjenme acabar de ver el espectáculo.

Reap y su compañero abrieron la puerta y vieron la pantalla del monitor. Este tío está como una regadera, pensó Reap mientras echaba un vistazo a la pantalla. Por un momento creyó que estaba viendo una película de terror.

—Va a matarla —dijo Eric—. Cállense, está hablando con ella. Escuchen lo que dice.

Los dos agentes se quedaron inmóviles un instante, petrificados al comprender lo que estaban viendo, y por la voz serena que surgía del altavoz.

«En mi actual encarnación solo esperaba repetir la pauta del pasado —estaba diciendo Will Stafford—, pero no ha podido ser. Pensé que Bernice Joyce era una amenaza que debía ser eliminada. Las últimas palabras que me dijo antes de morir fueron para comunicar que se había equivocado. Pensaba que había visto a otra persona coger el pañuelo. Una pena. No tenía por qué morir.»

«¿Por qué Natalie?», preguntó Emily para ganar tiempo.

«Siento lo de Natalie. La noche de la fiesta de los Lawrenc, salió al porche para fumar un último cigarrillo antes de dejar el vicio para siempre. Desde aquel lugar puede que me viera llevar el pañuelo al coche. Cuando empezó a fumar otra vez, durante nuestra comida del miércoles pasado, presentí que empezaba a recordar. Se había convertido en un peligro. No podía permitir que siguiera con vida. Pero no te preocupes. Su muerte fue misericordiosamente rápida. Siempre ha sido así. Como lo será en tu caso, Emily, te lo prometo.»

El agente Reap, estupefacto, comprendió de repente que estaba a punto de presenciar un asesinato en directo.

«... cuando tenía catorce años, mi madre y yo vinimos por primera vez a Spring Lake. Para ella fue un viaje sentimental. Nunca dejó de querer a mi padre. Pasábamos ante la casa donde había nacido su madre, mi abuela.»

—¡Dios Todopoderoso, son Will Stafford y Emily Graham! —jadeó Reap—. Pasé por su casa el domingo pasado, después de que echaran por debajo de su puerta una foto de ella en la misa. ¡Quédate con él! —ordenó al otro agente, mientras saltaba de la furgoneta y echaba a correr.

«... La mujer que vivía en casa de mi tatarabuelo nos invitó a entrar. Me aburrí y empecé a fisgonear por la segunda planta de la cochera. Encontré su diario. Estaba escrito que iba a encontrarlo, porque soy Douglas Richard Carter. He vuelto a Spring Lake.»

Que no sea demasiado tarde, rezó Phil Reap cuando subió al coche patrulla. Mientras se dirigía a toda velocidad hacia Hayes Avenue, 100, pidió ayuda por radio.

88

Nick Todd decidió que, para quedarse tranquilo, iría a casa de Emily y comprobaría que todo fuese bien. Se estaba acercando cuando un coche de la policía entró en el camino de acceso.

Nick, aterrado, frenó detrás y bajó.

—¿Le ha pasado algo a Emily? —preguntó. Por favor, Dios, por favor, que no le pase nada, suplicó en silencio.

—Esperemos que no —replicó el agente Reap.

La policía volverá a pasar, se prometió Emily, pero si no le habían visto entrar, ¿de qué serviría? Ha conseguido salir bien librado de las muertes de Martha, Carla, Natalie, la señora Joyce y tal vez otros. Yo soy la siguiente. Oh, Dios, ¡quiero vivir!

—Háblame de los diarios —dijo—. Has tomado nota de todo, ¿verdad? Habrás apuntado cada detalle de cómo sucedió, de tus sentimientos en aquel tiempo, de las reacciones de las familias de las chicas.

—Exacto. —Parecía complacido de que comprendiera—. Emily, para ser mujer eres muy inteligente, pero tu inteligencia está limitada por el enemigo innato de la mujer: su generosidad de espíritu. Con la compasión visible en tus ojos, te tragaste mi historia de que había asumido la culpabilidad de un amigo que había sido el verdadero conductor cuando el accidente ocurrió. Te lo dije porque mi recepcionista admitió haber revelado demasiadas cosas a esa columnista chismosa, y tenía miedo de que, si se publicaba, te pondría en guardia.

—Hicieras lo que hicieses, tu historial juvenil habría seguido cerrado.

—Lo que hice fue seguir el ejemplo de mi tatarabuelo. Me

apoderé por la fuerza de una jovencita, pero sus gritos se oyeron antes de que pudiera terminar mi misión. Pasé tres años en un centro de reclusión de menores, no solo uno como te dije.

»Ha llegado la hora, Emily... Ha llegado la hora de que te reúnas con la adorable Madeline, ha llegado la hora de que descanses con Ellen.

Emily contempló el trozo de tela que sujetaba. Está disfrutando, pensó. Hazle más preguntas. Quiere pavonearse.

—Cuando me reúna con Ellen, ¿todo habrá terminado? —preguntó.

Will estaba detrás de ella, anudando con delicadeza los restos del pañuelo alrededor de su cuello.

—Ojalá fuera cierto, pero aún queda otra más. La secretaria de la doctora Madden tuvo la desgracia de verme un momento la noche que acudí a la consulta. Con el tiempo podría acordarse de mí. Al igual que Bernice Joyce y Natalie Frieze, supone un riesgo inaceptable. —Se inclinó hacia adelante y rozó su mejilla con los labios—. Besé a Madeline mientras la estrangulaba con el cinturón —susurró.

Tommy Duggan y Pete Walsh llegaron a casa de Emily justo a tiempo de ver cómo el agente Reap subía corriendo los peldaños del porche, seguido de otro hombre.

Reap se apresuró a informarles de lo que había visto en el monitor de la furgoneta de Bailey.

—¡Olvídate de la puerta principal. Ve a una de las puertas del porche, a la derecha! —gritó Duggan.

Walsh y él, seguidos por Nick, corrieron hacia la izquierda. Al llegar a la puerta del estudio, los tres hombres miraron por la ventana y vieron que el pañuelo estaba apretando el cuello de Emily.

Tommy sabía que era cuestión de segundos. Apuntó y disparó a través del cristal.

El impacto de la bala provocó que Will Stafford saltara hacia atrás y se derrumbara en el suelo, sin soltar los restos del pañuelo que había segado la vida de Martha Lawrence y Carla Harper.

DOMINGO, 1 DE ABRIL

89

El domingo por la mañana, Tommy Duggan y Pete Walsh se reunieron con Emily y Nick en una mesa apartada de The Breakers.

—Tenía razón, Emily —dijo Tommy—. Existía un testimonio escrito completo de lo que su tatarabuelo hizo. Además, Stafford llevaba un diario, y escribía los detalles con el mismo estilo clínico de su tatarabuelo.

»Conseguimos una orden de registro de la casa de Stafford y encontramos el diario original de Douglas Carter, así como el de Stafford. He estado toda la noche leyéndolo. Sucedió tal como había supuesto. La esposa de Douglas Carter se pasaba el día aturdida por el láudano que tomaba. Tal vez él aumentaba la dosis. Escribe en su diario que atrajo a Madeline a su casa, con la excusa de que su mujer había sufrido un ataque. Cuando la abrazó e intentó besarla, ella se resistió, y él supo que si hablaba sería su ruina.

—Me cuesta pensar que fuese el tatarabuelo de Will Stafford quien hizo esto —dijo Emily. Era como si dedos sepulcrales la hubieran tocado. Todavía me siento muy asustada, pensó. ¿Me sentiré a salvo algún día?

—Douglas Carter tenía casi cincuenta años cuando su segunda esposa, Lavinia, dio a luz una niña en 1900 —dijo Duggan—. La llamaron Margaret. Después de la muerte de Douglas en 1910, Lavinia y Margaret se mudaron a Denver. Margaret se casó en 1935. Su hija, Margo, fue la madre de Will Stafford.

—Me dijo que encontró el diario por casualidad, cuando su madre y él vinieron a Spring Lake y pasaron por la casa donde habían vivido sus tatarabuelos —dijo Emily.

—Sí, fisgoneó en el segundo piso de la cochera y encontró el diario de su tatarabuelo —confirmó Duggan.

—Tengo la sensación —dijo Nick—, de que ya era un ser enfermizo. Un chico normal se habría quedado horrorizado, y habría enseñado el diario a un adulto.

Mientras escuchaba la conversación, Emily experimentó la sensación de que vivía todavía en un mundo onírico. Era evidente que Will se había presentado con bastante antelación la noche que la había invitado a cenar, con el fin de arrancar el sensor de la puerta que conducía al estudio. Debía de haber cogido la llave del llavero que los Kiernan le habían entregado después de vender la casa.

La noche anterior, después de que se llevaran el cadáver de Stafford y el equipo forense terminara la penosa labor de recoger pruebas, Nick le dijo que cogiera lo imprescindible y se hospedara en The Breakers, donde él se alojaba.

—Una vez más, mi casa se ha convertido en la escena del crimen —dijo Emily.

—Pero será la última —contestó Nick—. Todo ha terminado.

Sin embargo, incluso en la seguridad de The Breakers, Emily se despertó a las tres de la mañana, asustada, sobresaltada, convencida de que había oído pasos en el pasillo. Después, la certidumbre de que Nick estaba en la habitación de al lado fue suficiente para controlar los temblores y volver a dormir.

—¿Douglas Carter mató a su hijo? —preguntó Emily.

—Su diario no lo aclara —contestó Duggan—. Dice que Douglas tenía una escopeta y que forcejeó con él. Cuando se disparó, consiguió disfrazarlo de suicidio. No me sorprendería que Douglas hubiera descubierto lo que su padre había hecho, y se encaró con él. Quizá no pudo superar el hecho de que había matado a su único hijo. ¿Quién sabe?

—¿Cómo pasó lo de Letitia y Ellen? —Emily necesitaba saberlo para conseguir olvidar algún día aquella pesadilla.

—Letitia iba a la playa —dijo Pete Walsh—. Llevaba a la señora Carter un ramo de flores cortadas de su jardín, y Carter estaba en casa. Una vez más, sus insinuaciones fueron rechazadas, y de nuevo mató a una joven.

Tommy Duggan meneó la cabeza.

—Es muy desagradable la lectura de ese diario. Ellen Swain fue a ver a la señora Carter y empezó a hacer preguntas, pues por lo visto había llegado a sospechar que Carter era el causante de la desaparición de sus dos amigas. Ya no salió de aquella casa, aunque dado el estado de su esposa, fue fácil para Carter convencerla de que había visto salir a la muchacha.

Duggan frunció el entrecejo.

—Es muy concreto sobre el lugar donde enterró a Ellen. Vamos a intentar encontrar sus restos, para sepultarlos con los de sus familiares. Murió cuando intentaba averiguar lo que había sido de su amiga Letitia. En cierta manera, no es casual que los dos nichos familiares estén contiguos en el cementerio.

—En teoría, a mí me iban a enterrar con Ellen —dijo Emily—. Al menos ese era su plan.

Notó el brazo de Nick Todd alrededor de su espalda. Por la mañana había llamado a la puerta de su habitación, con una taza de café en la mano.

—Esta es una de las cosas que echarás de menos en la oficina, porque si consigo el empleo que tengo entre ceja y ceja, será en el centro de la ciudad. He invitado a mi padre a comer en la cafetería de la oficina del secretario de Justicia. Tú también puedes venir. Mejor aún, prefiero que vengas sin él.

Lo haré, pensó ella. No te quepa duda.

Pete Walsh acababa de terminar su ración doble de huevos revueltos, salchichas y beicon.

—A estas horas tu estudio ya estará libre, Emily. Creo que a partir de ahora reinará la paz en tu hogar.

El desayuno de Tommy Duggan había consistido en zumo de naranja, café y un plátano.

—He de irme —dijo—. Mi mujer, Suzie, tiene grandes planes para mí. No ha cesado de amenazarme con que, el primer fin de semana caluroso, tendría que limpiar el garaje. Ha llegado el momento.

—Antes de que se vaya —se apresuró a decir Emily—, ¿qué sabe del doctor Wilcox y de Bob Frieze?

—Creo que Wilcox se ha quedado muy tranquilo. Ha trascendido que se enrolló con una estudiante hace años. La foto de ella sale en todos los periódicos de hoy. Aunque cometió una equivocación al entablar relaciones con una estudiante, siendo rector de la universidad, nadie que vea hoy la foto de la chica en cuestión pensará que se aprovechó de una joven virginal.

—¿Cómo ha reaccionado su mujer?

—Creo que la humillación pública destruirá ese matrimonio. Ella sabía por qué Wilcox dimitió tan repentinamente. No se lo pudo ocultar, y yo diría que se lo ha restregado por la cara cada dos por tres. De hecho, creo que Wilcox se siente aliviado por todo. Me dijo que está convencido de que su novela es muy buena. ¿Quién sabe? Puede que inicie una nueva carrera.

Tommy apartó su silla.

—En cuanto a Frieze, puede dar gracias a Natalie de estar libre de toda sospecha. Ella le dio un papel que encontró en su bolsillo, con un número de teléfono y el nombre de una tal Peggy, la cual le pedía que la llamara. Nuestros chicos lo han investigado. Frieze tenía la costumbre de dejarse caer por un bar de Morristown. Afirma que no recuerda nada, pero es evidente que no perdía el tiempo durante sus espacios en blanco. Peggy es muy atractiva. Entre el testimonio de Peggy y los diarios de Will Stafford, Frieze está libre de toda sospecha.

Tommy Duggan se levantó.

—Una última información. Stafford abordó a Martha cuando la joven abandonó el paseo. Se acercó en coche a ella y le dijo que sufría dolores en el pecho. Le pidió que se pusiera al volante del coche. Ella le conocía y picó el anzuelo, por supuesto. Obligó a Carla a subir a su coche cuando ella iba a buscar el suyo, después de despedirse de los Warren. Luego Stafford volvió y se llevó el coche de la chica. Un tío estupendo, ¿verdad? Disfrutad del resto del desayuno, amigos. Nos largamos.

Después de que se fueran, Emily guardó un largo silencio.

—Nick, el motivo de que Tommy Duggan viniera anoche a mi casa era entregarme una foto ampliada. La he visto esta mañana.

—¿Y qué has descubierto?

—El laboratorio de la policía hizo un trabajo magnífico. Las caras se ven con mucha claridad, y puedo emparejarlas con todos los nombres que hay en el reverso del original. Madeline, Letitia, Ellen, Phyllis y Julia. Y los hombres. George, Edgar, el joven Douglas, Henry, incluso Douglas Carter padre, o Will Stafford, tal como le conocimos en la actualidad.

—Emily —protestó Nick—, no vas a creer que se reencarnó, ¿verdad?

Ella le miró sin pestañear, suplicando comprensión.

—Nick, Will Stafford era la viva imagen de su tatarabuelo, tal como aparece en la foto, pero...

—¿Qué pasa, Emily?

—Descubrí esa foto entre los recuerdos de la familia Lawrence. Existe una posibilidad entre un millón de que Will la viera alguna vez.

Nick apoyó la mano en la de Emily.

—Nick —susurró ella—, en esa fotografía Douglas Carter sostenía lo que parecía un pañuelo de mujer con cuentas metálicas.